지하생활자의 수기

# 지하생활자의 수기

표도르 도스토옙스키 | 이동현 옮김

문예출판사

**Записки из подполья**

Фёдор Миха́йлович Достое́вский

**차례**

1부 지하의 세계 • 7
2부 진눈깨비의 연상에서 • 77

**작품 해설** • 225
**표도르 도스토옙스키 연보** • 231

• 본문의 주는 모두 옮긴이 주다.

# 1부
# 지하의 세계

이 수기의 필자도, 이 '수기' 자체도 물론 허구다. 그렇지만 이런 수기의 필자와 같은 인물은, 우리 사회를 형성하고 있는 여러 조건을 고려한다면 얼마든지 이 세상에 존재할 수 있을뿐더러, 오히려 존재하는 게 당연하다. 나는 아주 가까운 과거의 시대에 속하는 성격 중의 하나를 보다 뚜렷이 뭇사람 앞에서 내세워보고 싶다. 그것은 아직도 명맥을 유지하고 있는 구세대의 대표자격인 인간이다. '지하의 세계'라는 표제가 붙은 이 짤막한 글에서, 그는 자기 자신과 자기의 견해를 소개하고, 아울러 이러한 인물이 우리 주위에 나타난 까닭을, 아니, 나타날 수밖에 없었던 이유를 밝히고 싶어 하는 것 같다. 다음 2부에서는 이 인물이 자기 생활 중의 한 사건을 서술한 진짜 '수기'가 시작된다.

― 표도르 도스토옙스키

# 1

 나는 병적인 인간이다…… 나는 심술궂은 인간이다. 나는 남의 호감을 사지 못하는 인간이다. 이것은 아무래도 간장이 나쁘기 때문인 것 같다. 하기는 내 병에 관해선 아무것도 아는 게 없을 뿐 아니라 내 몸의 어디가 나쁜지 그것조차 확실히 모른다.
 나는 의학이나 의사를 존경하고는 있지만 치료라는 걸 받고 있지는 않다. 그리고 여태까지 받아본 적도 없다. 더욱이 나는 극단적인 미신가이다. 이를테면 의학 따위를 존경할 만큼 미신가란 말이다(나는 미신가가 되지 않아도 될 만큼은 충분한 교육을 받았지만 그래도 역시 미신가이다). 좋다. 오기로라도 의사의 치료 같은 건 받지 않을 작정이다. 이런 심사를 아마 당신들은 도저히 이해할 수 없을 것이다. 하지만 나는 그것을 알고 있다. 이런 경우에 내가 고집을 부려서 도대체 누구한테 화풀이를 하려는 건지, 그건 물론 나 자신도 제대로 설명할 수는 없다. 내가 의사의 치료를 거부한다고 해서, 그것으로 그 작자들을 골탕먹일 수 없다는 것쯤은 나도 잘 안다. 그런 짓을 해봐야 손해를 보는 건 나 자신일 뿐 다른 누구도 아니라는 건 알고도 남음이 있다. 그런데도 내가 치료를 받지 않는 건 역시 고집 때문이다. 간장이 나쁘다면 나빠도 좋다. 이왕이면 아주 엉망이 되어버리면 좋겠다!

나는 이미 오래전부터 이런 생활을 계속해왔다. 이럭저럭 20년은 될 것이다. 나는 지금 마흔 살이다. 전에는 관청에 근무했지만 지금은 무직자다. 나는 짓궂은 관리였다. 남에게 난폭하게 대했고 거기서 쾌감을 느꼈다. 어쨌든 나는 뇌물 같은 건 먹지 않았으니, 그만한 보상쯤은 마땅히 받을 수 있었다(이건 좀 서투른 익살이지만, 굳이 이 구절을 삭제하지는 않겠다. 이것을 쓰기 시작했을 때는 제법 신랄한 글이 될 듯싶었는데, 이제 와보니 다만 추악한 허세를 부리고 싶었을 따름이었다는 걸 깨달았다 ― 그러나 일부러라도 삭제하지는 않겠다!).

내가 앉아 있는 테이블 옆으로 시민들이 여러 가지 일을 문의하러 다가오면, 나는 이를 갈면서 큰소리로 호통을 쳐서 누구든 꼼짝 못하게 혼내주고는 스스로 억제할 수 없는 만족을 느꼈다. 더욱이 그것은 대개 뜻대로 되곤 했다. 그들은 대부분 겁쟁이들뿐이었다. 민원인이란 으레 그런 법이다. 그러나 이른바 멋쟁이 중엔 그야말로 아니꼬운 장교가 하나 있었다. 이 작자는 내 앞에 좀처럼 항복하려 들지 않고, 구역질이 날 만큼 군도(軍刀)를 절거덕거리는 버릇이 있었다. 이 군도 때문에 나는 그자와 거의 일 년 반이나 열전을 벌였는데, 마침내 승리를 거두고야 말았다. 더는 군도를 절거덕거리지 않게 된 것이다. 하지만 이건 내가 아직 젊었을 때의 이야기다.

그보다도 여러분, 나의 그 고집스러움의 특징이 무엇이었는지, 당신네들이 과연 그것을 상상할 수 있겠는가? 그렇다, 가장 중요한 것은, 그러니까 가장 불쾌한 것은 다름 아니라 내가 사실은 짓궂은 인간이 못 될뿐더러 세상에 원한을 품을 만한 위인도 아니며, 다만 부질없이 참새 같은 작자들을 혼내주는 것으로 자위하고 있는 데 지나지 않는다는 것을, 한시도 쉴새없이, 심지어는 무섭게 울화통을 터뜨린 순간에도, 수치감과 함께 자각한다는 바로 그 점이다.

입에 거품을 물고 으르렁거리다가도, 만약에 누구든 나한테 장난감 인형 같은 것이라도 내밀든가, 차에 설탕이라도 곁들여 갖다주든가 한다면, 나는 금세 얌전해질 수 있는 그런 인간이란 말이다. 아니, 얌전해지는 정도가 아니라, 마음속에서부터 환희를 느끼지 않을 수가 없다. 그러면서도 한편으론 그러한 자기 자신에게 이를 갈듯이 화를 내면서 부끄러움 때문에 몇 달 동안이나 두고두고 불면증에 시달려야 하지만 이게 나의 고질적인 버릇이니 어쩔 수도 없지 않은가.

앞에서 내가 짓궂은 관리였다고 말한 것은 순전한 자기 중상에 지나지 않는다. 일부러 그렇게 거짓말을 해본 것뿐이다. 나는 민원인들이나 장교를 상대로 그저 장난을 쳐보았을 뿐이지, 정말로 짓궂게 군 적은 없다. 오히려 그와는 정반대되는 요소가 내 내부에 넘칠 만큼 충만해 있음을 항시 느끼고 있었다. 그것이, 그 정반대되는 요소가 내 몸속에서 득실거리고 있었다. 그것이 한평생 나의 내부에서 득실거리며 기회만 있으면 밖으로 뛰쳐나오려 하고 있다는 걸 나 자신도 잘 알고는 있었지만, 나는 그것이 나오지 못하도록 억누르고 있었다. 나는 그 사실이 부끄러워 얼굴에서 불이 날 만큼 고민했다. 온몸에 경련을 일으킬 만큼이나 괴로웠다. 그러나 결국은 싫증을 느끼고 말았다. 그야말로 따분해진 것이다! 그렇지만 여러분, 이제 내가 무언가를 뉘우치고 용서를 빌고 있다고 당신들은 생각하지나 않을는지 모르겠다…… 필시 그렇게 생각할 것이다……. 그러나 나는 단언하거니와, 설사 그렇게 생각한대도 나로서는 개의할 바가 아니다…….

나는 짓궂은 인간이 되지 못했을 뿐 아니라 결국은 아무것도 되지 못한 위인이다. 악인도 될 수 없었고 선인도, 비열한도, 정직한 인간도, 영웅도, 벌레도 될 수 없었다. 지금 나는 내 방구석에서 최후의 나날을 보내면서 슬기로운 인간은 제정신으론 아무것도 될 수 없다, 오직 바보 같은 자들만이 무엇이든 될 수 있을 뿐이다, 라는 부질없는 자위로 스스로를 우롱하고 있다. 그렇다, 19세기의 인간은* 마땅히 정신적인 면에서 무성격적 존재여야 한다. 반면에 성격을 지닌 인간, 즉 실무적인 활동가는 천박한 존재일 수밖엔 없다. 이게 나의 40년에 걸친 지론이다.

---

\* 여기서는 '현대인'

나는 지금 나이 40인데, 40년이라면 이미 인간의 전생애라고 할 수 있다. 그야말로 굉장한 노령이다. 40년 이상이나 산다는 건 염치를 모르는 비열한 짓이며 추악하기 짝이 없는 짓이다. 40년 이상을 사는 건 대체 누구냐? 정직하고 성실하게 대답해보라. 내가 대답하마. 바보와 무뢰한만이 40년 이상이나 산다. 나는 이 세상의 모든 노인에게 맞대놓고 말하겠다! 세상 사람들의 존경을 받는, 백발이 성성한 복 많은 노인들에게 말해주겠다! 세상 놈들한테 맞대놓고 말하겠다! 나는 그럴 권리가 있다. 왜냐하면 나도 60까지 살 테니까. 70까지 살 테니까! 80까지 살 테니까!…… 그러나 잠깐만! 여기서 한숨 돌려야겠다…….

여러분, 아마도 당신들은 내가 당신들을 웃기려고 이런 소릴 하고 있다고 생각할는지 모른다. 천만의 말씀! 나는 당신들이 생각하는 것 같은, 아니면 생각할는지도 모를 그런 쾌활한 인간은 결코 아니다. 하지만 나의 이런 너절한 객설에 화가 난 당신들이(아무래도 내 직감으론 당신들은 화가 난 것 같다), 대체 너는 무엇 하는 놈이냐, 고 물으려 한다면 나는 일개 팔등관(八等官)이라고 대답하마. 나는 먹고 살려고, 오직 그 때문에 관리 생활을 해왔지만, 작년에 먼 친척 한 사람이 6천 루블이라는 돈을 나한테 주라고 유언하고 죽었으므로 나는 즉시 사표를 내고 이 방구석에 틀어박히고 말았다. 나는 전부터 이 방에 살고 있었지만 이번엔 아주 여기에 틀어박히고 만 것이다.

더럽고 초라한 내 방은 변두리에 있다. 하녀는 시골 노파여서 우둔하고 심술궂은 데다가 노상 고약한 냄새를 풍기고 있다. 페테르부르크의 기후가 건강에 좋지 않으며, 나 같은 빈약한 재력으로는 수도에서 생활하기가 어려울 거라는 충고를 받곤 하지만, 그런 것쯤은 나도 잘 안다. 그걸 무슨 대단한 일인 양 충고하는, 경험과 지혜가 풍부한 작자들보다도 더 잘 알고 있다. 그러나 나는 이렇게 여전히 페테르부르크에 머물고 있다. 무슨 일이 있어도 페테르부르크에서 떠나지 않을 작정이다! 내가 떠나지 않는 이유는…… 쳇! 내가 떠나건 말건 그게 무슨 상관이냐 말이다!

그건 그렇고, 의젓한 인간이 진심으로 만족하면서 이야기할 수 있는 화제란 도대체 무엇일까?

답—자기 자신에 관한 것이다.

그럼 나도 내 이야기를 하기로 하겠다.

# 2

 그런데 여러분, 나는 지금 당신들이 원하건 말건, 어째서 내가 한낱 벌레조차 될 수 없었느냐 하는 것부터 이야기하고 싶다. 이건 진정으로 하는 말이지만, 나는 여태까지 벌레가 되고 싶다고 생각한 적이 한두 번이 아니다. 그러나 나는 그만한 가치조차 없는 인간이었다. 여러분, 나는 단언한다— 지나치게 의식한다는 것은 곧 병이라고. 병 중에서도 진짜 병이다. 인간의 일상생활을 위해서는 지극히 평범한 의식만으로도 충분하다. 즉 불행한 이 19세기에 태어나고, 게다가 지구상에서 가장 추상적이며 인위적인 도시(도시에도 인위적인 것과 그렇지 않은 것이 있다) 페테르부르크에 산다는 이중의 불행을 짊어진 교양인에게 부여된 의식량의 2분의 1, 아니 4분의 1만 있어도 충분하단 말이다.

예컨대, 이른바 실천력 있는 인물이니 활동가니 하는 족속이 생활의 밑천으로 삼고 있는 정도의 의식만 있으면 족하단 말이다. 이건 내기를 해도 좋지만 필시 당신들은 내가 허세를 부리기 위해서, 그러니까 활동가를 빈정거리기 위해서 공연히 허세를 부리며, 그 장교처럼 군도를 절거덕거리고 있다고 생각할 것이다. 그렇지만 여러분, 자기 병을 자랑하는 자가 세상에 어디 있겠는가? 더욱이 병을 내세워 허세를 부린다는 건 있을 수 없는 일이 아닌가.

하기는 내 말이 틀렸는지도 모르겠다. 누구나 그렇게들 하고 있으니 말이다. 모두들 자기 병을 자랑하고 있지 않은가. 그중에서도 아마 나는 가장 심한 부류에 속할 것이다. 하여튼 더는 왈가왈부하지 말기로 하자. 나의 항변 같은 건 바보스럽게 들릴 테니까. 그러나 나는 진심으로 확신하고 있다. 의식의 과잉은 고사하고, 어떤 종류의 의식이건 의식은 모두 병이라고. 나는 그렇게 주장한다. 하지만 이 문제도 잠시 미루어두기로 하고, 우선 이런 의문에 대답해주기 바란다. 대체 무슨 이유로 나는 언제나 가장 중요한 순간에, 즉 한때 우리들 사이에서 운위되던 '모든 아름답고 고귀한 것'의 미묘한 뉘앙스를 의식하기에 가장 적합한 심적 상태에 놓인 순간에, 그것을 의식하기는커녕 도리어 그토록 추악한 짓을 하게 되었을까? 더구나 그것은…… 뭐랄까, 한마디로 말해서 모두들 하고 있는 것인지는 몰라도, 나로서는 절대 해서는 안 된다고 충분히 의식하고 있는 바로 그 순간에, 일부러 그러는 것처럼 머릿속에 떠오르는 것이다. 나는 선(善)이라든가, 그 '아름답고 고귀한 것'이라든가 하는 것을 분명히 의식하면 할수록, 더욱 깊숙이 자기 내부의 흙탕 속에 빠져들어 옴짝달싹도 못하게 되어버린다. 무엇보다 난처한 것은, 그것이 모두 우연이 아니고 필연적으로 그렇게 될 수밖에 없는 것같이 생각된다는 점이다. 이를테면, 마치 나의 정상적인 상태처럼 여겨지고 결코 병이나 변태로는 생각되지 않으므로 결국 이 변태와 싸우려는 생각이 아주 없어져버린다. 그래서 나중에는 이것이 나의 정상적인 상태인가 보다, 라고 거의 믿기에 이르렀다(어쩌면 정말로 그렇게 믿어버렸는지도 모르겠다).

그래도 처음 얼마 동안은 이 투쟁 때문에 나도 무척 고민했다. 나는 누구나 다 그러리라고는 생각하지 않았으므로, 그 후 이 일을 마치 무슨 큰 비밀이나 되듯이 숨기고 있었다. 나는 부끄러웠던 것이다(하기는 지금도 부끄럽게 여기고 있는지도 모른다). 그리고 마침내는 무언가 비정상적인, 비열한, 비밀스러운 쾌락 같은 것을 느끼게 되었다.

때로는 말할 수 없이 저주스러운 페테르부르크의 늦은 밤에, 초라한 내 방에 돌아오면서 오늘도 또 비열한 짓을 했구나, 그러나 일단 저지른 일은 돌이킬 수 없지 않은가, 라고 열심히 의식 속에서 되풀이하고는 남 몰래 스스로를 힐난하며 내 몸을 물어뜯고 쥐어뜯고 한다. 그러면 나중에는 이 의식의 쓰라림이 일종의 저주스러운 오욕(汚辱)에 찬 감미로운 느낌으로 변하여 마침내는 영락없는 쾌락으로 바뀌어버린다! 그렇다, 쾌락이다, 진짜 쾌락이다! 나는 이렇게 주장한다! 내가 이런 소릴 하는 것은 남들도 이런 쾌감을 맛보고 있는지 똑똑히 알고 싶어 견딜 수가 없기 때문이다. 당신들한테 설명하마. 이 경우의 쾌감은 너무나도 강렬하게 자기의 굴욕을 의식하는 데서 비롯되는 것이다. 즉, 자기가 막다른 벽에 부딪혀서 그 괴로움을 뼈저리게 느끼면서, 달리 아무런 방도도 없다, 벗어날 길이 없다, 이제 새삼스레 딴 사람이 될 수는 없다, 설사 다른 무엇으로 변할 수 있다는 신념도 있고 시간적 여유도 있었다손 치더라도 나는 그런 변화를 원하지 않았을 것이고, 또 원했다 하더라도 결국은 별수 없었을 것이다, 왜냐하면 변해야 할 대상이 없기 때문이다. 이런 식으로 생각하는 데서 일종의 쾌감이 생긴다.

그러나 마지막까지 남는 가장 중요한 점은, 이런 것은 모두 강렬한 의식에 포함된 정상적인 근본 법칙과 그 법칙에서 직접 생기는 타성으로 이루어지므로, 따라서 이 경우 무엇으로 변하기는 고사하고 도대체가 손을 댈 수조차 없다는 사실이다. 예를 들면 강렬한 의식의 결과로서 이렇게도 말할 수 있을 것이다. 만약에 본인이 정말로 자기를 비열한으로 느낀다면 비열한인 것도 옳은 일이라고. 그리고 이는 비열한에겐 자위가 될 수도 있다. 그러나 이젠 그만하자……. 아아, 입에 침이 마르도록 지껄여대긴 했지만 대체 무엇을 설명할 수 있단 말인가? 내가 맛하는 그 쾌락은 어떻게 설명되었단 말인가? 하지만 나는 설명해 보이겠다! 무슨 일이 있어도 끝장을 보고야 말겠다! 내가 펜을 잡은 것도 결국은 그 때문이 아닌가…….

한마디로 말해서 나는 무섭게 자부심이 강하다. 마치 꼽추나 난쟁이처럼 의심이 많고 화를 잘 낸다. 그러나 솔직히 말해서, 누가 내

뺨이라도 후려갈긴다면 오히려 기뻐할지도 모르는 그런 경우가 나한테는 흔히 있었다. 사실 나는 그런 경우에도 일종의 독특한 쾌감을 맛보았다. 물론 그것은 절망의 쾌감이다. 절망 속에도 불덩어리처럼 강렬한 쾌감이 있는 법이다. 특히 자기가 진퇴양난의 궁지에 빠져 있음을 뼈저리게 의식할 때는 더욱 그러하다. 그렇게 뺨따귀를 얻어맞았을 경우엔 다시는 세상에 낯짝을 내놓지 못할 만큼 체면이 완전히 깎였다는 의식이 머리서부터 덮쳐온다. 요컨대 중요한 문제는, 아무리 따지고 또 따져봐도 결국은 어떠한 경우에도 항상 내가 제일 나쁜 악인이 되어버린다는 점이다. 무엇보다 불쾌한 것은, 아무 죄도 없는데 이른바 자연의 법칙으로 악인이 되어버린다는 사실이다.

첫째, 내가 주위의 누구보다도 현명하다는 게 좋지 않다(나는 항상 주위의 누구보다도 현명하다고 자인했고, 때로는 당신들은 곧이듣지 않을는지 모르지만 나는 그것을 오히려 거북하게 여길 지경이었다. 적어도 나는 한평생 남의 얼굴을 똑바로 바라본 적이 한 번도 없었고 따라서 늘 외면하는 버릇이 있었다). 둘째로는 비록 내가 고결한 정신을 지니고 있다 하더라도 아무 소용없다고 의식했고 이는 오히려 괴로움만 더할 뿐이니, 이것 역시 나한테는 좋지 않은 점이다. 내가 고결한 정신을 지녔다 해도 결국은 아무 일도 해낼 수 없으며, 누구를 용서할 수도 없다. 왜냐하면 무례한 자가 나를 구타한 것은 필시 자연의 법칙에 따라서 한 짓이므로, 자연의 법칙을 용서한다는 건 불가능하기 때문이다. 그렇다고 해서 그걸 잊어버릴 수도 없다. 설사 자연의 법칙이라 하더라도 화가 나긴 매한가지이기 때문이다. 그리고 끝으로, 설사 내가 고결한 체하지 않고 나의 모욕자에게 복수하려고 마음먹었다 해도 결국 아무한테도 복수할 수는 없었을 것이다. 그도 그럴 것이, 설사 내 힘으로 가능하다 하더라도 결국은 아무것도 단행하지 못할 것 같기 때문이다. 왜 단행하지 못하는가? 이 점에 대해서 나는 특히 한마디 하고 싶다.

# 3

 자기의 원한을 풀거나 전체를 상대로 자기 의견을 고집하거나 하는 인간은 — 예를 들면, 어떤 식으로 할까? 일단 그들이 복수심에 사로잡히기만 하면, 그 순간 그들의 온 존재에는 그 감정 이외엔 아무것도 남지 않게 된다. 그런 인간들은 마치 성난 황소처럼 뿔을 밑으로 드리우고 목적을 향해 맹렬한 기세로 돌진한다. 벽에라도 부딪히지 않는 한 그것을 제지할 도리는 없다(말이 나왔으니 말이지만, 이런 작자들, 즉 실천형의 인간이니 활동가니 하는 작자들은 일단 벽에 부딪히기만 하면 간단히 손을 들어버리는 법이다. 그들에게 벽은 우리처럼 생각하기만 하고 아무것도 하지 않는 부류와는 달리, 방향 전환의 이유도 될 수 없거니와 도중에 되돌아설 구실도 될 수 없다. 우리들 같으면 자신의 그런 구실 따위는 믿지도 않으면서 언제나 그것을 천만다행으로 생각하게 마련이지만, 실천파나 행동파에 속하는 인간들은 뜻밖일 만큼 정직하게 손을 들어버린다. 그들에게 벽이란 어딘지 흥분을 가라앉게 하는, 도덕적인 해결을 제시해주는, 그리고 결정적인, 아니 거의 신비하기까지 한 의의를 지니고 있기 때문이다……. 그러나 벽에 관해서는 뒤로 미루는 게 좋겠다).

하여튼 이러한 실천적 활동가를 나는 진짜 정상적인 인간이라고 생각한다. 이것이야말로 자비로운 어머니와도 같은 대자연이 고맙게도 우리를 이 지상에 낳아놓을 때, 그렇게 되기를 바라던 바로 그런 형의 인간이다. 나는 이런 형의 인간을 보면 뱉이 뒤틀릴 만큼 부러워진다. 이런 작자들은 머리가 우둔하다. 이 점에 관해선 나도 감히 이의를 제기하지 않겠다. 정상적인 인간이란 원래가 바보여야 할지도 모른다. 당신들은 그 까닭을 알고 있으리라 믿는다. 그것은 아주 훌륭한 일일 수도 있다. 내가 이러한 의심스러운 생각을 더욱 굳게 믿게 된 것은 다름이 아니다. 가령 정상적인 인간의 안티테제, 즉 자연의 품에서 나온 것이 아니라 증류기에서 태어난 것처럼(이건 이미 신비주의에 속하지만 그래도 나는 그것을 어느 정도 믿고 있다) 강렬한 의식을 지닌 인간을 예로 들어보자. 이 증류기에서 태어난 인간이 어떤 경우엔 자기의 안티테제 앞에 굴복하여, 강렬한 의식을 지니고 있음에도 기꺼이 자기 자신을 생쥐 같은 존재로 생각하고 인간 취급을 하지 않게 된다. 비록 강렬한 의식을 지닌 생쥐라 하더라도 요컨대 생쥐는 생쥐다. 그런데 이쪽은 인간이니까 따라서 그 밖의 모든 것이 갖추어져 있는 셈이다. 더욱이 중요한 것은 그가 타의 아닌 자의로 자신을 생쥐로 생각하고 있다는 바로 그 점이다. 이게 무엇보다 중요한 점이다.

그럼 이번엔 이 생쥐의 행동을 살펴보기로 하자. 가령 이 생쥐도 모욕을 당하고(이놈은 노상 모욕을 당하고 있지만) 역시 복수를 벼르고 있다고 하자. 이 생쥐의 마음속에는 필시 자연과 진리의 사람(l'homme de la nature et de la vérité)보다도 더욱 증오심이 쌓이고 쌓여 있을 것이다. 또 같은 악으로 모욕자에게 복수해야겠다는 더럽고 저열한 욕망이 이 생쥐의 뱃속에서는 '자연과 진리의 사람'보다 몇 배나 더 추악한 모양으로 들끓고 있을는지 모른다. 왜냐하면 '자연과 진리의 사람'은 천성이 우둔하므로 자기의 복수를 그저 간단히 정의라고 생각하고 있기 때문이다. 반면에 생쥐는 강렬한 의식 때문에 이런 경우 정의라는 것을 부정해버린다. 그리고 결국은 일 자체, 복수 행위 자체에 달려든다.

불행한 생쥐는, 처음 저지른 단 하나의 추악한 행위 이외에, 여러 가지 문제 또는 의혹의 형식으로 온갖 추악한 것을 어느새 자기 주위에 산더미같이 쌓아올리고 말았다. 수없이 많은 미해결의 문제를 하나의 문제로 끌어가기 때문에 그 주위에는 무언가 숙명적인 잡탕 같은 것이 이루어진다. 이 잡탕이라는 것은, 생쥐 자신의 의혹과 번민을 비롯하여, 재판관이니 독재자니 하는 형태로 생쥐 앞에 도도하게 버티고 서서 건강한 목구멍을 쩍 벌리고 호탕하게 웃어대는 실천적이고 활동적인 인간들의 침 따위로 이루어진 구린내 나는 시궁창물 같은 것이다. 물론 생쥐는 모든 것을 무시하듯 손을 한 번 내젓고는, 자신도 믿지 않는 경멸의 억지 미소를 띠면서 자기의 굴 속으로 꼴사납게 기어드는 도리밖엔 없다.

거기에서, 악취가 풍기는 더러운 지하실에서 모욕과 냉소에 짓밟힌 우리 생쥐는, 냉랭하고 독기 찬 영원히 사라지지 않는 증오에 잠긴다. 그리고는 40년쯤 계속해서 자기가 당한 수치스러운 모욕의 극히 세세한 점까지 남김없이 상기하고는 그럴 때마다 더욱 수치스러운 세부를 제멋대로 덧붙이면서 자기의 공상으로 짓궂게 자신을 조롱하고 자극하는 것이다. 즉 자기의 공상을 부끄럽게 여기면서, 여전히 모든 것을 상기하여 마음속에서 자꾸만 되씹다가, 이런 것도 역시 일어날 가능성이 있었다는 구실하에 얼토당토 않은 것을 꾸며내서 자기 자신을 모욕한다. 이렇듯 무엇 한 가지 관대하게 눈감아버리려 하지 않는다. 그리고 설사 복수를 시도한다 하더라도 남 모르게 살금살금 하려 든다. 따라서 자기의 복수의 권리도 그 성공도 믿지 않는다. 또한 복수를 시도한다손 치더라도 상대방보다는 오히려 자기 쪽이 백 배나 고민할 것이며, 상대방은 아무렇지도 않으리라는 것을 미리부터 잘 알고 있다.

임종의 자리에 누워서 다시금 모든 것을 남김없이 상기하지만, 이번엔 평생 동안 쌓이고 쌓인 이자까지 덤으로 덧붙여져 있게 마련이다……. 하지만 이 냉랭하고 저주스러운 절망과 희망을 아울러 간직하고 있는 상태 속에, 자포자기 심정으로 40년 동안이나 의식적으로 자신을 지하실에 생매장하고 있었다는 사실 속에, 일부러 만들어내기는 했지만 약간 의심스러운 이와 같은 부족함 없는 환경 속에, 내부로 잠입해버린 충족되지 못한 욕망의 독소 속에, 주저 끝에 영원불변의 결심을 얻었다고 생각하자마자 다음 순간에 이내 솟구쳐오르는 의혹 속에, 그러니까 마치 열병환자와 같은 이런 혼돈 속에, 좀 전에 내가 말한 이상야릇한 쾌락의 진수가 내포되어 있다. 그것은 지극히 미묘하여 때로는 의식으로 포착할 수 없는 일이기 때문에, 조금이라도 두뇌의 융통성이 없는 인간이나 신경이 둔한 인간은 이 문제에 관해선 뭐가 뭔지 전혀 이해하지 못할 것이다.

"그뿐만 아니라" 하고 당신들은 히죽거리며 자기 의견을 덧붙일 것이다. "한 번도 뺨따귀를 얻어맞아보지 못한 인간들도 역시 이해하기가 힘들 거야." 이런 말로 당신들은 내가 일생 동안 적어도 한 번쯤은 뺨따귀를 얻어맞은 경험이 있어서 이 문제를 잘 아는 체하는 게 아니냐는 뜻을 은근히 비치면서 빈정거릴 게 틀림없다. 당신들이 그렇게 생각하리라는 건 너무나도 뻔한 일이다. 그러나 여러분, 안심하시라. 나는 아직 뺨따귀를 얻어맞은 일은 없다. 하기는 여기에 대해 당신들이 어떻게 생각하든 내게는 아랑곳없는 일이기는 하지만, 나는 어쩌면 여태까지 내 손으로 남의 뺨을 때려보지 못한 것을 유감으로 생각하고 있는지도 모르겠다. 그러나 이젠 그만해두자. 당신네들이 비상한 흥미를 느끼는 이 테마에 관해선 더는 말하지 않기로 하겠다.

그럼 이번엔 특수한 쾌감의 섬세한 맛을 이해하지 못하는, 신경이 둔한 인간에 관해서 냉정하게 이야기를 계속하기로 하자. 이런 작자들은 경우에 따라선 황소처럼 목구멍을 쩍 벌리고 어흥, 짖어대는 것으로 굉장한 명예를 획득할 수도 있지만, 앞에서도 말한 바와 같이 그들은 불가능한 대상에 부딪히기만 하면 이내 야코가 죽어버리는 법이다. 불가능한 대상, 이것은 즉 돌로 된 벽이다. 돌벽이란 무엇인가? 그것은 곧 자연의 법칙, 자연과학의 결론, 또는 수학이다. 예컨대 인간이 원숭이에서 진화되었다고 증명된다면 아무리 얼굴을 찌푸려봐도 소용없는 일이므로 그대로 받아들이는 수밖엔 없다. 또한 자신의 지방 한 방울은 본질적으로 동포의 지방 몇만 방울보다 더 귀중하다. 따라서 온갖 선행도, 의무도, 그 밖의 온갖 편견도, 헛소리도, 이 결론을 기초로 하여 해결해야 한다고 증명된다면, 별수없이 그대로 받아들일 수밖에 없다. 그도 그럴 것이, 2×2는 4니까, 수학이니까 섣불리 말대꾸라도 했다가는 큰 코 다칠 테니까. "그게 무슨 소리야!" 하고 모두들 소리칠 것이다. "반대란 있을 수 없다. 이건 2×2는 4니까! 자연은 너의 의견 같은 건 듣지도 않는다. 너의 희망이야 어떻든 자연의 법칙이 너의 마음에 들건 말건 그런 건 자연에는 문제도 아니다. 너는 자연을 있는 그대로 받아들여야 하며, 따라서 그 결과도 고스란히 받아들여야 한다. 벽은 어디까지나 벽이니까…… 운운." 제기랄, 도대체 이 법칙이니, 2×2는 4 식의 수학이 내 마음에 안 드는 이상 자연율이니 수학이니 하는 게 나한테 무슨 상관이냐 말이다! 물론 나는 이마빼기로 이 벽을 무너뜨릴 수는 없다. 그만한 힘은 내게 없으니까. 하지만 나는 결코 이 벽과 화해하지는 않겠다. 왜냐? 내 앞에 돌벽이 버티고 서 있으나 나는 그걸 무너뜨릴 힘이 없다는 이 한 가지 이유만으로도 충분하다.

이런 돌벽은 일종의 진정제 같은 것으로, 실제에 있어 평화를 가져오는 무슨 주문 같은 것이 거기 깃들어 있기라도 한 것처럼 세상 사람들은 생각하고 있다. 오오, 이 얼마나 어리석은 일이냐! 거기에 비하면, 모든 것을 이해하고 모든 것을 의식하고 모든 불가능과 돌벽을 달관하면서 만약에 타협이 싫으면 모든 불가능과 돌벽의 어느 하나와도 타협하지 않는 편이 얼마나 떳떳하고 훌륭한지 모른다. 그러나 도저히 피할 수 없는 논리적 콤비네이션의 길을 택하면서, 이 돌벽에 관해서도 뭔가 자기한테 잘못이 있다는 식의 영구불변의 테마에 빠져 더없이 저주스러운 결론에 도달하는 것이다(물론 자기한테 아무런 잘못도 없다는 건 여기서는 불을 보듯 명백하지만 말이다). 그 결과 말없는 무기력한 저주를 계속할 뿐, 화를 내려 해도 상대가 없음을 어렴풋이 의식하면서 멍청한 타성 속에서 감각을 마비시켜 버린다. 사실 화를 내려 해도 상대가 없다. 어쩌면 영원히 그 대상은 나타나지 않을는지 모른다. 이것은 필시 사기도박꾼이 하는 것 같은 카드 바꿔치기로 뭔가 속임수를 당하고 있다. 이것이야말로 진짜 시궁창물이다. 뭐가 뭔지, 누가 누군지 전혀 알 수가 없다. 그러나 이런 혼돈과 바꿔치기에도 역시 무언가 아픔을 느낀다. 그리고 무슨 영문인지 모르게 되면 될수록 아픔은 더욱 심해진다.

# 4

"우, 아, 하하! 그러고 보니 너는 치통에서도 쾌감을 발견하려는가 보군!" 당신들은 웃음과 함께 이렇게 외칠 것이다.

"그게 어쨌단 말인가? 치통에도 쾌감은 있는 법이다"라고 나는 대답하겠다. "나는 한 달 동안이나 계속해서 치통에 시달린 일이 있기 때문에 거기에도 쾌감이 있다는 걸 확실히 알고 있다. 물론 그 경우엔 말없이 화만 내고 있는 것이 아니라, 끙끙 신음 소리를 내게 마련인데, 이 신음 소리는 정직한 것이 못 된다. 그것은 심술궂은 데가 있는 신음 소리이며, 바로 그 심술궂음 속에 뭐가 있는 것이다. 다시 말해서 바로 이 신음 속에 괴로워하는 자의 쾌감이 표현되는 것이다." 만약에 쾌감을 느끼지 않는다면 — 그는 신음하지 않을 것이다. 이것은 좋은 예이니, 여러분 이 문제를 한번 발전시켜보기로 하자.

이 신음 소리 속에는 첫째, 본인의 의식하는 바로서는 굴욕적인 고통의 무목적이 표현되어 있다. 즉 이것은 자연의 합법성이라고 할 수 있는데 그런 건 당신들에겐 한 푼의 가치조차 없지만, 그래도 당신들은 그 때문에 괴로워하고 있다. 그러나 자연은 아무렇지도 않다. 따라서 적은 어디에도 없는데 고통은 존재한다는 의식이 표현되는 것이다.

다시 말해서, 바겐하임* 같은 명의(名醫)가 아무리 세상에 많더라도 당신들은 완전히 자기 이의 노예가 되어, 만약에 누군가가 마음이 내켜서 당신들의 치통을 없애주면 모르되, 그렇지 않으면 적어도 3개월 동안은 아픔이 계속되리라는 의식의 표현이다. 그리고 당신들이 언제까지나 이를 받아들이지 않고 여전히 반항을 계속한다면 당신들은 단지 자위를 위해 자기 자신을 때리든가, 주먹을 움켜쥐고 장애물인 벽을 힘껏 치든가 그 밖의 다른 방법은 없다는 의식의 표현이다. 그건 그렇고 이렇게 피나는 굴욕감과 누구의 건지도 모르는 조소가 원인이 되어 마침내는 정욕의 극에 도달할 만큼의 쾌감이 시작된다. 여러분, 나는 당신들한테 부탁하고 싶다. 언제든 19세기의 교양인이 치통에 시달리면서 신음하는 소리에 귀를 한 번 기울여주기 바란다. 그것도 아프기 시작한 지 이틀째나 사흘째 정도가 알맞다. 그때는 첫날과는 신음 소리가 상당히 달라진다. 즉 단순히 이가 아프다는 이유만으로 소박한 농사꾼이 내는 그런 신음

---

\* 독일의 유명한 치과의사

소리가 아니라, 유럽 문화의 세례를 받은 개명된 인간의 신음 소리, 다시 말해서 이른바 '조국의 땅과 국민적 본질에서 동떨어진' 인간의 신음 소리다. 그의 신음 소리는 어딘가 더럽고 메스껍고 짓궂은 가락을 띠면서 밤낮없이 계속된다. 그렇게 신음해봐야 아무 소용도 없으며, 공연히 자기와 타인을 지치게 하고 초조하게 만들 뿐이라는 것은 본인이 누구보다도 잘 알고 있다. 그가 그토록 애써서 자기의 고통을 보여주고 싶어 하는 타인들도, 가족들도, 그의 신음소리를 들으며, 이제는 전혀 그 진실성을 불신하고 혐오감마저 느끼면서 저렇게 이상한 가락을 붙이거나 이상한 기교를 부리지 말고 좀 더 솔직히 신음할 수도 있을 텐데, 저건 단지 악의에 찬 심술에 지나지 않는다, 라고 속으로 생각한다 ― 이것도 자기 본인이 잘 알고 있다. 그러니까 이와 같은 여러 가지 자의식과 굴욕 속에 정욕과도 같은 쾌감이 포함되어 있는 것이다.

"나는 당신들을 괴롭히고 신경을 쥐어뜯고 있다. 그리고 집 안 사람들을 못 자게 하고 있다. 그러니 모두들 자지 말라. 내가 이를 앓고 있다는 것을 당신들은 끊임없이 느껴야 한다. 전에 나는 당신들한테 영웅처럼 보이려고 했지만, 지금은 한낱 추악한 무뢰한으로밖엔 보이지 않을 것이다. 그렇다면 그래도 좋다! 당신들이 내 본성을 간파해주어 나는 오히려 고마울 지경이다. 당신들은 내 야비한 신음 소리가 듣기 싫을 테지…… 흥, 그렇다면 마음대로 해라. 이제 더욱 듣기 싫은 가락을 붙여 들려줄 테니……." 자, 여러분, 이래도 아직 모르겠는가? 아니, 이 쾌감이 지니는 온갖 뉘앙스를 이해하려면 좀 더 깊이 정신적으로 성장하여 모든 것을 철저하게 자각해야만 될 것 같다. 당신들은 웃고 있는가? 그렇다면 나도 유쾌하다. 물론 나의 익살은 야비하고 세련되지 못한 데다가 자신감도 없어 보일 테지만, 그건 내가 나 자신을 존경하지 않기 때문이다. 도대체 자의식이 발달한 인간이 어찌 자기를 존경할 수가 있겠는가?

# 5

 다시 묻겠다— 자기 자신의 굴욕감 속에서조차 쾌감을 발견하려는 그 따위 인간이 과연 조금이라도 자신을 존경할 수 있겠는가? 내가 지금 이런 소리를 하는 것은 새삼스레 무엇을 뉘우치는 마음에서가 아니다. 원래가 나는 '아빠, 잘못했어요, 다시는 안 그럴게요' 하는 식의 말은 도저히 견딜 수 없는 성미였다. 그것도 내가 그런 말을 할 수 없기 때문이 아니라, 지나치게 그런 말을 많이 하기 때문인지도 모른다. 그런 말씀 얼마든지 할 수 있다! 나는 꿈에서도 전혀 나쁜 짓을 한 기억이 없을 때 곧잘 그런 소릴 하곤 했다(이것이 무엇보다 좋지 않다). 그럴 때 나는 진심으로 감격하여 후회의 눈물을 흘리기까지 했다. 물론 내가 스스로를 기만한 거지만, 그렇다고 일부러 연극을 한 건 아니다. 무엇 때문인지 그저 내 마음이 그런 우스꽝스런 짓을 시켰다. 자연의 법칙은 평생을 두고 나를 모욕해왔지만, 이 경우 그 자연율도 탓할 수는 없다……. 이런 일은 돌이켜 생각하는 것조차 불쾌하다. 물론 그 당시도 불쾌했었다. 사실 1분도 채 지나기 전에 나는 벌써 마음속으로 이를 갈면서, 이건 순전히 거짓이다, 모든 게 거짓이다, 일부러 꾸며낸 거짓이다, 이런 참회는, 감격은, 갱생의 맹세는, 모두가 다 거짓이다, 라고 생각하는 것이었다. 그렇다면 도대체 나는 무엇 때문에 스스로 기만하고 괴롭혔던가? 그 대답은 — 멍청히 팔짱을 끼고 있기가 너무나 따분해서 약간 재주를 부려본 것뿐이다, 라고 나올 것이다. 사실 그렇다. 당신들도 자기 자신을 잘 관찰해보라. 사실 그렇구나, 하고 고개를 끄덕이게 될 테니.

어떻게 해서든 살아나가자니, 스스로 여러 가지 모험을 궁리해내서 인생을 창작할 필요가 있었다고 해야 옳을 것이다. 예를 들어, 나는 이날 이때까지 얼마나 많이 화를 냈는지 모른다. 그것도 무슨 이유가 있어서가 아니라, 그저 공연히 화를 내는 것이다. 나 자신 화를 낼 만한 이유가 없다는 걸 잘 알면서도 일부러 나 자신의 약을 올려주다 보면 나중에는 정말로 화가 나서 못 견디게 된다. 나는 한평생 이런 종류의 장난을 치고 싶은 못된 버릇에 빠져버려서 마침내는 스스로 내 의지를 조정할 수 없게 되고 말았다. 언젠가는 억지로 사랑에 빠져보려 한 적도 있었다. 그것도 한 번이 아니라 두 번이나 있었다. 솔직히 말해서 나는 무척 고민했다. 마음 깊은 곳에서는 자기가 괴로워하고 있다고는 전혀 믿지 않았을뿐더러 오히려 냉소하고 싶은 기분이었지만, 어떻든 고민한 것만은 사실이다. 그야말로 진짜 고민이었다. 끓어오르는 질투심 때문에 거의 미칠 지경에 이른 적도 있었다. 이것 역시 생활의 따분함에서 기인한 것이었다.

여러분, 모든 것은 생활의 따분함 때문이다. 타성에 압도되기 때문이다. 사실 말이지, 의식이라는 것에서 직접적으로 생기는 합법적 결과는 바로 이 타성이다. 타성이란 다시 말해서 의식적인 수수방관의 생활이다. 여기에 대해선 앞에서도 언급한 바 있지만, 다시 한번 강조하는 뜻에서 되풀이한다 ─ 실천적 활동적 인간은 모두가 우둔하고 천박한 위인들이기 때문에 그래서 적극적으로 행동할 수가 있는 것이다. 이것을 어떻게 설명하면 좋을까? 그렇다, 이렇게 말하는 게 좋겠다 ─ 그들은 그 천박한 성질 때문에 가장 직접적이지만 부차적인 원인을 근본적인 이유로 오인하고 자기 사업의 확고부동한 기초를 발견한 것처럼 성급히 확신하고서 안도의 숨을 내쉰다. 이것이 가장 중요한 점이다. 하기는 활동을 개시하려면 미리부터 안심하고 아무런 의혹도 품지 않는 편이 편리할 것이다. 하지만, 예컨대 나 같은 인간은 어떤 식으로 자기 자신을 안심시킬 수 있을까? 자기의 지주(支柱)로 삼을 근본적인 이유는 어디 있을까? 중요한 기초는 어디 있을까? 어디서 그걸 가져온단 말인가? 나는 사색하는 데 단련되어 있기 때문에 하나의 근본적 원인이 보다 더 근본적인 원인을 끌어내게 마련이다. 그리고 이것이 한없이 계속된다. 이것이 바로 모든 의식, 모든 사색의 본질이다. 그렇다면 이것이야말로 바로 자연율이 틀림없다. 결국 마지막엔 어떻게 될까? 역시 매한가지다.

좀 전에 내가 복수에 관해 얘기한 것을 상기해주기 바란다(아마 당신들은 별로 귀담아듣지도 않았을 게다). 앞에서도 말한 바와 같이, 사람이 복수를 하는 것은 그 안에 정의가 있다고 생각하기 때문이다. 즉 그는 근본적 이유, 다시 말해서 정의를 발견했으므로, 모든 점에서 완전히 안심하고 그것이 떳떳하고 옳은 행위라는 확신을 가지고서 침착하게 복수의 목적을 달성할 수가 있다.

그렇지만 나 같은 인간은 그 행위 속에서 정의라든가 선행 같은 건 조금도 발견하지 못하므로, 만약에 내가 복수를 한다면 오직 악의로 하는 거라고밖에 설명할 수가 없다. 악의라는 것은 물론 의혹이건 회의건 무엇이든지 극복할 힘이 있으므로, 따라서 얼마든지 근본적 이유를 대신할 수도 있다(그 따위가 이유가 될 수는 없으니까). 그러나 만약에 나한테 악의가 전혀 없다면 대체 어떻게 하면 좋을까?(아까 나는 이러한 의문 때문에 이야기를 시작한 것이다.) 나의 적의는 여기서도 또 그 저주스러운 의식의 법칙의 작용으로 화학 분해를 일으켜 산산조각 나버린다. 복수의 대상 자체가 어느새 흩어져버리고, 논거는 안개처럼 사라지고, 책임의 소재도 밝혀낼 수 없게 되고 만다. 그리고 내가 받은 모욕이 이미 모욕이 아니라 무슨 숙명 같은 것으로 되어버린다. 이를테면 아무도 탓할 수 없는 치통 같은 것으로 변하는 것이다. 따라서 이번에는 단 하나의 방법밖엔 남지 않는다. 즉 벽에다 대고 주먹을 내지르는 도리밖엔 없다.

이래서 결국은 단념해버리는 수밖엔 없다. 왜냐하면 근본 이유가 발견되지 않기 때문이다. 하기는 근본 이유 같은 건 따지지 말고 잠시 의식을 물리치고 맹목적으로 자기 감정에 이끌려가는 것도 좋다. 팔짱을 끼고 멍청히 앉아 있지 않기 위해서, 증오하든 사랑하든 해보는 것이다. 그렇게 하면 아무리 늦어도 사흘째에는 자기 자신을 경멸하게 될 것이다. 뻔히 알면서 자기 자신을 기만했으니 말이다. 그리하여 나중에 남는 것은 비누 거품과 타성뿐이다.

아아, 여러분, 내가 스스로 현자로 자처하는 것은 한평생 무엇 한 가지 시작할 수도 완성할 수도 없었기 때문이다. 나보고 수다를 떤다고 해도 좋다. 부질없는 장광설을 늘어놓는다고 핀잔을 한대도 상관없다. 그러나 모든 현자들의 유일한 사명이 공허한 장광설을 늘어놓는 데 있다고 한다면 이건 어찌할 수 없는 일 아닌가.

# 6

 만약에 나의 무위(無爲)가 오직 게으름에서 기인했다면, 아아, 그렇다면 나는 얼마나 스스로를 존경했을까! 비록 게으름일망정 무언가 한 가지를 자기 내부에 지닐 수 있다는 그 점만으로도 스스로를 존경했을 것이다. 왜냐하면 한 가지만이라도 스스로 확신할 수 있는 적극적인 개성을 지니고 있는 셈이니 말이다. 저건 대체 뭣 하는 놈이냐고 누가 물었을 때, 게으름뱅이라고 한마디로 대답할 수 있지 않은가. 자기에 관해서 이런 말을 듣는 것은 무척 기분이 좋을 것이다. '게으름뱅이.' 이것은 하나의 떳떳한 직함이요, 신분이요, 이력이다. 이건 절대 농담이 아니다. 그렇게만 되면 나는 일류 클럽의 당당한 회원으로서 끊임없이 자기 자신을 존경만 하고 있으면 된다.

내가 잘 아는 신사 하나는 자기가 라피트\*에 관한 한 권위자임을 한평생 자랑으로 삼고 있었다. 그리고 이것을 존경받을 만한 인간적 장점이라 믿어 의심치 않았다. 그는 평온한 양심이라기보다는 자신만만한 양심을 품고서 죽어갔지만, 이것은 지극히 당연한 일이라 할 수 있다. 만약에 내가 그런 처지였다면 생애의 방침을 확고히 세웠을 것이다. "나는 게으름뱅이에다 대식가이긴 하지만, 평범한 사람이 아닌, 이를테면 아름답고 고귀한 모든 것을 동경할 줄 아는 게으름뱅이요, 대식가올시다. 어떻소, 여러분 마음에 듭니까?" 이것을 나는 이미 오래전부터 몽상해왔다. 이 '아름답고 고귀한 모든 것'은 40년 동안 나의 뒤통수를 사정없이 억눌러왔다. 이것은 나의 생애의 40년 동안이지만, 만약 내가 그런 처지였더라면 오오, 그때는 전혀 이야기가 달랐을 것이다! 나는 좀 더 적당한 행동을 재빨리 발견했으리라 믿는다. 즉, 아름답고 고귀한 모든 것을 위해 축배를 드는 일이다! 나는 기회만 있으면 우선 내 잔에다 눈물 한 방울을 흘린 다음, 모든 아름답고 고귀한 것을 위해 그것을 마셔버렸을 것이다. 그때는 이 세상의 모든 것을 아름답고 고귀한 것으로 바꾸어버리고 더없이 추악한, 의심할 여지 없는 쓰레기 속에서도 아름답고 고귀한 것을 발견했을 것이다. 나는 물에 젖은 해면처럼 눈물을 담뿍 머금었을 것이다. 예를 들면 'G'라는 화가가 한 폭의 그림을 그렸다고 하자. 나는 곧 그 'G'라는 화가의 건강을 축복해서 건배할 것

---

\* 프랑스산 붉은 포도주

이다. 왜냐하면 모든 아름답고 고귀한 것을 나는 사랑하기 때문이다. 한 작가가《저마다 제멋대로》라는 책을 쓰면 나는 그 작가가 누구건 곧 건강을 축복하여 건배한다. 왜냐하면 모든 아름답고 고귀한 것을 사랑하기 때문이다. 나는 거기에 대해 타인의 존경을 요구하고, 나에게 경의를 표하지 않는 자에게는 따끔한 맛을 보여줄 것이다. 조용히 살다가 장엄하게 죽어간다— 이 얼마나 멋진 일이냐! 얼마나 훌륭한 일이냐! 그리고 그때 나는 뚱뚱한 배를 쑥 내밀고 턱을 세 겹이 되도록 살찌게 하고, 빨간 코에 더욱 기름이 번지르르하게 할 것이다. 그러면 만나는 사람마다 나를 보고 "흠, 참으로 쓸 만한 인재로구나! 이거야말로 긍정적인 현상이다!"라고 말할 것이다. 여러분, 당신들이 뭐라고 말하든, 이 부정적인 시대에 이런 평을 듣는다는 건 그야말로 기분 좋은 일이 아닌가.

# 7

그러나 그것은 모두 부질없는 공상에 지나지 않는다. 아아, 애초에 누가 먼저 이런 소릴 꺼냈는지 묻고 싶다. 인간이 추악한 짓을 하는 것은 오직 자기의 참 이익을 모르기 때문이다, 라고 말한 것은 대체 누구인가? 이들의 생각대로라면 인간이란 그 지성을 일깨워주고 자기의 진짜 이익이 무엇인가를 알도록 눈뜨게 해주기만 하면, 이내 더러운 행위를 집어치우고 선량 결백한 인간이 되고 말 것이다. 왜냐하면 계몽된 지성을 지니게 되고 자기의 진짜 이익을 알게 되면, 선행 속에서 자신의 이익을 발견하게 될 것이기 때문이다, 세상의 어느 누구도 자기 이익에 반대되는 짓을 일부러 할 리는 만무하므로 필연적으로 선을 행하게 될 것이 아닌가, 하는 식의 논리다. 아아, 이 얼마나 유치한 생각인가! 순진무구한 젖먹이의 꿈이랄

밖에!

첫째, 천지 개벽 이래 단 한 사람이라도 오직 자신의 이익만을 위해 행동한 사람이 있었을까? 인간이란 자기의 참된 이익을 잘 알고 있으면서 그것을 밀어젖히고 아무에게도 아무것에도 강제되고 있지 않은데도 다른 모험의 길로 돌진하는 법이다. 이것을 증명하는 무수한 사실들을 대체 어떻게 설명할 것인가? 인간이란 정해진 길을 고지식하게 걸어가기가 싫어서 오기로라도 그와는 다른 고통스런 길을, 어둠 속을 더듬듯 고생하면서 스스로 개척해나가는 것이다. 그렇다면 이 오기와 고집은 정녕 그 어떤 이익보다도 기분이 좋은 거라고 봐야 한다……. 이익이라! 도대체 이익이란 뭔가? 인간의 이익은 어디에 있는가? 그것을 당신들은 꼭 집어서 정확히 정의할 자신이 있는가?

그보다도 만약에 인간의 이익이란 것이 자기에게 유리한 것보다는 불리한 것을 원하는 데 있다고 한다면 어떨까? 만일 그렇다면, 언제나 이 만약의 경우만이 일어난다고 한다면, 모든 법칙은 산산조각 나버리지 않겠는가? 과연 이런 경우가 자주 있을까? 당신들은 어떻게 생각하는가? 웃고들 있군. 웃어도 좋다. 하지만 한 가지 물음에 대한 여러분의 대답만은 듣고 싶다. 과연 인간의 이익이란 절대적으로 정확히 계산된 것일까, 여태까지 어떤 분류에도 해당하지 않았을뿐더러 해당될 수도 없는 그런 이익이 존재할 수는 없을까? 여러분, 내가 아는 한 당신들은 여태까지 통계표의 숫자와 경제학적 방식의 평균치 따위를 가지고 인간의 이익 대장을 꾸며왔던 것이다. 당신들이 말하는 이익이란, 행복이니 재산이니 자유니 안일 따위를 가리키는 것이므로, 이런 이익 대장을 무시하고 의식적으로 그에 역행하는 인간은, 당신들의 생각으로는 아니 내 생각으로도 마찬가지겠지만, 그런 인간은 무지몽매한 고집쟁이든가, 아니면 진짜 미치광이로 보일 것이다. 이게 틀린 말인가?

그런데 여기 이상한 점이 있다. 이들 통계학자나 현인이나 인류애를 표방하는 인사들이 인간의 이익을 산출할 때 언제나 한 가지 이익을 빠뜨리곤 하는 건 대체 무슨 까닭일까? 의당 집어넣어야만 할 텐데 그걸 계산에 넣으려 하지 않는다. 그래서 전체의 합계가 틀려버리는 것이다. 얼핏 생각하기엔 별로 대수로운 일도 아니니 그 이익을 계산표에 기입하기만 하면 될 것같이 여겨지겠지만, 이 이익이라는 게 어느 분류에도 해당되지 않아서 어느 표에도 기입할 수 없다는 데 난점이 있다.

예를 들면, 나에게 한 친구가 있다⋯⋯ 아 참, 이 사나이는 당신의 친구이기도 하다. 하긴 누구든 이 사나이의 친구가 아닌 사람은 없다! 그는 무슨 일에 착수할 때면 청산유수와도 같은 달변으로, 이성과 진리의 법칙에 따라서 행동하려면 어떻게 해야 하는지 당신들한테 설명하려 들 것이다. 그뿐만 아니라 정상적인 인간의 진짜 이익에 관해 흥분과 열정에 찬 어조로 설명하면서, 자기 이익도 선행의 참뜻도 이해 못하는 근시안적인 우매한 자들을 경멸하고 비난할 것이다. 그런데 불과 15분도 지나기 전에, 그는 아무런 돌발적인 원인도 발생하지 않았음에도 다만 그 어떤 이익보다도 강한 힘을 지닌 일종의 내적 충동에 힘입어, 그야말로 엉뚱한 짓을 한다. 즉, 방금 제 입으로 지껄여댄 것과는 정반대되는 짓을 한다. 이성의 법칙과 자기 자신의 이익과, 그리고 한마디로 말해서 모든 것과 반대되는 행동을 하기 시작한단 말이다! 하기는 나의 친구라는 건 집합명사적 존재이므로 이 사나이 하나만을 힐난한다는 건 타당하지 못할는지 모른다.

여러분, 요컨대 이게 문제다. 사실 말이지, 거의 모든 사람에게 최상의 이익보다 더욱 귀중한 그 무엇이 존재하는 게 아닐까? 다시 말해서 그 무엇보다도 유익한 이익이 존재하는 게 아닐까? 이것이 바로 좀 전에 말한 바 있는, 대부분의 경우 빠뜨려먹기 일쑤인 이익으로 다른 어떤 이익보다 가장 귀중하고 고귀한 것이다. 이 이익을 위해서 사람들은 필요하다면 모든 법칙에 역행하기를 서슴지 않는다. 즉, 이성도 명예도 안일도 행복도— 한마디로 말해서 이런 모든 아름답고 유익한 것에 역행하는 한이 있더라도, 오직 자기에게 가장 귀중한 이 근본적이며 가장 진정한 이익을 획득하기만 하면 된다.

"흥, 그렇다면 역시 이익이 틀림없지 않은가!" 하고 당신들은 내 말을 가로챌 것이다. 그러나 실례지만 우린 아직 이야기를 충분히 주고받지 못했다. 그리고 문제는 말재주를 부리는 데 있는 게 아니다. 이 이익의 특징은 일체의 분류를 파괴하고, 인류애를 내세우는 자들이 인류의 행복을 위해 설정한 체계를 송두리째 때려부수는 데 있다. 요컨대 이 이익은 세상의 모든 것을 방해하는 것이다. 그러나 나는 이 이익의 이름을 당신들에게 밝히기 전에, 나 자신의 명예의 손상을 무릅쓰고 대담하게 선언하련다— 그와 같은 훌륭한 체계는 다시 말해서 인류에게 진짜 정신적인 이익을 설명하면서 '이걸 획득하려고 노력하기만 하면 당장에 선량하고 고결한 인간이 될 수 있다'고 설득하는 그런 이론은, 지금 내 생각으론 한낱 졸렬한 논리에 지나지 않는다고! 그렇다, 졸렬하기 짝이 없는 논리다.

사실 인간 자신의 이익의 체계로 온 인류를 갱생시키려는 이론을 긍정한다는 건 내 생각으론, 예컨대 바클*의 흉내를 내어, 인간은 문명 덕택에 온순해지고 따라서 잔인성은 점점 없어져서 나중에는 전쟁 같은 건 할 수 없게 될 거라는 주장을 긍정하는 것과 다를 바 없다. 그러나 인간은 체계니 추상적 기능이니 하는 것에 너무나 집착한 나머지, 보면서도 보지 못하고 들으면서도 듣지 못하는 식으로 일부러 진실을 왜곡하기를 서슴지 않게끔 되어버렸다. 내가 이런 예를 든 것은 그것이 너무나 명백한 실례이기 때문이다. 우선 자기 주위를 한번 둘러보라. 유혈은 강물을 이루고 있을 뿐 아니라, 샴페인이나 뭐처럼 사뭇 유쾌하게 솟구쳐오르고 있지 않은가. 이것이 당신들이 찬미해 마지않는 19세기이며, 바클이 살고 있는 시대이다. 그리고 위대한 현대인 나폴레옹도 마찬가지다. 또한 우리의 영원한 우방국인 북아메리카도 예로 들 수 있다. 그리고 또 저 만화 같은 슐레스비히 홀슈타인 문제**······. 도대체 문명이 인간 내부의 어

---
\* 영국의 유명한 사학자
\*\* 이 지역의 관리 문제로 1866년 프러시아와 오스트리아 사이에 전쟁이 일어났다.

떤 성질을 온순하게 만든다는 건가? 문명이란 오직 감각의 다면성을 발달시킬 뿐 그 밖의 아무것도 아니다. 이 다면성을 더욱 발달시켜나가면 인간은 아마 유혈 속에서 쾌감을 발견하게 될 것이다. 아니, 실제로 그렇게 되지 않았는가.

당신들은 알아챘는지 모르겠지만, 가장 세련된 살육자는 거의 한 사람의 예외도 없이 최고의 문명인들로, 거기 비하면 아틸라 대왕이나 스텐카라진 같은 건 발밑에도 못 가는 경우가 많다. 그들이 아틸라 대왕이나 스텐카라진만큼 두드러지게 눈에 띄지 않는 것은, 요컨대 그자들이 우리 주위에 너무나 자주 나타나곤 해서 이제는 아주 예사롭게 되어버렸기 때문이다. 하여튼 문명 덕택에 인간이 전보다 더 피에 굶주리게 되었다고는 말할 수 없더라도, 옛날보다 더러운 꼴로 굶주리게 된 것만은 확실하다. 옛날엔 유혈 속에서도 정의를 발견하고 양심의 가책 없이, 마땅히 제재를 가해야 할 인간을 살육했다. 그러나 지금 우리는 유혈을 더러운 짓이라고 생각하고 있으면서도 옛날보다 훨씬 대규모로 하고 있다. 과연 어느 쪽이 더 나쁜가? 그건 당신들의 판단에 맡기겠다.

전하는 바에 따르면, 클레오파트라는 (로마사에서까지 예를 드는 걸 용서하기 바란다) 여자 노예들의 가슴을 금 바늘로 찔러 노예들이 비명을 지르며 꿈틀거리는 걸 보고 쾌감을 느꼈다 한다. 여기에 대해 당신들은 그런 건 상대적으로 보아 야만 시대의 일이 아니냐, 그리고 현대 역시 상대적으론 야만 시대이므로 지금도 여전히 사람 몸에 바늘을 꽂는 따위 짓을 하고 있다, 또한 인간은 옛날에 비해 사물을 옳게 판단할 수 있게 되었다고는 하지만 아직도 이성과 과학이 지시하는 대로 행동하는 것을 완전히 습득한 것은 아니다, 라는 식으로 말할는지 모른다. 어쨌든 당신들은 마음속으로 낡은 악습이 없어지고 상식과 과학이 인간의 본성을 완전히 재교육하여 올바르게 지도하게 된다면 반드시 그것을 습득하게 되리라고 확신하고 있을 것이다. 당신들의 확신대로라면 그때야말로 인간이 스스로 과오를 범하거나 자기 의지를 정상적인 이익에 역행시키는 따위 짓은 자연히 없어져야 할 것이다. 그뿐만 아니라 당신들의 생각으론 그때야말로 과학 자체가 인간을 교도하여(내 생각으론 너무 지나친 얘기 같지만), 인간은 자유 의지 같은 건 애초부터 없었던 것처럼 피아노의 건반이나 휴대용 오르간의 핀 같은 것이 되어버리고 말 것이다. 그뿐만 아니라 이 세상에는 자연의 법칙이라는 게 엄존하고 있으므로, 인간이 무얼 하든 간에 그것을 자기의 의지로 실행할 수는 없는 일이며 자연의 법칙에 따라 스스로 이루어지는 거라고 보아야 한다. 따라서 이 자연율을 발견하기만 하면 인간은 자기 행위에 책임을 지지 않아도 되므로, 생활하기가 무척 편해진다. 그렇게 되면 모든 인간의 행위가 자연히 이 법칙에 따라 분류되어, 마치 대수표처럼 그 수가 대략 10만 8천 종류쯤 되어 연감 속에 기입된다. 그보다 더 좋은 것으로는 요즘의 백과사전 같은 친절한 출판물이 간행되어 인생에 관한 모든 것을 정확히 계산해서 명시해준다면 이미 이 세상엔 행위도 없고 돌발 사건도 없게 된다.

그때야말로 ─ 이것은 모두 당신들의 설을 대변하는 것이지만 ─

수학적으로 정확하게 계산된 인스턴트 식 새로운 경제 관계가 시작되고, 문제거리란 흔적도 없이 사라져버린다. 어떤 문제든지 미리 준비된 해답을 즉각 얻을 수 있기 때문이다. 그때야말로 수정궁이 세워진다. 그때는— 한마디로 말해서 봉황이 날개를 펴고 내려온다. 하기는 (이건 내 의견이지만) 그때 무서운 권태 같은 게 내습하지 않으리라는 보장은 없다(그도 그럴 것이, 하나에서 열까지 모든 게 표에 계산되어 있으니 아무것도 할 일이 없을 게 아닌가). 그 대신 모든 것이 빈틈없이 합리화된다. 물론 심심풀이로 무슨 엉뚱한 일을 궁리해내지 않는다고 장담할 수는 없다! 금 바늘로 사람을 찌르는 것 역시 심심풀이로 하는 것이 아닌가. 그러나 그런 것쯤은 대수로운 문제가 아니다. 다만 한 가지 곤란한 것은 이것도 내 의견이지만, 그때 가선 금 바늘로 찔리우는 걸 오히려 좋아하게 될는지도 모른다는 점이다. 원래 인간은 바보니까. 어이없을 만큼 바보니까. 아니 바보는 결코 아니지만, 그 대신 형편없는 배은망덕자다.

예를 들어, 이런 배은망덕자가, 자기보다는 남을 멸시하는 빛을 띤 퇴보적인 신사가 분별에 가득 찬 미래의 세계에서, 이렇디 할 동기도 없이 별안간 튀어나와 양손을 허리에 대고 떡 버티고 서서 사람들을 향해 "어떻소, 여러분. 이 따위 합리적인 세계는 한 발로 차서 부숴버립시다! 뭐 다른 목적이 있어서가 아니라, 이 대수표는 악마에게나 주어버리고, 다시 한번 우리 자신의 바보스러운 의지대로 살아보고 싶다 이 말이오!"라고 떠벌린다 해도 나는 조금도 놀라지 않겠다.

사실, 이 정도라면 대수로울 건 없지만 반드시 동조자가 나타날 테니 그게 곤란하다는 것이다. 그렇게 생겨먹은 게 인간이니까. 이런 일은 입에 올릴 가치조차 없어 보이는 부질없는 원인에서 생기는 법이다. 다름 아니라, 인간이란 언제 어디서든 이성이나 이익이 명령하는 것에 따르기보다는 하고 싶은 짓을 제멋대로 하고 싶어 하는 성질이 있기 때문이다. 설사 자기 자신의 이익에 반대되더라도 하고 싶은 걸 어쩌겠는가. 그뿐만 아니라 천하없는 일이 있어도 꼭 그렇게 해야만 할 경우도 있다(이건 이미 내 생각이지만). 자기 자신의 자유로운 의욕, 아무리 엉뚱한 것일지라도 하여튼 자기 자신의 변덕, 미치광이 같은 것이라도 좋으니 하여튼 자기 자신의 공상— 이것이야말로 세상 사람이 간과하고 있는 가장 유익한 이익이다. 이것만은 어떤 분류에도 속하지 않는 이익이며 또 이것 때문에 일체의 이론이 박살나버린다. 저 현인이란 자들이 인간에겐 무언가 도덕적인 훌륭한 의욕이 필요하다고 확신하고 있는 것은, 도대체 어디에 근거를 두고 계산해낸 판단인가? 어째서 그들은 판에 박은 듯이, 인간에겐 반드시 합리적인 유익한 의욕이 필요하다는 따위 망상을 일으켰을까? 인간에게 필요한 것은 오직 독자적인 자유로운 의욕뿐이다. 이 자유로운 의욕의 대가가 아무리 비싸더라도, 그리고 어떤 결과를 초래하더라도 그런 건 문제가 아니다. 참으로 이 의욕만큼 처치 곤란한 것도 다시 없을 것이다.

# 8

"하, 하, 하! 하지만 의욕이란 실제에 있어 존재하지 않는단 말이다. 원한다면 말하겠는데……" 하고 당신들은 큰소리로 웃으면서 이렇게 말할 것이다. "오늘날 과학은 이미 인간을 속속들이 해부해 놓았기 때문에 이젠 주지의 사실로 되어버렸지만 의욕이니 자유의지니 하는 건 다만……."

잠깐만, 여러분, 나 자신도 그런 식으로 말을 시작하려던 참이었다. 솔직히 말해서 이마를 한 대 얻어맞기라도 한 것 같은 기분이다. 나는 방금 의욕이란 도무지 정체를 알 수 없는 것에 좌우되는 것이기는 해도, 결국은 그것이 오히려 편리할는지 모른다, 라고 장담하려 했지만, 문득 과학이란 걸 상기했으므로…… 그만두고 말았다. 그러자 당신들이 먼저 말문을 연 것이다. 사실이 그렇잖은가. 만약에 언제든 우리의 의욕이나 공상 같은 것의 방정식을 죄다 발견해서 그런 것들이 무엇에 좌우되며 어떤 법칙에 따라 발생하며, 또 이러이러한 경우엔 어떤 방향으로 진전하는가 하는 것 등에 관한 수학적 공식이 확정되어버린다면—그때는 아마 의욕을 상실하고 말 것이다. 더 나아가 인간은 더는 존재하기를 원하지 않을지도 모른다. 생각해보라, 표에 의거한 의욕이 뭐가 재미있겠는가. 그뿐만 아니라 이때 인간은 이미 인간이 아니고, 휴대용 오르간의 핀 같은 존재가 되어버릴 것이다. 희망도 의지도 욕망도 없는 인간이라면 휴대용 오르간의 실린더에 붙은 핀과 뭐가 다르겠는가 말이다! 당신들은 어떻게 생각하는가? 과연 그런 일이 일어날 수 있겠는지 그 가능성을 한 번 계산해보지 않겠는가?

"흠……" 하고 당신들은 결론을 내릴 것이다. "우리의 의욕이 대부분 그릇된 것은 우리의 이익에 대한 잘못된 견해 때문이다. 우리가 이따금 터무니없이 바보스런 것을 원하는 건, 결국 우리가 미련한 탓으로 미리 예상된 무슨 이익을 획득하는 가장 손쉬운 길이 그 바보스런 행위 속에 있는 것같이 생각하기 때문이다. 따라서 이런 점이 죄다 설명되어 종이 위에 계산되어버리면(이건 얼마든지 있을 법한 얘기다. 왜냐하면 어떤 자연 법칙은 절대로 인간에게 이해될 리가 만무하다고 믿는다는 것은 불쾌하고도 무의미한 일이기 때문이다), 그때는 물론 이른바 의욕이라는 건 존재하지 않을 것이다. 그리고 만약에 의욕이 이성과 완전히 합치되어버린다면, 우리는 스스로 의욕을 버리고 이성에 순종하게 될 것이다. 그도 그럴 것이 이성을 완전히 지니면서 무의미한 것을 원한다는 건 이성에 역행하여 자기에게 해로운 걸 원하는 결과가 되므로 그런 짓을 할 바보는 없을 것이기 때문이다. 언젠가는 이른바 자유의지의 법칙이 발견될 것이므로 모든 의욕과 이성 판단이 세밀히 계산될는지 모른다. 그러면 농담이 아니라 정말로 무슨 표 같은 게 작성될 게 아닌가. 그렇게 되면 우리는 정말로 그 표가 지시하는 대로의 의욕을 품게 될 것이다. 예를 들어, 내가 엄지손가락을 깨물며 누군가를 노려보았다고 하자. 이런 경우 그것은 내가 노려보지 않을 수가 없어서 그렇게 한 것이고, 또한 반드시 지정된 손가락을 깨물지 않을 수 없었다는 식으로 정확히 계산상으로 증명된다면 그때 내겐 도대체 어떤 자유가 남는단 말인가. 더욱이 내가 어디서 학문을 연구한 학자라면 더욱 이상한 얘기가 아닌가. 정말로 그렇게 된다면 앞으로 30년 동안의 나의 생애 정도는 어김없이 계산해낼 수 있을 것이다. 한마디로 말해서 만약에 그런 일이 실현된다면, 우리는 아무것도 할 일이 없어질 것이지만, 하여튼 그걸 이해하기는 해야만 할 것이다. 그리고 우리는 끈기 있게 이런 것을 속으로 되풀이해야만 한다 — 이러저러한 순간에 이러저러한 상황하에서는 자연이 우리의 의지 같은 건 거들떠보지도 않으므로 우리 마음대로 공상해서는 안 되며, 자연을 그대로 받아들이는 수밖엔 없다. 그러니까 우리는 정말로 이런 표라든가 연감이라든가, 그리고…… 그 증류기까지도 목표로 삼고 전진하고 있다면, 별수없이 증류기조차도 받아들여야 한다! 그렇지 않으면 증류기 자신이 우리를 괴롭히지 않고 멋대로 기어들어가 버릴 테니까……"

옳은 말이다. 하지만 나로서는 좀 더 할 얘기가 있다. 여러분, 내가 신이 나서 엉터리 철학을 두드리는 걸 용서하기 바란다. 어쨌든 40년 동안이나 지하생활을 해온 인간이니 약간 공상에 치우치더라도 봐줘야 할 게 아닌가. 그건 그렇고, 여러분, 이성이란 좋은 것이 틀림없다. 이 점에 관해선 왈가왈부할 여지가 없긴 하지만, 이성이란 요컨대 한낱 이성일 뿐, 인간의 지적 능력을 만족시키는 데 지나지 않는다. 그러나 의욕은 전체 생활의 발현이며, 이성도 비근한 생리적 작용도 모두 포함하는 인간의 전체 생활의 발현이다. 이 발현에서 우리의 생활은 가끔 부질없는 것이 되기는 하지만, 하여튼 생활인 것만은 틀림없으며, 단순한 평방근 따위를 구하는 것과는 근본적으로 다르다.

그러니까 나 자신으로 말하더라도 단순히 나의 지적 능력, 즉 내 생활 능력의 불과 20분의 1 정도의 것을 만족시키기 위해서가 아니라, 생활 능력의 전부를 만족시키기 위해서 살고 싶다고 생각하는 건 너무나도 당연한 일이 아닌가. 이성이 대체 뭘 알고 있다는 건가? 이성은 다만 여태까지 인식할 수 있었던 것만을 알고 있을 뿐이다(어쩌면 어떤 종류의 일에 관해선 영원히 알 수 없을는지 모른다. 이것은 슬픈 일이긴 하지만, 그렇다고 솔직히 말해선 안 된다는 법은 없잖은가). 그러나 인간의 본성은 자기 내부에 존재하는 모든 것을 통틀어, 의식적으로 또는 무의식적으로 총체적인 활동을 하고 있으므로, 때로 빗나가는 수도 있긴 하지만, 어쨌든 생활을 하고 있는 것만은 사실이다.

　여러분, 아무래도 당신들은 나를 불쌍하다는 눈으로 바라보고 있는 것 같다. 당신들은 이렇게 되풀이해서 말할 것이다―지성이 발달한 교양인, 다시 말해서 미래인의 자격을 지닌 인간이 자기에게 불리한 것을 일부러 원할 리가 없으며, 이것은 수학적으로 분명한 일이다, 라고. 물론 그것은 수학적으로 분명하다. 그러나 거듭 되풀이하거니와 이 세상엔 인간이 자기에게 불리한 바보스러운 것을 원하는 경우가 하나쯤은 있다. 다름 아니라 현명한 것 이외에는 원해선 안 된다는 의무에 구속받지 않기 위해서 더없이 어리석은 것이라도 능히 원할 수 있는 권리를 갖고 싶기 때문이다. 여러분, 이런 어리석기 짝이 없는 행위, 즉 제멋대로의 변덕이야말로 우리 같은 인간에겐 이 지상의 무엇보다도 가장 귀중하고 유익한 것일는지 모른다. 특히 어떤 경우엔 더욱 그러하다. 부분적으로 말하면 그런 행위가 명백히 우리에게 해독을 초래하고, 우리의 건전한 이성의 결론에 모순되는 경우에라도, 그것은 온갖 이익을 한데 묶는 것보다 더욱 유익한지 모른다. 왜냐하면 그것은 우리에게 가장 귀중한 것, 즉 우리의 인격과 개성을 보존해주기 때문이다.

　개중에는 이렇게 주장하는 사람도 있다―물론 그것이야말로 인간에게 무엇보다 귀중하다. 의욕이란 마음만 내킨다면 얼마든지 이성과 합치할 수 있다. 그것을 남용하지 않고 적당히 이용하면 더욱 그러하다. 그렇게 되면 그저 유익한 정도가 아니라 칭찬을 받을 만도 하다. 그러나 의욕이란 때때로 자기보다는 대개의 경우, 고집이라고 생각될 만큼 완전히 이성에 역행하는 법이다. 그리고…… 그리고 당신들은 알고 있는지 모르겠지만, 이것 역시 그저 유익한 정도가 아니라 경우에 따라선 칭찬을 받아 마땅할 지경이다.

여러분, 가령 인간은 바보가 아니라고 가정해보자(사실 인간이 바보라고 말하는 건 불가능하다. 만약에 인간이 바보라고 한다면 대체 누가 현명하단 말인가? 이것 하나만으로도 명백하지 않은가). 그러나 설사 바보는 아니라손 치더라도 비길 데 없는 배은망덕자인 것만은 틀림없다! 나는 이렇게까지 생각한다 ― 인간이란 것을 가장 적절히 정의한다면, 두 발로 걸어다니는 배은망덕한 동물이다, 라고. 하지만 이것으로 인간의 결점을 다 말한 것은 아니다. 인간의 가장 큰 결점은 영원불변의 부덕이다. 대홍수 시대에서 슐레스비히 홀슈타인 사건에 이르기까지 인류사를 통해 언제나 변함없는 것이 바로 이 부덕이다. 이 부덕의 당연한 결과로서 무분별이 생긴다. 무분별이 다름 아닌 부덕의 결과라는 것은 옛적부터 잘 알려진 사실이다. 인류의 역사를 한 번 훑어보라. 대체 당신들은 거기서 무엇을 발견할 것인가? 장엄을 발견한다고? 하긴 장엄인지도 모른다. 아마 로도스 섬의 거상(巨像)\* 하나만으로도 그만한 가치는 있다. 아나옙스키가 거기에 관해서 '어떤 사람은 인공으로 만들었다 하고, 또 어떤 사람은 자연의 창조물이라고 주장한다'라고 한 것은 당연한 일이다.

그럼 너무 복잡하고 다양하단 말인가? 하긴 너무 복잡할는지 모

---

\*   다도해의 두 섬에 양다리를 걸치고 서 있었다는 전설의 상

른다. 모든 시대 모든 국가의 문관과 무관이 착용했던 예복만 조사하려 해도 굉장한 일일 테니까. 만약에 거기서 약식 제복까지 계산에 넣는다면 그야말로 오리무중이어서, 어느 사학자라도 비명을 올리지 않을 수 없을 것이다. 아니면 모든 것이 단조롭단 말인가? 하긴 단조로운지도 모른다. 투쟁, 또 투쟁. 인류는 지금도 싸우고 있다. 옛날에도 싸웠고, 앞으로도 싸울 것이다. 사실 이건 너무나 단조롭지 않은가. 요컨대 세계사에 관한 한, 어떻게라도 말할 수 있다. 혼란된 두뇌 속에 떠오르는 어떤 엉터리없는 상상이라도 거기다 두들겨 맞출 수 있는 것이다.

 그러나 말할 수 없는 게 한 가지 있다 — 그것은 분별을 지니고 있다는 말이다. 만약에 그런 소리를 하려다가는 첫 마디에 혀가 굳어버릴 것이다. 그보다도 이런 괴상한 일까지 늘 일어나고 있는 형편이다 — 이 세상엔 몹시 덕이 높은 분별 있는 사람들과 위대한 현인들과 박애주의자들이 끊임없이 나타나고 있다. 그들은 될 수 있는 대로 덕행과 분별 있는 행동을 취함으로써 이웃 사람들을 위해 길을 밝혀주는 걸 자기 생애의 목적으로 삼는다. 다시 말해서 인생은 덕행과 분별 있는 행동으로 살 수 있다는 걸 세상 사람에게 보여주려는 것이다. 그런데 실제로는 어떤가? 잘 아다시피 이런 박애주의자들은 대부분이 자기 생애가 끝날 무렵에 가서 뭔가 이상한 에피소드를 만들어 자기 자신을 배반하는 결과가 되어버린다. 더구나 그 에피소드란 때로는 그지없이 추악하게 마련이다.

 그럼 여기서 당신들에게 묻거니와, 이런 기묘한 성질을 타고난

동물인 인간에게 대체 무엇을 기대할 수가 있겠는가? 한 번 시험삼아 지상의 온갖 행복을 인간의 머리 위에다가 한꺼번에 퍼부어, 행복 속에 풍덩 가라앉아버리게 하여, 그 행복의 표면에 물거품 같은 것이 꾸럭꾸럭 떠오르도록 해보라. 아니면, 인간에게 충분하고도 남을 만한 경제적 만족을 주어, 실컷 잠이나 자고 꿀떡이나 먹고 세계사의 영속이나 염려하는 따위 일밖엔 아무것도 할 일이 없는 처지에 놓아보라. 그래도 인간은, 오직 배은망덕의 습성 때문에, 더러운 고집 때문에, 파렴치한 짓을 저지르고야 말 것이다. 꿀떡이 주는 행복조차도 희생할 각오로 자기를 파멸시키는 비경제적이고 바보스러운 넌센스를 기어이 원할 것이다. 그것도 다만 이 분별에 찬 질서정연한 세계에 파멸과 환상의 분자를 혼합시키고 싶다는 한 가지 이유 때문이다. 이와 같은 터무니없는 공상과 비천하기 짝이 없는 욕망을 언제까지나 잃지 않으려고 하는 게 인간이다. 결국 그것은 인간이란 어디까지나 인간일 뿐, 피아노의 건반은 아니라는 걸 스스로 확인하고 싶은 데 지나지 않는다.

  피아노의 건반을 두드리는 것은 다름 아닌 자연의 법칙이 틀림없으나, 그렇다고 너무 신바람나게 두드리다 보면, 그때는 표를 무시하고는 아무 의욕도 불태울 수 없게 되리라는 것을 자기 자신에게 경고하고 싶은 것뿐이다(마치 그런 것이 꼭 필요하기라도 한 듯이 말이다).

  그러나 그뿐만이 아니다. 설사 인간이 정말로 피아노의 건반에 지나지 않는다 하더라도, 그리고 그것이 자연과학으로 수학적으로 증명되었다 하더라도, 여전히 인간은 정신을 차리지 못하고 뭔가 이상야릇한 일을 저지를 것이다. 요컨대 단순히 배은망덕의 습성 때문에 자기를 주장하고 싶다는 이유만으로 말이다. 만약에 적당한 방법이 없을 때는, 파괴와 혼돈과 온갖 고통을 궁리해내서라도 하여튼 자아를 주장할 것이다. 그때 인간은 온 세계에 저주를 뿌릴 것이다. 저주라는 건 오직 인간에게만 주어진 능력이므로(이것이야말로 특권이자, 인간을 다른 동물과 구별해주는 특징이다), 아마 이 저주 하나만으로도 자기 목적을 달성할 것이다. 즉, 자기는 피아노의 건반이 아니라는 걸 확신할 것이다.

어쩌면 당신들은, 혼돈이나 암흑이나 저주나 모두 표로 계산할 수 있으므로, 이 예비적 계산이 가능하다는 것만으로도 모든 것을 저지할 수 있고, 결국은 이성의 승리로 끝날 것이다, 라고 말할지는 모르지만, 그렇다면 인간은 일부러라도 미치광이가 되어 이성을 버리고서 자기 주장을 관철하고야 말 것이다.

나는 그렇게 믿는다. 나는 그걸 보증한다. 왜냐하면 인간은 자기가 하낱 핀이 아니라 어엿한 인간임을 끊임없이 증명히고 싶이 힐 뿐 아니라, 인간의 일이란 실제에 있어 그것 한 가지뿐이기 때문이다! 설사 자기가 괴로움을 당하는 한이 있더라도 어쨌든 그걸 증명하려 한다. 설사 혈거 생활 같은 형식을 취해서라도 그걸 증명하려 한다. 이렇게 되고 보면, 그 따위 표는 아직 존재하지 않으며, 의욕은 아직도 정체불명인 것에 좌우되고 있다고 주장하고 싶어지는 것도 무리가 아니잖는가.

여기에 대해 당신들은 이렇게 외칠 것이다(만약에 당신들이 나 같은 것한테 말을 건넬 가치가 있다고 인정하면 말이다) — 아무도 너의 의지를 빼앗으려는 자는 없다, 우리는 다만 어떻게 해서든 너의 의지가 스스로 너의 이익이나 자연법칙이나 산수와 합치하도록 주선하려고 애쓰고 있을 뿐이다, 라고.

— 쳇, 그게 무슨 소린가! 문제가 표니 산수니 하는 데까지 이르러 $2 \times 2$는 4만이 통하게 된다면, 그땐 자기의 의지고 뭐고 있을 수가 없잖은가? 2 곱하기 2는 나의 의지가 없더라도 4가 된다. 자기의 의지란 그런 게 아니란 말이다!

# 9

 여러분, 물론 나는 농담을 하고 있는 것이다. 이것이 좋지 못한 농담이라는 건 나도 알고 있다. 그러나, 그렇다고 해서 모든 걸 다 농담으로 돌려버릴 수는 없다. 어쩌면 나는 이를 악물고 농담을 하고 있는지도 모른다. 여러분, 나는 많은 문제로 고민하고 있다. 제발 그건 해결해주기 바란다.
 첫째, 당신들은 인간을 낡은 습관에서 해방시켜 과학과 상식의 요구대로 인간의 의지를 고쳐보려 하고 있다. 하지만 인간을 그런 식으로 개조할 수 있으며, 또 그것이 꼭 필요하다는 걸 당신들은 어떻게 알았는가? 인간의 의욕을 꼭 교정할 필요가 있다는 결론을 어디서 얻었는가? 다시 말해서, 그런 교정이 실제로 인간에게 이익을 초래하리라는 걸 당신들은 어떻게 알았는가 말이다. 이왕 말이 나왔으니 죄다 말해버리겠다. 이성과 수학의 추론으로 보증된 진짜 정상적인 이익에 역행하지 않는 것이 언제나 인간에게 참된 이익이므로 온 인류가 마땅히 준수해야 할 법칙이라는 것을 어떻게 당신들은 그토록 '확신하고' 있는가? 그런 건 아직은 당신들의 가정에 불과하지 않은가? 설사 그것이 논리의 법칙이라 하더라도 인간의 법칙일 수는 없잖은가? 여러분, 당신들은 필시 나를 미치광이로 여길 것이다. 여기서 한마디 하는 걸 용서해주길 바란다.

나도 당신들의 의견에 동의한다. 인간이란 창조의 동물이어서 목적을 향해 의식적으로 돌진해야 하고, 토목기사적인 사업에 종사해야 할 운명을 지니고 있다. 그 방향이야 어느 쪽이든 간에 쉴새없이 그리고 영원히 자기의 길을 개척해나가야 한다. 그러나 이 길을 개척해야 할 '운명을 지니고 있기 때문에' 인간은 어쩌다 좀 제 길에서 빗나가고 싶어지는가 보다. 게다가 실천적인 활동가들은 무척 우둔한 편이지만, 그들조차도 이따금 자기의 길이 언제나 엉뚱한 방향으로 가고 있음을 상기하는 것이다. 문제는 그 길이 어디를 향하고 있느냐가 아니라, 어쨌든 어딘가로든 향해 가야 한다는 것이다. 모범적인 인간은 토목기사적인 일을 멸시하지 않고 무서운 게으름에 빠져들지 말아야 한다. 게으름이란 아다시피 모든 악덕의 모체이다. 인간이 창조를 사랑하고 진로를 개척하기를 좋아한다는 건 재론의 여지도 없다. 그런데 또 한편으로는 인간이 파괴와 혼돈을 열광적으로 좋아하는 건 대체 어쩐 일일까? 어디 한번 대답해보라! 하지만 여기에 대해선 나도 한마디해야겠다. 인간이 파괴와 혼돈을 좋아하는 것은(이건 새삼스레 논의할 여지도 없는 일이다. 인간은 때로 미칠 듯이 파괴를 좋아한다) 사실이다. 목적을 달성하여 자기가 짓고 있는 건물이 완성되는 것을 본능적으로 두려워하고 있기 때문이 아닐까? 당신들도 알지는 모르겠지만, 인간은 자기의 건물을 먼 발치에서 사랑할 뿐이지, 결코 가까이에서는 사랑하지 않는 것 같다. 인간은 그것을 건설하는 것만을 사랑할 뿐, 그 안에서 사는 것은 좋아하지 않는지도 모른다. 다 세우고 나면 그 건물을 가축들에게(aux animaux domestiques), 예컨대 개미나 양이나 그런 것들에게 주어버리고 싶어 하는지도 모른다. 그러나 개미란 놈은 전혀 취미가 다르다. 그들은 이것과 비슷하기는 하지만 영원히 파괴되지 않는 놀라운 건물을, 즉 개미집을 가지고 있다.

  존경을 받아 마땅한 이 개미들은 우선 개미집에서부터 일을 시작해서 개미집에서 종말을 고할 게 틀림없다. 이것은 그들의 굳건한 정신과 확실성을 증명하는 것으로서 크나큰 명예라 하지 않을 수 없다. 그러나 인간이란 놈은 경박하고 저속한 동물이어서, 마치 장기 두는 사람처럼 목적에 이르는 경로를 사랑할 뿐 목적 자체에는 관심이 없는 것 같다. 사실 온 인류가 지향하고 있는 지상의 목적이란 것은, 모두가 이 목적 획득의 끊임없는 과정, 즉 생활 그 자체 속에 포함되어 있으며, 목적 자체 속엔 존재하지 않는지도 모른다. 이건 누구도 보증할 수 없는 일이다. 목적이란 말할 것도 없이, $2 \times 2$는 4이며 공식 이외의 아무것도 아니다. 그런데 여러분, $2 \times 2$는 4는 이미 생활이 아니고 죽음의 시작에 지나지 않는다. 적어도 인간은 언제나 이상할 만큼 이 2×2는 4를 두려워했지만, 나는 지금도 두려워하고 있다. 설사 인간이 2×2는 4의 발견에 골몰하여 그 탐구를 위해 대양을 헤엄쳐 건너가기도 하고 생명을 희생하기도 한다손 치더라도, 정말로 그걸 발견하는 건 어쩐지 두려운 것이다. 일단 발견하고 나면 그다음엔 더는 아무것도 탐구할 게 없다는 걸 직감하기 때문이다.

노동자라면 적어도 일을 끝내면 임금을 받아가지고 술집에라도 가고, 다음엔 경찰 신세를 진다. 이것으로 일주일쯤은 시간을 보낼 수 있게 된다. 하지만 인간은 대체 어디로 가면 된단 말인가? 적어도 그런 종류의 목적을 달성할 때마다 뭔가 어색한 걸 느끼게 마련이다. 인간은 성취를 바라는 것만은 틀림없지만, 완전한 성취는 좋아하지 않는다. 물론 이것도 우스꽝스럽기 짝이 없는 일이다. 한마디로 말해서 인간은 본시 우스꽝스럽게 되어먹은 동물인가 보다.

그러나 2×2는 4란 것엔 도저히 참을 수가 없다. 2×2는 4 ― 이런 건 인간에 대한 멸시에 지나지 않는다고 나는 생각한다. 양손을 허리에 대고 거만하게 앞을 가로막고 서서 침을 탁 뱉는 게, 바로 2×2는 4란 말이다. 2×2는 4가 훌륭한 것이라는 점엔 나도 이의가 없지만 그러나 모든 것에 다 그 권리를 인정하려면 2×2는 5도 역시 훌륭하다고 해야 할 게 아닌가.

도대체 당신들은 무슨 이유에서 그토록 확고하게, 그토록 자랑스럽게, 오직 정상적이며 긍정적인 것만이, 이를테면 오직 무사안일만이 인간에게 유익하다고 확신하고 있는가? 정말로 이성은 이해의 판별을 절대 그르치는 일이 없을까? 실은 인간이 사랑하는 건 무사안일뿐만은 아닌지 모르잖는가. 인간은 고통이란 것도 그만큼은 사랑하고 있는 게 아닐까? 사실 인간은 미칠 듯이 고통을 사랑하는 수가 있다. 이건 틀림없는 사실이다. 여기에 대해선 새삼스레 세계사를 들춰볼 필요도 없다. 만약에 당신들이 인간이고 얼마만큼이라도 생활한 경험이 있다면, 자기 가슴에 물어보라. 내 의견으로는 오직 무사안일만을 사랑한다는 건 어쩐지 추한 것 같다. 좋건 나쁘건 뭔가 파괴한다는 건 때로는 몹시 유쾌한 일이다. 내가 여기서 특별히 고통의 편을 드는 것도 아니고 무사안일을 변호하려는 것도 아니다. 내가 주장하고 싶은 것은…… 자기의 변덕은 물론이요, 그 변덕을 필요할 때 마음대로 부릴 수 있는 것까지 보장되어야 한다는 점이다. 고통이란 예컨대 보더빌(희가극) 따위에는 끼어들 여지가 없다. 그건 나도 알고 있다. 더욱이 수정궁 안에서는 고통 같은 건 생각할 수조차 없다. 고통은 의혹이요 부정이다. 의혹의 여지가 있는 것이라면 그건 이미 수정궁도 아무것도 아니잖는가.

나는 확신한다 — 인간은 진짜 고통을, 다시 말해서 피괴와 혼돈을 결코 거부하지 않는다고. 고통 — 이것이야말로 자의식의 유일한 원인이다. 나는 이 수기의 첫머리에서 자의식은 인간에게 가장 큰 불행이라고 말한 바 있지만, 그러나 인간이 그 불행을 사랑하여 어떤 만족과도 바꾸지 않는다는 것을 나는 잘 알고 있다. 자의식이란 $2 \times 2$는 4 따위보다는 비할 수 없을 만큼 훌륭하다. $2 \times 2$는 4 다음엔 두말할 것 없이 아무것도 할 일이 없어질뿐더러 더는 알아야 할 것도 없게 된다. 그때 가서 할 수 있는 일이란, 다만 자기의 오감(五感)을 틀어막고 명상에 잠기는 것밖엔 없을 것이다. 그런데 자의식을 지니고 있으면, 결과적으론 역시 아무것도 할 일이 없어지기는 해도, 하다 못해 이따금 자기 자신을 때릴 수는 있고, 따라서 다소는 제정신이 들 게 아닌가. 좀 퇴보적이기는 하지만 그래도 아무 것도 하지 않는 것보다는 낫다.

## 10

 당신들은 영원히 무너지지 않는 수정궁을 믿고 있다. 즉 남몰래 혀를 내밀거나 눈을 흘기거나 하는 따위 짓을 할 수 없는 건물을 믿고 있다. 내가 그 건물을 꺼리는 것은, 그것이 수정으로 되어 있고 영원토록 무너지지 않으며 그 속에선 남몰래 혀를 내밀 수도 없기 때문인지 모른다.

 그럼 이렇게 생각해보면 어떨까? 만약에 궁전 대신에 닭장이 있고, 마침 비가 내리기 시작한다면 나는 아마 비에 젖지 않으려고 닭장 속으로 기어들 것이지만, 그렇다고, 닭장을 궁전이라고 생각지는 않을 것이다. 비를 피하게 해준 데 대한 감사 때문에 당신들은 이 말을 일소에 붙여버리고, 그런 경우는 닭장도 궁전이나 매한가지 아니냐고 할 것이다. 나는 대답하겠다— 물론 그렇다, 만약에 몸이 젖지 않으려는 목적 하나만을 위해서 살아야 한다면 말이다.

하지만 만약에 내가, 인간은 다만 그것만을 위해서 사는 게 아니다, 이왕 살 바에는 진짜 궁전에서 살아야 하지 않느냐고 엉뚱한 망상을 일으킨다면 어찌 될 것인가? 그것은 나의 의욕이다. 희망이다. 당신들이 그런 망상을 내 머릿속에서 지워버릴 생각이라면 우선 내 희망부터 바꿔놓아야 한다. 자, 바꿔보라. 다른 것으로 내 눈을 현혹시켜보라. 다른 이상을 나한테 안겨줘보라. 그렇게 하기 전엔 나는 닭장을 궁전이라고는 생각지 않겠다. 비록 수정궁이 공중누각에 지나지 않고, 자연의 법칙으로 보아 그런 건 있을 수 없다고 해도 상관없다. 그런 건 내가 어리석은 탓으로 현대의 고리타분한, 비합리적인 습관 때문에 내가 머릿속에서 꾸며낸 것이라 한대도 상관없다. 설사 그런 것이 내 희망 속에 존재한다 해도, 바꿔 말해서 내 희망이 존속할 때까지만 존재한다 하더라도 어차피 매한가지 아닌가? 당신들은 또 웃어버릴 것이다. 어서 마음대로 웃기 바란다. 나는 어떤 조소라도 감수하겠지만, 그렇다고 밥이 먹고 싶은데, 나는 배가 부릅니다라고 할 수는 없는 일이다. 하여튼 나는 알고 있다― 나는 단지 자연 법칙에 의해 실제로 존재한다는 이유만으로 아무렇게나 타협을 하거나, 무한한 순환 소수 위에 다리를 꼬고 앉아 있을 수는 없단 말이다. 앞으로 천 년 계약으로 가난한 셋방살이들에게 세놓을 방이 수십 수백 개나 있고, 또 만일의 경우를 위해 치과의사 바겐하임의 간판까지 건 굉장히 큰 빌딩을 안겨준다손 치더라도, 나는 그것을 내 희망에 주어진 월계관으로는 받아들이지 않겠다. 원컨대 내 희망부터 몰아낸 다음에 내 이상부터 말살한 다음에 뭣이든 보다 훌륭한 것을 보여주기 바란다. 그렇게 하면 나도 당신들 뒤를 따라가겠다. 어쩌면 당신들은 그 따위 일엔 개입할 만한 가치가 없다고 할는지 모른다. 그렇다면 나로서도 같은 말로 대꾸할 수 있다. 나는 문제를 진지하게 고찰하고 있는데, 당신들이 '네 말 같은 건 주의를 돌릴 만한 가치도 없다'는 태도를 취한다면 나도 더는 간청하지는 않겠다. 나한테도 나만의 지하 세계가 있으니까.

하여튼 나도 아직은 살아 있고, 희망이라는 것도 지니고 있다. 그러니까 만약에 내가 그런 굉장한 건축 공사를 돕기 위해 벽돌 한 장이라도 나를 수만 있다면 손이 썩어도 한이 없다고 생각한다! 내가 조금 아까 이 수정궁을 부정할 때, 혓바닥을 내밀고 조소할 수 없다는 걸 그 유일한 이유로 들긴 했지만, 이 점에 대해선 너무 구애되지 않기 바란다. 내가 그런 소리를 한 건 혓바닥 내밀기를 좋아하기 때문이 아니다.

나는 다만, 여태까지 당신들이 세운 모든 건물 중에서 혓바닥을 내밀지 않아도 될 만한 긴물이 하나도 눈에 띄지 않는 데 약간 화를 냈던 것뿐이다. 만약에 두 번 다시 혓바닥을 내밀 생각이 나지 않을 만큼 이 세상이 잘되어간다면 나는 고마운 마음에서라도 내 혀를 몽땅 잘라버려도 좋다고 생각한다. 하지만 그렇게는 잘될 수 없으니 세놓기 알맞은 아파트 정도로 만족하라는 건 나한텐 당치도 않은 소리다. 대체 나는 왜 이런 희망을 품도록 만들어졌을까? 설마하니 나 자신을 구성하고 있는 것이 모두 속임수에 지나지 않는다는 결론에 도달하게 하기 위해 이렇게 만들어진 건 아닐 것이다. 그리고 설마하니 그것이 목적의 전부일 수는 없잖은가. 아무래도 믿어지지가 않는다.

하긴 이런 생각도 해본다— 우리 같은 지하생활자들은 모두 입에다 재갈을 물려둘 필요가 있다고. 그들은 40년쯤 아무 소리 없이 지하에 틀어박혀 있을 수는 있지만, 만약에 세상에 뛰쳐나오는 날엔, 마치 둑이라도 끊어진 듯이 된 소리 안 된 소리 마구 지껄여댈 것이기 때문이다.

# 11

여러분, 결국은 아무것도 하지 않는 게 상책이겠다! 의식적인 타성이 가장 좋겠다! 그러니까 지하생활 만세랄 수밖에! 나는 울화통이 터질 만큼이나 정상적인 인간이 부러워 죽겠다고 말은 했지만, 그러나 현재 내 눈으로 보고 있는 것과 같은 상태에 그들이 있는 한, 그들 축에 끼고 싶은 생각은 꿈에도 없다(그래도 역시 부러운 건 사실이지만…… 아니다, 아니야, 뭘로 보나 지하 세계 쪽이 훨씬 낫다!) 거기서는 적어도……. 제기랄, 나는 또 허튼소리를 하고 있구나! 허튼소리고말고! 왜냐하면 지하생활이 가장 좋은 건 절대 아니고, 내가 갈망하는 건 뭔가 전혀 다른 것이라는 걸 $2 \times 2$는 4만큼이나 분명히 알고 있으니 말이다. 그러나, 알긴 하면서도 좀처럼 발견할 수가 없는 것이다. 지하생활 같은 건 귀신에게나 줘버려라!

그리고 이런 것도 좋다고 생각한다. 즉, 내가 지금 쓴 것 중에서 뭐든 한 가지라도 나 자신 믿을 수가 있다면 얼마나 좋을까! 여러분, 맹세하고 말하거니와 나는 지금 내 손으로 쓴 것을 한마디도, 단 한 마디도 믿지 않고 있다! 하기는 믿고 있는지도 모르지만, 어쩐지 나 자신 뻔뻔스런 거짓말을 늘어놓고 있는 것만 같아 몹시 마음에 걸린다.

"그럼 뭣 때문에 이런 걸 썼는가?"라고 당신들은 물을 것이다.

"나는 당신들을 40년 동안 아무 일도 하지 않게 가둬두었다가 40년이라는 기한이 찼을 때 당신들이 어떤 결과에 도달했는지 그걸 보러 지하의 세계를 찾아가 보고 싶다. 도대체 40년 동안이나 사람을 아무 일도 시키지 않고 혼자 가둬두는 법이 어디 있는가?"

"그건 수치스럽고 비겁한 생각이다!" 아마 당신들은 멸시하듯 고개를 저으며 나한테 말할 것이다. "너는 생활에 굶주리고 있기 때문에 스스로 인생의 여러 문제를 혼란된 논리로 해결하려 하고 있다. 너의 얼토당토 않은 말투는 뻔뻔스럽고 건방지기 짝이 없지만, 그러면서도 한편으론 전전긍긍하고 있지 않느냐! 너는 바보스런 소리를 늘어놓는 것으로 자기 만족을 느끼고 있는 거다. 입으론 대담한 소릴 뇌까리고 있으면서도 줄곧 겁을 먹고 변명을 일삼고 있지 않느냐. 너는 아무것도 겁날 게 없다고 호언하고 있으면서도 한편으론 우리의 환심을 사려 하고 있다. 너는 이를 갈고 있다고 큰소리치면서도 한편으론 우리를 웃기려고 돼먹지 않는 농담을 늘어놓고 있다. 너 자신의 농담이 실은 농담도 아무것도 아니라는 걸 잘 알고 있으면서도, 너는 그 문학적 가치에 사뭇 만족해하고 있지 않느냐. 너는 정말로 괴로움을 경험한 적이 있는지 모르겠지만, 자기의 그 고통을 눈곱만큼도 존경하지 않는 게 분명하다. 너라는 인간에겐 진실성은 있지만 순결성이 없다. 너는 하잘것없는 허영심에 사로잡혀 자기의 진실을 자랑하려고 시장 바닥에 전시함으로써 오히려 망신만 당하고 있다……. 뭔가 정말로 하고 싶은 말이 있으면서도 너는 두려움 때문에 그 마지막 한마디를 감추고 있는 것이다. 그도 그럴 것이, 너는 그걸 감히 입 밖에 낼 만한 결단력이 없는 겁쟁이이기 때문이다. 너는 자의식을 자랑하고 있으나 실은 갈팡질팡 망설이고 있을 뿐이다. 너의 내부에는 이성이 작용하고는 있지만 마음은 음탕에 젖어 있기 때문이다. 마음의 순결성이 없으면 올바른 의식도 있을 수 없다. 너는 참으로 처치 곤란한 인간이다. 너는 남에게 귀찮게 들러붙어 광대 노릇을 하려드는 인간이다! 허위, 허위, 모든 것이 허위다!"

물론 이와 같은 당신들의 말은 지금 나 자신이 지어낸 것이다. 이것 역시 지하생활의 산물이라고나 할까. 하여튼 나는 거기서 40년 동안 이와 같은 당신들의 말을 문틈으로 몰래 엿듣고 있었다. 물론 그것은 죄다 나 자신이 생각해낸 말이기는 하지만. 사실 그런 것만 노상 머리에 떠오르다보니 자연히 그걸 암기해서 문학적인 형식을 취하게 된 것도 당연한 일이 아닌가…….

그러나 당신들은, 내가 이걸 활자로 인쇄해서 당신들한테 읽으라고 내밀 것이라고 상상할 만큼 경솔한 사람들일까? 그리고 나한테는 또 한 가지 의문이 있다. 도대체 나는 뭣 때문에 당신들을 '여러분'이라고 부르는 걸까? 뭣 때문에 정말 독자를 대하기라도 하는 태도로 당신들을 대하는 걸까? 내가 이제부터 하려는 고백은 활자로 인쇄해서 남에게 읽게 할 성질의 것이 아니다. 그럴 만한 확고한 의지도 내게는 없을뿐더러, 그런 의지를 가져야 한다고도 생각지 않는다. 하지만 실은 내 머릿속에 한 가지 공상이 떠올랐으므로 그걸 꼭 실현하고 싶을 뿐이다. 그건 다음과 같은 것이다.

어느 누구의 추억 속에도 몇몇 절친한 친구 이외엔 아무에게도 털어놓을 수 없는 일이 있는 법이다. 아니 친구에게조차도 털어놓을 수 없고, 오직 자기 자신에게만, 그것도 아주 은밀히 고백할 수밖에 없는 그런 일도 있다. 심지어는 자기 자신에게조차 고백하기 두려운 경우도 있다. 이런 일은 아무리 신분이 높은 점잖은 사람에게도 꽤 많이 있게 마련이다. 오히려 점잖은 사람일수록 그런 일이 남보다 더 많다고 할 수 있다.

나 자신만 하더라도 지난날에 있었던 어떤 사건을 회상하기로 결심한 것은 극히 최근의 일이고, 그것조차도 오늘에 이르기까지 그 어떤 불안감 때문에 항상 피해왔던 것이다. 그러나 다만 회상하는 데 그치지 않고 수기에 남겨놓기로 결심한 지금으로서는, 과연 나 자신에 대해 그야말로 숨김없는 태도를 취하여 모든 진실을 꺼려하지 않을 수 있을는지 스스로 그것을 시험해보고 싶은 심정이다. 말이 나왔으니 말이지만, 하이네가 단언한 바에 의하면 인간은 자기 자신에 관해선 반드시 거짓말을 하게 마련이므로 정확한 자서전이란 있을 수 없다는 것이다. 그의 주장을 따른다면, 예컨대 루소만 하더라도 자기 참회록 속에서 줄곧 자신을 헐뜯고 있는데, 그것은 허영심 때문에 거짓말을 하고 있는 거라고 봐야 한다.

나는 하이네의 주장이 옳다고 생각한다. 인간은 때로 자기의 허영심을 만족시키기 위해 엄청난 범죄를 날조하여 스스로 범인을 자처하고 나설 수도 있음을 나는 잘 알고 있다. 그리고 그것이 어떤 종류의 허영심인지도 충분히 이해할 수 있다. 그러나, 하이네는 공중 앞에서 참회하는 인간에 대해 말했지만, 나는 다만 나 자신을 위해서 쓰고 있는 것이다. 여기서 명백히 밝혀두거니와, 비록 내가 독자를 상대하는 것 같은 투로 쓰고 있기는 하지만, 그것은 어디까지나 수단에 지나지 않을 뿐이며, 그렇게 하는 편이 쓰기가 쉽기 때문이다. 즉 그것은 형식, 하나의 형식에 불과하다. 도대체 나 같은 것한테 독자가 있을 수 있겠는가. 여기에 대해선 이미 설명한 바 있지만 말이다…….

따라서 나는 이 수기의 형식에 대해선 그 어떤 구속도 받고 싶지 않다. 순서니 체계니 하는 것도 나에겐 아랑곳없다. 그저 생각나는 대로 써나갈 뿐이다.

그러나 당신들은 나의 말꼬리를 잡고 늘어지면서, "네가 정말로 독자를 염두에 두지 않는다면, 순서도 체계도 무시한다느니, 그저 생각나는 대로 쓰겠다느니 하는 따위 조건을 혼자서 그것도 종이 위에다 미리 못박을 필요가 어디 있느냐? 그런 설명이 뭣에 필요하다는 거냐? 무엇 때문에 그런 변명을 하느냐 말이다!"라고 따지고 들지 모른다.

"글쎄⋯⋯그건, 뭐랄까⋯⋯" 나는 얼른 대답을 하지 못할 것이다. 물론 여기엔 복잡한 심리적 원인이 있을 수 있다. 어쩌면 내가 겁쟁이에 지나지 않기 때문인지도 모르겠다. 아니면, 내가 이 수기를 적어나가는 데 있어 될 수 있는 대로 예의를 지키기 위해 일부러 눈앞에 대중을 상상하고 있는지도 모른다. 하여튼 원인은 여러 가지가 있을 수 있다.

그리고 또 이런 문제도 있다. 대체 나는 무엇 때문에, 무슨 목적으로 쓰려는 것일까? 만약에 대중을 위해서가 아니라면 구태여 종이에 옮겨 적을 것 없이 마음속으로 죄다 상기하는 것만으로 족하지 않은가.

물론 그렇다. 하지만 종이에 적으면 어쩐지 훨씬 엄숙해지는 것 같다. 종이에 적으면 뭔가 아주 그럴듯해 보이고, 자기 비판도 더욱 철저할 수 있을 것이며, 그럴싸한 말도 절로 떠오를 게 아닌가. 그뿐만 아니라 수기를 쓰고 있노라면 마음도 한결 가벼워지는 것 같다. 사실 말이지 오늘도 하나의 옛 추억이 유달리 내 마음을 억누르고 있다. 벌써 2, 3일 전부터 또렷이 기억 속에 떠올라 마치 시끄러운 음악의 한 구절처럼 짓궂게 늘어붙어 떨어져나가려 하지를 않는다. 어떻게 해서든 이것을 털어버려야 한다. 나한테는 이런 추억이 몇몇 가지나 있는데, 이따금 그 수많은 추억 가운데서 어느 하나가 톡 튀어나와서는 내 마음을 압박한다. 그걸 종이에다 적으면 저절로 떨어져나간다고 나는 믿고 있다. 그러니 한 번 그렇게 해본다고 해서 나쁠 건 없지 않은가.

 마지막 이유로 나는 언제나 심심하다는 걸 들 수 있다. 나는 도대체 하는 일이 없다. 그런데 뭣이든 글을 쓴다는 건 정말 일답게 느껴진다. 일을 하고 있으면 인간은 선량하고 정직해진다고 한다. 그렇다면 이것도 하나의 좋은 기회일 수 있다.

 지금 눈이 내리고 있다. 흠뻑 젖은 누렇게 더럽혀진 눈이다. 어제도 내렸고, 2, 3일 전에도 내렸다. 저 진눈깨비의 연상에서, 지금 내 머릿속에 늘어붙어 떨어지지 않는 그 에피소드를 상기한 것 같다. 그럼 이것은 진눈깨비의 연상에서 생긴 이야기라고 해두자.

## 2부
## 진눈깨비의 연상에서

내가 미혹의 어둠 속에서
신념에 찬 불 같은 말로
그 윤락의 영혼을 끌어냈을 때
너는 깊은 고민에 잠겨
두 손을 으스러지게 비비대며
너를 둘러싼 악덕을 저주했다.
그리고 추억의 회초리를 휘둘러
잊기 쉬운 양심을 벌하며
너는 너의 모든 과거를
남김없이 내게 털어놓았다.
그러고는 갑자기 손바닥으로
얼굴을 감싸고
수치와 두려움에 휩싸여
너는 울음을 터뜨렸다.
괴로움에 온몸을 떨면서……

― N.A. 네크라소프의 장시(長詩)에서

# 1

그때 나는 겨우 스물네 살이었다. 나의 생활은 벌써 그 무렵부터 음울하고 방탕하며 야생에 가까울 만큼 고독했다. 나는 아무하고도 교제하지 않고, 말을 주고받는 것조차 피하면서 점점 나의 구석진 세계로 기어들었다. 근무처인 관청에서도 사람들의 얼굴을 보지 않으려고 애썼다. 동료들은 나를 괴짜 취급했을 뿐만 아니라, 나 자신 분명히 눈치챈 일이지만, 사뭇 역겨워하고 있는 것 같았다. 나는 가끔 이런 생각이 머리에 떠오르곤 했다―남들이 자기를 역겨워하는 눈으로 보고 있는 것 같다는 생각이 나를 제외하면 다른 누구의 머리에도 떠오르지 않는 것은 대체 어찌 된 일일까? 관청 동료 중의 하나는 보기만 해도 기분 나쁜 지독한 곰보에다가 인상마저 강도처럼 험상궂었다. 만약에 내가 저렇게 추한 얼굴을 하고 있었다면 아마 누구의 얼굴도 쳐다볼 용기가 나지 않을 거라고 생각이 들 정도였다. 또 다른 동료 하나는 옆에 다가가면 고약한 냄새가 코를 찌를 만큼 낡아빠진 제복을 입고 있었다. 그런데도 그들은 두 사람 다 자기 얼굴에 대해서나 복장에 대해서나 또는 어떤 정신적인 면에 대해서나 조금도 어색해하는 눈치가 없었다. 그들은 남이 자기를 혐오의 눈으로 바라본다고는 꿈에도 생각지 않았다. 설사 그런 생각을 했다 하더라도 그들에겐 아랑곳없는 일이었다. 다만 상사의 눈총만 받지 않으면 되는 것이다.

이제 와서 돌이켜보면 명백한 사실이지만, 나 자신 터무니없이 허영심이 강했고, 따라서 자신에 대한 요구가 너무나 엄격했기 때문에, 거의 혐오에 가까운 불만을 가지고 자신을 바라볼 때도 가끔 있었다. 나는 내 얼굴을 미워하고 추악하게 여겼을 뿐만 아니라, 어딘지 모르게 저열한 표정이 깃들어 있다고까지 생각했다. 그래서 언제나 출근하면 남이 나의 저열함을 느끼지 않도록 될 수 있는 대로 꿋꿋한 태도를 취하고 고상한 표정을 지으려고 무척 애를 썼다. '얼굴은 미남이 아니라도 상관없다'고 나는 생각했다. '그 대신 고상하고, 표정이 풍부하면 된다. 그보다도 뛰어나게 이지적이라야 한다.'

그러나 이와 같은 완성의 미는 도저히 내 얼굴엔 나타낼 수 없음을 나는 확실히 알고 있었고, 그 때문에 고민했다. 무엇보다 두려웠던 것은 내 얼굴이 영락없이 바보스런 상통이라고 느껴지는 점이었다. 하기는 내가 정말로 현명하다면 그것으로 완전히 체념했을 것이다. 아니, 저열한 표정이란 소리를 들어도 수긍했을는지 모른다. 물론 나의 얼굴이 굉장히 이지적이라는 전제하에 하는 소리라면 말이다.

　나는 관청 동료들을 모조리 증오하고 멸시했지만, 한편으론 그들을 두려워했던 것 같다. 때로는 문득 그들이 모두 나보다 훌륭하다는 생각이 들 때도 있었다. 그 당시만 해도 남을 멸시하거나 자기보다 훌륭하게 여기거나 하는 감정의 변화가 이상하리만큼 갑작스레 일어나곤 했다. 두뇌가 발달한 분별 있는 인간은 자기 자신에 대한 요구가 몹시 엄격하여 때로는 증오심을 일으킬 정도의 자기 멸시 없이는 결코 허영적인 인간이 될 수 없는 것이다. 그러나, 멸시하기 때문인지 자기보다 훌륭하다고 생각하기 때문인지, 하여튼 누구를 만나도 나는 반드시 눈을 내리깔곤 했다. 나는 실험까지 해보았다— 나는 지금 누군가의 시선을 받고 있는데 과연 그것을 끝까지 참아낼 수 있을까, 하고 마음속으로 자신에게 물어보지만, 결과는 언제나 이쪽에서 먼저 눈을 내리까는 것이었다. 그 때문에 나는 미칠 듯이 번민했다.

　그리고 나는 또 웃음가마리가 되는 것을 거의 병적으로 두려워하고 있었으므로, 겉치레에 관한 한 무엇이든 노예처럼 인습에 맹종했다. 나는 기꺼이 세상 상식에 합치하도록 노력했고, 상식에서 벗어난 일은 극력 피하도록 했다. 그러나 나 같은 인간이 어찌 끝까지 견디어낼 수가 있겠는가? 현대인으로서 당연한 일이기는 하지만, 나는 병적으로 두뇌가 발달되어 있었다. 그런데 나의 동료들은 모두가 하나같이 우둔하여, 마치 양 떼처럼 서로서로 닮아 보였다. 어쩌면 관청에 근무하는 자들 중에서, 자기는 겁쟁이이고 노예 같은 인간이라고 줄곧 느끼고 있는 것은 나 한 사람뿐인지도 모른다. 아마도 그 때문에 나는 스스로 두뇌가 발달된 인간이라고 느끼게 된 것 같다. 아니 그렇게 느꼈다기보다는 사실이 그러했다. 나는 겁쟁이이고 노예이다. 나는 서슴없이 말하겠다. 현대의 어엿한 인간은 모두 겁쟁이이고 모두 노예인 것이다. 또 마땅히 그래야 한다. 그것이 현대인의 정상적인 상태니까. 나는 그것을 확신한다. 현대인은 그런 식으로 만들어져 있고, 그렇게 되도록 꾸며져 있는 것이다. 그것은 비단 현대뿐만 아니라 대개 어느 시대에도, 어엿한 인간은 겁쟁이이고 노예인 게 당연하다. 그것이 지상의 모든 인간의 자연율이다. 설령 그들 중의 누가 어떤 일에 용기를 과시했다 하더라도 그런 걸 가지고 뽐낼 건 못 된다. 어차피 다른 일엔 꽁무니를 빼게 마련이니까. 이것은 영원히 변하지 않는 유일한 법칙이다. 당나귀와 그 족속들이라면 뽐내기도 하겠지만, 그것도 한도가 있는 법이다. 그런 자들에겐 주의를 돌릴 가치도 없다. 왜냐하면 그들은 전혀 아무런 의미도 지닐 수가 없기 때문이다.

그 당시 나를 괴롭히던 것이 또 하나 있다. 다름 아니라, 누구 하나 나를 닮은 자도 없거니와 나 역시 아무와도 닮지 않았다는 사실이다. '나는 외톨이인데 저자들은 모두가 한통속이다' 하는 생각에 나는 사로잡혀버렸었다.

이것만 보아도 내가 아직 풋내기였다는 것이 명백하다.

그런가 하면 정반대되는 일도 있었다. 이따금 관청에 다니기가 죽도록 싫어질 때도 있었다. 그래서 마침내는 병든 사람처럼 되어 근무처에서 돌아오는 일도 자주 있었다. 그러다 갑자기 아무런 동기도 없이 회의와 무관심의 시기가 내습하곤 했다(나한테는 무슨 일이건 몹시 변덕스럽게 일어나는 게 상례로 되어 있었다).

그런데 나 자신은 자기의 성급함과 퉁명스러움을 비웃고, 자기의 로맨티시즘을 비난한다. 때로는 아무와도 말을 하려들지 않는가 하면 또 어떤 때는 열심히 지껄여댈 뿐 아니라 친구 교제도 하고 싶어진다. 퉁명스러움은 씻은 듯이 사라져서, 어쩌면 그것은 처음부터 없었으며 책에서 잠시 빌려온 것이었는지 모른다는 생각이 들 지경이었다. 나는 아직도 이 문제를 해결하지 못하고 있다. 한때는 그자들과 무척 사이가 좋아져서 서로 방문도 하고 카드놀이도 하고 보드카를 마시기도 하고 심지어는 승진 운동을 해주기도 했다……. 그러나 여기서 이야기가 좀 빗나가는 걸 용서해주기 바란다.

우리 러시아 사람 가운데는 대체적으로 보아 독일식이나 특히 프랑스식의, 현실과 동떨어진 낭만파는 일찍이 존재한 일이 없었다. 그런 종류의 낭만파는 무슨 일이 있건 까딱도 하지 않는다. 설사 대지가 발밑에서 갈라지건, 온 프랑스의 인간이 바리케이드 위에서 죽어버리건 그들은 여전히 그 모양 그대로 있다. 인사치레로라도 좀 변할 법도 한데, 여전히 현실과 동떨어진 자기들의 노래를 죽을 때까지 소리 높이 부르는 것이다. 그것은 그들이 모두 바보이기 때문이다. 그러나 우리 러시아 땅엔 그런 바보는 없다. 이것은 주지의 사실이지만, 바로 거기에 우리 러시아와 다른 나라, 예를 들어 독일과의 차이점이 있다. 따라서 우리나라에는 현실과 동떨어진 인간도

순수한 형태로는 존재하지 않는다.

다만 그 당시 우리의 실증적인 평론가와 비평가들이 코스탄조골\*이나 표트르 이바노비치 아저씨\*\*의 뒤를 좇아다니며, 고지식하게 그것을 우리의 이상인 양 생각했기 때문에, 러시아 낭만파를 독일이나 프랑스처럼 현실과 동떨어진 족속으로 보고 얼토당토 않은 날조를 한 데 지나지 않는다.

그러나 사실은 정반대이다. 우리 러시아 낭만파의 특성은 유럽의 비현실적인 그것과는 정반대되는 것이어서 유럽식 척도는 여기에 적용할 수가 없는 것이다(내가 '낭만파'란 말을 쓰는 걸 용서하기 바란다―그것은 옛날식의 무게 있는 낱말로서 누구에게나 귀에 익은 용어니까). 우리 러시아 낭만파의 특성은 '모든 것을 이해하고 모든 것을 볼 수 있다'는 데 있다. 우리나라에서 가장 실증적인 두뇌를 지닌 사람들과도 비교할 수 없을 만큼 모든 것을 명확하게 볼 수 있다는 데 있다. 그 누구와도 그 무엇과도 타협하지 않으면서도, 누구를 싫어하거나 무엇을 꺼려하는 일은 절대 없고, 모든 것에 양보할 줄 알고 모든 것에 대해 겸허하다는 데 있다. 항상 유익한 실제적 목적(예컨대 사택, 연금, 훈장 등)을 염두에 두고 그것을 서정 시집이나 감격 속에서 발견하면서, 동시에 '아름답고 고귀한 것'을 한평생 신성불가침의 것으로 보존하고, 또한 자기 자신도 마치 솜 속에 보석을 간직

---

\* 고골의《죽은 혼》에 나오는 착해빠진 인물
\*\* 역시 고골의《검찰관》에 나오는 도브친스키와 보브친스키

하듯 완전히 보존하는 데 있다. 그것은 이를테면 그 '아름답고 고귀한 것'을 위해서도 좋은 일이다. 우리 러시아의 낭만파는 다면적인 인간이어서, 우리나라의 온갖 악당 가운데서도 첫 손가락에 꼽히는 악당이다. 나는 그것을…… 나 자신의 경험으로 미루어 단언할 수 있다. 물론 이런 것은 낭만파가 영리한 경우의 이야기다. 아니, 내가 대체 무슨 소릴 하는 건가! 낭만파는 언제나 영리하게 마련 아닌가. 나는 다만 우리나라에도 우둔한 낭만파가 있기는 있었지만 그것은 계산에 포함되지 않는다는 걸 말하고 싶었을 뿐이다. 왜냐하면 그자들은 한창 나이에 이미 독일 사람으로 둔갑해가지고, 자기의 귀중한 보석을 보존하기에 적합한 독일 땅으로, 그것도 주로 바이마르나 슈바르츠발트 같은 곳으로 이주해버렸기 때문이다.

나 자신으로 말할 것 같으면, 관리 생활이라는 걸 진정 경멸하고는 있었지만 필요상 부득이 '뒷발로 걷어차버리지를' 못하고 참고 있었다. 왜냐하면 관청에 나가 앉아 있는 대가로 돈을 받고 있었기 때문이다. 그 때문에 결국은 뒷발로 걷어차버리지를 못하고 말았다. 우리나라의 낭만파는, 만약에 달리 인생 활동의 목표가 없다면, 뒷발로 걷어차지를 않고 차라리 미쳐버리는 편이 당연할 것이다(하긴 그런 일은 그리 흔하진 않지만). 그리고 관청에서도 결코 우리 낭만파를 쫓아내지는 않는다. 다만 '스페인 왕'*이니 뭐니 하는 따위 이름을 붙여 정신병원에 끌어다 넣는 게 고작이겠지만, 그것도 발광

---

\* 고골의《광인일기》의 주인공

의 정도가 심한 경우에 한한다. 그러나 러시아에서 발광하는 건 다만 머리털이 희끄무레한 선병질인 친구들뿐이고, 수없이 많은 절대다수의 낭만파들은 차츰 상당한 관등(官等)에까지 승진한다. 이것은 참으로 굉장한 다면성이랄 수밖에 없다! 전혀 상반되는 감각을 지녔다는 점에서 실로 경탄할 만한 능력을 가지고 있는 것이다! 그 당시부터 나는 이와 같은 점에 기쁨을 느끼고 있었지만 지금도 역시 같은 생각이다. 바로 이 때문에 러시아에는 '폭 넓은 성격'의 소유자가 많다 할 것이다. 그들은 타락의 심연에 떨어졌을 때도 결코 자기의 이상을 잃지 않는다. 설사 그들이 딱지 붙은 강도나 도둑이라 하더라도, 또 자기의 이상을 위해 손가락 하나 움직이려 들지 않더라도, 하여튼 감격의 눈물을 쏟을 만큼 자기의 제일의적(第一義的) 이상을 존경하고 있다는 점에서, 그 마음속만은 지극히 결백한 것이다. 그렇다, 오직 러시아에서만 딱지 붙은 지독한 악당이 고상한 의미에서 완전히 결백한 영혼을 지닐 수가 있는 것이다. 그러면서 동시에 여전히 악당인 것만은 틀림없다. 거듭 말하거니와 우리 낭만파 중에서 끊임없이 유능한 악당이 나타나서(나는 '악당'이란 말이 어쩐지 마음에 든다), 현실에 대한 놀라운 민감성과 실증적인 것에 대한 지식을 유감없이 발휘하는 바람에, 이에 놀란 경찰이나 일반인들은 쩍 벌어진 입을 다물지 못한 채 혀를 차고 있을 뿐이다.

　이 다면성은 실로 경탄할 만한 것이어서, 다음에 전개될 상황 속에서 어떻게 변화할는지, 또 장차 어떤 결과를 초래할는지, 그것은 오직 신만이 알고 있다. 이런 건 제법 괜찮은 재료라고 할 수 있잖은가! 내가 이런 말을 하는 것은 우스꽝스럽고 고리타분한 애국심 때문이 아니다. 하기는, 당신들은 내가 또 농지거리를 하고 있는 거라고 생각할는지 모른다. 아니면 그와는 반대로, 내가 정말로 그렇게 생각하고 있다고 단정할는지도 모른다. 하여튼 나는 이 두 가지 의견 중 어느 쪽도 영광으로 여기고 특별한 만족을 느낄 것이다. 이야기가 빗나간 것을 용서해주기 바란다.

나는 물론 동료들하고는 극히 짧은 기간밖엔 교제를 계속하지 못하고 이내 뒷발로 걷어차버렸다. 그리고 당시만 해도 아직 젊고 경험이 없었으므로, 아주 인연을 싹 끊어버린 듯이 아침 인사조차 하지 않았다. 하지만 이런 일은 내 생애를 통해 한 번밖엔 없었다. 대체로 나는 언제나 혼자였기 때문이다.

집에 있을 때 나는 무엇보다도 책읽기에 골몰했다. 즉 내부에서 줄곧 솟구쳐오르는 것을 외부로부터 받는 감각으로 지워보려 했다. 외부로부터 받는 감각 중에서 내 힘에 겨웁지 않은 것은 독서밖엔 없었다. 물론 독서는 매우 유익했다. 그것으로 나는 흥분되고 감미로운 기분에 잠기고, 고통을 느끼기도 했다. 그래도 때로는 참을 수 없을 만큼 따분하고 지리했다. 뭐니 뭐니 해도 활동이 그리워지는 것이다. 그래서 나는 갑자기 지하생활자다운 암담하고도 저주스런 음탕에 잠겼다─라기보다는 음탕을 흉내 내기에 골몰했다. 나의 가련한 정욕은 나 자신의 병적인 초조감 때문에 불덩이같이 날카로운 성질을 지니고 있었고, 그 발작은 히스테리처럼 눈물과 경련을 동반했다. 독서 이외에는 할 일이 없었고 아무 데도 갈 데가 없었다.

그리고 그 당시 나의 주위엔 존경할 만한 것도, 마음이 끌리는 것도 없었다. 게다가 나는 우울함에 사로잡히곤 했다. 모순과 콘트라스트를 갈망하는 미칠 듯한 욕망이 고개를 쳐든다. 그래서 나는 음탕 속으로 뛰어든 것이다. 내가 지금 이렇게 여러 말을 늘어놓는 것은 결코 자기 변명을 위해서가 아니다…… 아니, 그렇지 않다! 이건 거짓말이다! 나는 자기 변명을 하고 싶었던 것이다. 여러분, 이건 나 자신을 위해 말해두는 것이지만 나는 거짓말을 하고 싶진 않다. 앞에서도 이미 맹세한 바 있지만 말이다.

밤이면 밤마다 나는 겁먹은 마음으로 남 몰래 더러운 음탕에 빠지곤 했다. 수치심은 아무리 추악한 행위를 하고 있는 순간에도 내 마음속을 떠나지 않았다. 그럴 때는 자신을 저주하고 싶은 심정이 되기도 했다. 이미 그 무렵부터 내 마음속엔 지하생활자의 심리가 자리잡고 있었다. 어쩌다 남에게 들키지나 않을까, 누구와 맞부딪치지나 않을까, 누가 내 얼굴을 알아보지나 않을까, 하고 전전긍긍하는 상태에 있었다. 그래서 되도록이면 어두운 곳을 골라서 싸다녔다.

어느 날 밤, 어떤 싸구려 음식점 앞을 지나가다가, 불빛이 환한 창문 너머로, 손님들이 당구대 옆에서 큐를 가지고 싸우고 있는 것을 보았다. 이윽고 그중 한 사람이 창문 밖으로 내던져졌다. 여느 때 같으면 참을 수 없는 불쾌감을 느꼈겠지만, 이때는 웬일인지 창밖으로 내던져진 손님이 부러운 생각이 들었다. 어찌나 부러웠던지 나는 일부러 그 음식점의 당구실로 들어가보았다. '어디 나도 싸움이

나 해볼까. 그러면 역시 저렇게 창밖으로 내던져질는지 몰라'— 아마 이런 마음에서였을 것이다.

나는 별로 취하지도 않았지만, 우울증에 걸리면 별수없이 이런 미치광이 같은 짓을 하지 않을 수 없게 된다. 그러나 나는 창문으로 뛰쳐나올 만한 능력도 없는 인간임을 알았으므로 싸움도 하지 않고 그냥 그곳에서 물러나올 수밖엔 없었다.

사실대로 말하면 그 방에 들어가자마자 나는 어떤 장교한테 걸려들었다. 다름 아니라 나는 예절을 모른 탓으로 길을 가로막고 당구대 옆에 서 있었다. 마침 그곳을 지나려던 그 장교는 느닷없이 내 양어깨를 거머쥐더니 말 한마디 없이 나를 옆으로 휙 밀어냈다. 그러고는 아무 일도 없었다는 듯이 그냥 저쪽으로 가버렸다. 차라리 한 대 얻어맞았다면 나는 용서했을는지 모르지만, 이렇게 무슨 물건이라도 옮겨놓듯이 나를 밀어내고도 시치미 딱 떼고 가버리는 데는 도저히 참을 수가 없었다.

나는 그때 좀 더 떳떳하고 격식에 맞는, 다시 말해서 진짜 문학적인 싸움을 하기 위한 것이었다면 그야말로 어떤 내가라도 치렀을는지 모른다. 그러나 나는 마치 파리 새끼 같은 취급을 받은 것이다. 상대방 장교는 키가 2미터나 되는 덩치 큰 사나이였는데 나는 키가 작은 빈약한 몸집이다. 물론 싸움을 하고 안 하고는 이쪽에 달려 있었다. 조금만 대들었더라도 나는 영락없이 창문 밖으로 내던져졌을 것이다. 그러나 나는 마음을 고쳐먹고 — 라기보다는 혼자 화를 내면서 그곳을 슬그머니 물러나기로 했다.

나는 쑥스럽고도 흥분된 마음으로 음식점을 나와 곧장 집으로 돌아왔으나 그 이튿날은 전보다 더욱 풀이 죽고 더욱 쓸쓸한 심정이 되어 그 가련한 음탕 속으로 뛰어들었다. 눈물이 글썽한 꼴을 하고 있으면서도, 하여튼 음탕을 계속했다. 하지만 내가 겁쟁이여서 그 장교를 무서워했다고는 제발 생각하지 말기 바란다. 나는 늘 겁쟁이처럼 행동했지만, 마음속으론 절대 겁쟁이가 아니었다. 당신들은 웃을는지 모르지만, 여기에 그럴 만한 이유가 있다. 나한텐 어떤 경우건 이유가 있는 것이다. 이 점을 믿어주기 바란다.

아아, 만약에 그 장교가 결투에 응할 만한 인간이었다면! 그러나 그게 아니다 — 그는 단지 큐를 내두르거나, 아니면 고골이 묘사한 피로고프 중위*처럼 상관에게 고자질이나 할 줄 아는 그런 종류의 인간이었다. 그들은 결투엔 절대 응하지 않는다. 더욱이 우리 같은 문관 상대의 결투는 아무래도 떳떳치 못한 것으로 생각했을 것이다. 대체로 그들은 결투라는 것을 무언가 프랑스식의 자유사상적인 것으로 생각하여 경원시하고 있었다. 그러면서도 그 키다리 사나이처럼 자기 쪽에선 예사로 남을 모욕하는 것이다.

내가 그때 겁쟁이 짓을 한 것은 결코 비겁했기 때문이 아니라, 터무니없는 허영심 탓이었다. 나는 2미터나 되는 키 큰 몸집에 질린 것도 아니고, 호되게 얻어맞고 창밖으로 내던져질까 봐 겁이 났던 것도 아니다. 사실대로 말하면, 육체적인 용기만은 충분했지만 정

---

\* 고골 작품《네프스키 거리》의 주인공

신적인 용기가 부족했다. 내가 두려워한 것은 다름이 아니라, 그 자리에 있던 사람들이 — 건방지게 생긴 계산원을 위시해서, 칼라에 기름때가 반지르르한 여드름투성이의 말단 관리에 이르기까지, 모두가 이해력 없는 변변치 못한 인간들이라, 만약에 내가 그 장교에게 대들어 문학적인 말로 지껄여댔다가는, 오히려 웃음가마리가 되지 않을까 하는 데 있었다. 명예의 문제에 관해서는 — 단순히 명예에 관해서가 아니라 '명예의 문제(Point d'honneur)'에 관해서는 러시아에선 오늘까지 문학적인 말 이외의 보통 말로는 이야기할 수 없기 때문이다. 그때 내가 절대적으로 확신한 바로는(아무리 로맨티시즘에 몽땅 물들어 있다 해도 역시 현실에 대한 민감성을 지니고 있으니까!) 그들은 모두 나의 문학적 언사에 포복절도할 것임이 틀림없었다. 장교는 나를 그저 구타하는 데 그치지 않고, 즉 상대를 깔보는 식으로 툭툭 두드리는 데 그치지 않고, 내 어깨를 거머쥐고 궁둥이를 양 무릎으로 번갈아 차올리면서 당구대를 한 바퀴 돌리고 난 다음 마치 무슨 자비라도 베푸는 듯이 나를 창밖으로 내던질 것이다.

물론 이 미참한 사건은 그것만으로 끝나버릴 수는 없었다. 그 후에도 한길에서 자주 이 장교를 만났으므로, 나는 그를 상세히 관찰했다. 그러나 저쪽에서도 나를 알아챘는지 어쨌는지 알 수 없다. 아마 알아채지 못했으리라 믿는다. 이것은 몇 가지 점으로 보아 단언할 수 있다. 하여튼 나는 원한과 증오를 품고서 그를 지켜보고 있었다. 이것이 몇 년이나 계속되었다. 나의 원한은 해가 거듭될수록 굳게 뿌리를 박고 더욱더 성장해갔다. 처음 얼마 동안 나는 몰래 이 장교에 관해 뒷조사를 해보았다. 나로서는 무척 힘드는 일이었다. 내가 도움을 받을 만한 사람이라곤 아무도 없었기 때문이다. 그러나 멀찌감치서 그의 뒤를 밟고 있을 때 누군가 그의 이름을 불렀기 때문에, 우연히 그 장교의 이름을 알게 되었다. 그 다음번에는 그의 집까지 뒤쫓아가서 문지기에게 10코페이카를 쥐어주고, 그가 몇 층 어디에 살며, 독신인가 아니면 동거인이 있는가 하는 것 등을, 한마디로 말해서 문지기한테서 들을 수 있는 모든 것을 알아냈다.

나는 한 번도 문학가 흉내를 내본 적이 없었으나, 어느 날 아침에 문득, 폭로 소설의 형식을 빌려 그 장교를 풍자적으로 묘사해보기로 결심했다. 나는 쾌감을 느끼면서 이 소설을 썼다. 대대적으로 폭로를 했고 심지어는 중상까지 했다. 이름은 이내 알아챌 수 있도록 비슷하게 바꾸었지만, 나중에 곰곰 생각한 끝에 아주 딴 이름으로 바꿔버리기로 했다. 다 된 원고를 《조국》 잡지에 보냈으나, 그 당시만 해도 아직 폭로 문학이라는 게 없었으므로 내 소설은 끝내 실리지 않고 말았다. 참으로 유감 천만이었다. 나는 어찌나 분했던지 숨이 콱콱 막힐 지경이었다.

결국 나는 상대방에게 결투를 신청하기로 했다. 그에게 매력이 넘치는 명문으로 편지를 써서 애원조로 사과를 요구했다. 그리고 이것을 거절할 때는 결투라는 것을 꽤 분명하게 암시했다. 편지는 내 생각으로도 흠잡을 데 없이 훌륭했으므로, 그 장교가 조금이라도 '아름답고 고귀한 것'을 이해하는 인간이라면, 반드시 나한테 달려와서 내 목을 얼싸안고 친구가 되어주기를 간청하리라 싶을 지경이었다. 만일 그렇게만 된다면 얼마나 좋으랴! 우리들은 좋은 생활을 시작할 수 있다. 정말로 유쾌한 생활을 시작하게 될 것이다. 그는 자기의 관등으로 나를 보호해주고, 나는 나의 교양과, 그리고······ 이상 같은 것으로 그의 마음을 고상한 방향으로 이끌어줄 것이다. 그 밖에도 서로 도움이 되는 일이 한두 가지뿐이겠는가! 그러나 상상해보라― 그때는 그가 나를 모욕한 후 2년이나 경과했으니, 나의 도전은 시대 착오를 은폐하고 해명하려는 교묘한 문장에도, 추악하기 짝이 없는 시대 착오가 틀림없었다. 그러나 지금도 눈물을 머금고 하느님께 감사를 드리는 바이지만 다행히도 그 편지는 발송되지 않고 말았다. 만약에 발송되었더라면 어떤 일이 일어났을지 생각만 해도 소름이 끼칠 지경이다.

그런데 뜻하지 않게······ 정말로 뜻하지 않게 나는 더없이 간단하고도 더없이 천재적인 방법으로 복수에 성공했다. 내 머릿속에 불현듯 한 가지 기막힌 묘안이 떠올랐다. 나는 일요일이나 축제일 같은 날이면 오후 세시경에 네프스키 거리로 나가 양지 바른 쪽 보도를 산책하곤 했다. 그렇다고 산책 기분은 좀처럼 맛볼 수 없었고, 무수한 고뇌와 굴욕과 솟구치는 분노만을 되씹어야 했지만, 그래도 나에게는 확실히 그것이 필요했던 모양이다. 나는 장군이나 근위 기병 장교, 경기병 장교, 혹은 귀부인들에게 쉴새없이 길을 비켜주면서 마치 미꾸라지처럼 볼썽 사납게 통행인들 사이를 헤엄쳐 다녔다. 그럴 때의 나 자신의 초라한 옷차림과 비칠비칠 걸어가는 궁상맞은 걸음걸이를 생각만 해도 나는 심장이 경련을 일으킨 듯 아파

오고 등골에 불덩이가 닿는 듯한 고통을 느끼곤 했다.

그것은 끊임없는, 참을 수 없는 굴욕의 괴로움이었다. 이를테면, 이들 사교계의 사람들 앞에 나설 때 나는 파리 새끼 같은 존재에 지나지 않는다, 아무런 가치도 없는 더러운 파리에 지나지 않는다, 하는 자의식에서 생기는 괴로움이었다. 이 자의식은 점차로 신경을 직접 건드리는 감각으로 변해가는 것이었다. 나는 누구보다도 현명하다, 누구보다도 두뇌가 발달되어 있다, 누구보다도 고상하다— 그건 뻔한 일이지만, 그런데도 연신 길을 비켜주고 모든 사람의 멸시와 모욕을 감수해야 하는 한낱 파리에 지나지 않는다. 무엇 때문에 스스로 나서서 이런 괴로움을 짊어지려 하는가, 무엇 때문에 네프스키 거리에는 나다니는가, 그건 나 자신도 알 수 없었다. 어쩐지 그저 기회만 있으면 그리로 끌려나가곤 했던 것이다.

나는 이미 그 무렵부터, 앞서 제1장에서 말한 바와 같은 쾌감이 밀려오는 것을 느끼게 되었었다. 그러나 그 장교와의 사건이 있은 후부터는 더욱 강하게 그리로 끌리게 되었다.

네프스키 거리로 나가면 그와 만나는 기회가 가장 많았으므로, 거기서 나는 그를 관찰할 수가 있었다. 상대방도 휴일에는 대개 그리로 나왔다. 그도 장군이나 고관들 앞에서는 길을 비키고, 마치 미꾸라지처럼 그 사이를 빠져나가곤 했지만, 우리 같은 족속은 말할 것도 없고 우리보다 좀 나은 족속과 맞부딪쳤을 때도 무조건 짓밟아버릴 것만 같은 기세였다. 마치 자기 앞엔 텅 빈 공간밖엔 없는 것처럼 성큼성큼 똑바로 걸을 뿐 절대로 길을 비키려들지 않았다. 나는 증오에 불타는 눈으로 그를 뚫어지게 응시했지만, 그래도 그가 앞에 다가오기만 하면 언제나 마지못해 길을 비켜버리곤 했다. 한 길에서조차 그와 대등해질 수 없는 것이 나는 무척 괴로웠다.

'어째서 너는 언제나 먼저 비켜나는 거냐?' 이따금 두시가 지난 밤중에 잠이 깨서, 나는 미칠 듯한 히스테리의 발작에 사로잡혀 나 자신에게 따지고 들었다. '어째서 그놈이 비키지 않고 꼭 네가 먼저 비켜야 하느냐 말이다! 그 따위 법률은 어느 책에도 씌어 있지 않을 것이다. 예의 바른 사람들이 마주쳤을 때 보통 하는 것처럼 양쪽에서 서로 비키면 되지 않느냐. 저쪽이 반 비키면 이쪽도 반 비킨다, 이렇게 서로 존경하는 태도로 지나칠 수도 있지 않은가.' 그러나 그렇게는 되지 않았다. 역시 비키는 것은 이쪽이고 장교 쪽은 내가 길을 비켜주는 것조차 알아채지 못하는 모양이었다. 그런데 문득 기막힌 묘안이 내 머릿속에 떠올랐다.

'만약에 그놈과 마주쳤을 때 내가 비키지 않으면 어떻게 될까?' 하고 나는 생각했다. '그놈과 맞부딪치는 한이 있어도 일부러 비켜니지를 않는다면 그땐 대체 어떻게 될까.' 이와 같은 대담한 생각이 차츰 내 마음을 지배하여 나중에는 안절부절못할 지경에 이르렀다. 나는 줄곧 이 생각에만 골몰했다. 정작 실행에 옮기는 단계에서 어떤 식으로 해야 할 것인지 미리부터 분명히 상상해보려고 나는 전보다 더욱 자주 네프스키 거리로 나가보았다. 날이 갈수록 나는 이 계획이 공상에 그치는 것이 아니라 충분히 실현될 가능성이 있다는 확신을 얻게 되었다. '물론 정말로 떠밀어버리는 건 아니다.' 미리부터 마음이 흐뭇해서 나는 이렇게 생각했다. '이쪽에서 비켜나지 않으니까 조금 부딪칠 뿐이다. 그것도 몹시 아프게 부딪치는 게 아니라, 예의에 크게 어긋나지 않을 정도로 어깨를 대는 것으로 족하다. 저쪽에서 이쪽을 밀어낸 것만큼만 이쪽에서도 밀어내면 된다.' 마침내 나는 확고하게 결심을 했다.

그러나 준비에 무척 시간이 걸렸다. 무엇보다도 우선적으로 필요한 것은, 실행할 때 좀 더 단정한 옷차림이어야 하고, 따라서 옷 걱정을 해야 한다. '정작 대중 앞에서 소동이 일어난다면(그곳 대중은 수준이 높고 세련되어서, 백작 부인도 거닐고 있고 D 공작도 산책하고 있으며 문단 전체가 어슬렁거리고 있는 형편이다) 옷차림이 그럴듯해야 한다. 그것은 상당히 효과가 있으며, 상류 사회 사람들 눈엔 우리 두 사람이 어느 정도 대등한 위치에 있는 것으로 보일 것이다.' 이 때문에 나는 봉급을 가불받아 추르킨의 가게에서 검은 장갑과 멋진 중절모를 샀다. 나는 처음엔 레몬빛 장갑을 사려 했지만, 검은 장갑이 무게가 있고 고상해 보일 것이라는 생각이 들었다. '레몬빛은 너무 화사해서 야하게 보일 우려가 있다' 해서 나는 레몬빛을 그만두기로 했다. 하얀 뼈로 된 커프스 단추가 달린 고급 셔츠는 전부터 마련되어 있었다. 문제는 외투였다. 외투 자체는 그다지 나쁘지 않았을 뿐 아니라 따뜻해서 좋았지만, 솜을 넣어 누빈 데다가 곰털 가죽 깃이 달려 있었다. 이건 아무래도 하인 냄새를 풍기는 것이다. 무슨 일이 있어도 이 깃을 떼어버리고 장교들이 달고 다니는 비버 깃으로 바꿔야만 한다.

그래서 나는 바닥을 싸돌아다니기 시작했다. 몇 군데서 물건을 구경한 끝에 값싼 독일제 비버 깃으로 정했다. 이 독일제 비버는 무척 빨리 닳아 떨어져서 곧 초라한 꼴이 되는 물건이긴 하지만, 그래도 처음 얼마 동안은 제법 훌륭해 보인다. 어차피 나는 한 번만 써먹으면 그만 아닌가. 값을 물어봤더니 역시 나한테 비쌌다. 곰곰 생각한 끝에 곰털 가죽 깃을 고물상에 팔기로 작정했다. 그래도 꽤 많은 액수의 돈이 부족했으므로 나는 과장인 안톤 안토노비치 세토치킨한테 꾸기로 했다. 이 사나이는 온후하고 착실하고 꼼꼼한 위인이어서 돈 같은 건 절대 남에게 꾸어주지 않았다. 그러나 전에 이 관청에 들어올 때 나의 추천인인 유력 인사가 특별히 이 사람에게 나를 소개한 바 있었다. 나는 무척 고민했다. 안톤 안토노비치 같은 사람한테 돈을 꾸어달라고 부탁한다는 건 수치스럽기 짝이 없는 일이었다. 나는 사흘 밤이나 계속해서 잠을 못 이루고 고민했다. 열병에라도 걸린 듯싶었다. 심장이 마비된 것같이 느껴지다가도 갑자기 펄떡펄떡 뛰기 시작했다……. 내 말을 듣자 안톤 안토노비치는 몹시 놀라는 눈치였으나, 다음엔 얼굴을 잔뜩 찌푸렸고, 또 그다음엔 골똘히 생각을 하고 나서, 결국은 돈을 빌려주었다. 물론 2주일 후에는 빌려준 돈을 봉급에서 공제할 권리가 자기에게 있다는 뜻의 증서를 나한테서 받아냈다. 이렇게 해서 겨우 모든 준비가 갖추어졌다. 초라한 곰털 가죽이 달려 있던 자리에 멋진 비버 깃이 그 위용을 과시하게 되었다.

그래서 나는 슬금슬금 일에 착수했다. 무턱대고 덤벼들 수는 없는 일이다. 이런 일이란 교묘하게, 다시 말해서 슬금슬금 해나가야 한다. 그러나 솔직히 말해서, 몇 차례 시험을 해본 결과, 나는 거의 절망 상태에 빠지고 말았다. 아무리 해도 맞부딪칠 수가 없었다! 어쩔 수가 없는 것이다! 이쪽에서 만반의 태세를 갖추고서 단단히 마음을 정하고 걸어가면 틀림없이 부딪칠 것이라 생각되지만, 웬걸, 나는 또 길을 비키고 상대방은 나 같은 건 아랑곳없이 지나가버리는 것이다! 나는 그에게 가까이 다가가면서, 제발 하느님께서 내게 용기를 베풀어주십사 하고 속으로 기도를 올리기까지 했다. 한 번은 정말로 단행하는 듯싶었으나 결국은 상대방의 발밑에 쓰러지는 것이 고작이었다. 마지막 순간에 이르러, 10센티미터가량 남긴 거리에서 그만 기가 죽어버렸기 때문이다. 그는 태연자약하게 내 몸을 밟고 가버리고 나는 공처럼 옆으로 뒹굴었다.

이날 밤 나는 다시금 열병 환자처럼 헛소리를 했다. 그런데 뜻하지 않게 모든 일이 제대로 결말이 났다. 그 훗날 밤에 나는 이 자멸적인 계획을 중지하고, 모든 것을 완전히 포기할 결심을 하고 나서, 내 계획이 결국은 헛된 일이라는 걸 실제로 보기 위해 이튿날 마지막으로 네프스키 거리로 나갔다. 그러나 갑자기, 나는 내 적수로부터 세 걸음쯤 되는 곳에서 뜻하지 않게 용기를 얻었다. 내가 눈을 딱 감자마자 — 그의 어깨와 내 어깨가 탁 부딪친 것이다. 나는 조금도 양보하지 않았고, 양쪽이 완전히 대등하게 지나친 셈이다. 그는 뒤돌아보려고도 하지 않고, 아무것도 모른 체했다. 그러나 그것은 그저 모른 체했을 뿐이다. 나는 그렇게 믿는다. 지금도 그렇게 믿어 의심치 않는다! 물론 상대방이 훨씬 힘이 세니까 내가 더 아프긴 했지만 그런 건 문제가 아니다. 문제는 내가 목적을 달성했고, 체면을 지켰고, 한 걸음도 적에게 양보하지 않고 대중 앞에서 사회적으로 그와 대등한 위치에 설 수 있었다는 데 있다.

나는 완전히 분풀이를 했다고 생각하면서 집으로 돌아왔다. 너무나 기뻐서 이탈리아의 오페라 아리아를 흥얼거리기까지 했다. 물론 그 후 사흘이 지나서 나한테 일어난 일의 전말은 쓰지 않기로 하겠다. 이 수기의 1부 '지하의 세계'를 읽은 사람은 저절로 이해가 갈 것이다. 그 장교는 그 후 어디론가 전근되어 갔다.

벌써 14년가량 나는 그를 만나지 못했다. 나의 친애하는 장교 나으리께선 요즘 무엇을 하고 있을까? 누구를 짓밟고 있을까?

# 2

 그러나 음탕의 시간이 끝나면 나는 형언할 수 없는 메스꺼움을 느꼈다. 회한이 엄습해왔다. 나는 그것을 물리치려고 애썼다. 너무나 메스꺼워 견딜 수가 없었기 때문이다. 하지만 그것도 차츰 익숙해졌다. 나는 모든 것에 익숙해졌다. 익숙해졌다기보다 자진해서 참아내기로 한 것이다. 나한테는 모든 것을 체념케 하는 도피처가 있었다. 이를테면 모든 '아름답고 고귀한 것' 속으로 숨어들어가 버리면 되는 것이다. 물론 공상에 지나지 않는 얘기이다. 나는 공상에 몰두했다. 무려 석 달 동안이나 집 안에 틀어박혀 줄곧 공상만을 계속했다.
 그리고 이런 때의 나는 암탉처럼 허둥거리면서 자기의 외투 깃에 독일제 비버를 달던 녀석하고는 전혀 비슷도 하지 않았다. 이것만은 곧이 들어주기 바란다. 나는 별안간 영웅이 되었다. 그 키다리 장교 따위는 자기 쪽에서 먼저 찾아오더라도 결코 문지방을 넘게 하지는 않을 것이었다. 그런 때는 그 따위 사나이는 상상할 수조차 없었다. 나의 공상이 어떤 것이었고, 어떻게 내가 그것에 만족할 수 있었는지 — 그것은 지금 말하기 곤란하지만, 하여튼 그때 나는 그것만으로 만족하고 있었다. 하긴 지금도 얼마간 그것으로 자기 만족을 느끼고 있는 건 사실이다.

유달리 감미롭고 강렬한 공상이 찾아드는 것은 비참한 음탕에 젖고 난 후였다. 그것은 후회와 눈물과 저주와 환희를 동반했다. 때로는 진짜 도취와 행복의 순간이 찾아들어서, 나는 스스로 털끝만한 조소도 느끼지 않았다. 정말이다. 거기에는 신앙과 희망과 사랑이 있었다. 이 점이 중요하다 — 나는 그 당시 어떤 기적의 힘으로, 어떤 외부적인 사정의 힘으로 이런 현상이 갑자기 넓게 전개되어 간다고 맹목적으로 믿고 있었다. 일할 보람이 있는 유익하고도 아름다운, 더욱이 모든 준비가 다 된(무엇보다 이것이 중요한 점이지만) 활동 영역이 갑자기 눈앞에 확 트이는 것같이 생각되었다(그것이 과연 어떤 것인지 나로서는 알 수 없었지만, 요컨대 모든 준비가 다 갖추어진 것이어야 한다).

이리하여 나는 월계관을 머리에 쓰고 백마에라도 올라앉은 듯이 늠름한 기세로 느닷없이 세상 사람들 속으로 뛰어들 것이다. 나는 이류의 역할 같은 건 생각할 수도 없었으므로, 바로 그 때문에 현실에서는 태연하게 말단의 역할을 맡고 있었다. 영웅 아니면 당나귀, 중간이란 있을 수 없다. 이것이 나를 파멸로 이끈 것이었다. 왜냐하면 나는 진창 속에 뒹굴고 있으면서도 경우에 따라선 나도 영웅이 될 수 있다고 자위하고 있었기 때문이다. 영웅이 되면 더러움을 털어버릴 수 있다. 보통 사람 같으면 진창 속에 빠진다는 건 부끄러운 일이지만, 영웅은 온통 진흙투성이가 되어버리기엔 너무나 높은 곳에 서 있기 때문에, 따라서 조금쯤은 진흙이 묻어도 상관없을 것이다.

여기서 주목해야 할 것은 이 '아름답고 고귀한 것'의 발작이 추잡스런 음탕중에도 나를 찾아들었다는 사실이다. 즉, 내가 완전히 시궁창 속에 빠져 있을 때에도 마치 불꽃인 양 확확 타오르면서 찾아드는 것이었다. 그것은 자기의 존재를 상기시키려는 듯싶었으나 그렇다고 그 출현으로 음탕을 뭉개버리는 건 아니었다. 오히려 콘트라스트의 힘으로 음탕에 활기를 부여하는, 이를테면 맛있는 소스의 역할을 했다. 이 경우의 소스는 모순과 고통과 괴로운 내적 분석 등으로 조제되어 있었다. 그리고 이와 같은 고민과 괴로움은 나의 음탕에 일종의 짜릿한 맛과 어떤 의미까지도 첨가해주었다. 한마디로 말해서 완전히 훌륭한 소스의 역할을 해주었다. 이 모든 것이 다소나마 심각한 뜻이 없는 것은 아니었다. 사실 나로서는 평범하고 저속한 진짜 하급 관리식인 음탕에 만족하여 그 더러움을 죄다 참아낸다는 건 도저히 불가능한 일이 아닌가! 그 무렵 이런 음탕의 어떤 점이 마음에 들어 나는 한밤중에 거리로 끌려 나갔을까? 아니다, 나는 어떤 경우에도 빠져나갈 훌륭한 도피구가 있었던 것이다…….

그러나 이와 같은 공상 속에서, 이와 같은 '아름답고 고귀한 것'으로의 도피 속에서, 아아, 나는 얼마나 풍부한 애정을 경험했던가! 그것은 결코 현실적으로는 인간적인 것에 해당되지 않는 환상적인 사랑이기는 했지만, 그러나 그것이 너무나 풍부하게 넘쳐흐르고 있었기 때문에, 그 후 현실에 결부시켜보려는 욕구 같은 건 전혀 느끼지 않았다. 그것은 정도 이상의 사치라고 할 수 있잖은가. 그러나 모든 것은 언제나 평온무사한 도취적인 기분 속에서 예술로 이행하게 마련이었다. 그것은 즉, 기성의 아름다운 생존 형식을 말하는 것으로, 시인과 낭만파한테서 염치도 없이 표절해다가 온갖 요구에 봉사할 수 있도록 만들어진 형식이다.

  예를 들어보자. 나는 모든 인간에 대하여 승리한 기분이다. 사람들은 물론 내 앞에 굴복하여, 내가 지닌 모든 완성의 덕을 자진해서 인정하지 않을 수 없게 된다. 그러면 나는 그들을 용서해준다. 유명한 시인인 동시에 시종무관인 나는 연애도 하고 막대한 재산을 받기도 한다. 그러나 그 돈은 곧 인류를 위해 몽땅 희사해버리고, 더욱이 그 자리에서 대중 앞에 자기의 오욕을 고백한다. 하지만 그 오욕은 단순한 오욕이 아니고, '아름답고 고귀한 것'을, 즉 만프레드식인 무언가를 풍부하게 내포하고 있다. 사람들은 눈물을 흘리면서 나에게 키스한다(그렇게 하지 않는다면 그놈들은 형편없는 머저리들이다). 그러나 나는 굶주림을 무릅쓰고 새로운 사상을 전파하기 위해 맨발로 길을 떠난다. 아우스터리츠의 싸움터\*에서 보수파들을 쳐부순다.

---

\*  1805년에 나폴레옹이 러시아, 오스트리아 연합군을 격파한 곳

행진곡이 울려퍼지고, 사면령이 공포되고, 법왕은 로마로부터 브라질로 출발할 것을 허락한다. 그리고 코모 호수의 보르게제 별장에서 이탈리아 전 국민을 위해 대무도회가 열린다(이 행사를 위해서 코모 호수가 특히 로마로 옮겨지는 것이다). 그리고 숲속에서의 장면 같은 것이 있고…… 그다음은 당신들의 상상에 맡기겠다.

여기에 대해서 당신들은, 지금 내가 스스로 고백한 환희와 감격의 눈물 뒤에 그 따위 평범한 소리를 늘어놓는다는 건 너무나 저속하지 않느냐고 말할는지 모른다. 하지만 어째서 그게 저속하다는 건가? 그래 당신들은 내가 그걸 부끄러워하고 있는 것으로 생각하는가? 그것이 당신들의 생활과 비교해서 정말로 저열하단 말인가? 나는 단언하거니와, 내가 쓴 것 중에도 다소는 그럴듯한 대목이 있을 것이다…… 하나에서 열까지, 코모 호수의 장면만은 아니다. 하긴 당신들의 말도 옳기는 하다. 사실 저속하고 저열하다는 말은 옳다. 무엇보다 저열한 것은 내가 지금 당신들 앞에서 변명 같은 소릴 시작했다는 점이다. 그보다 더욱더 저열한 것은 내가 지금 이 따위 해명을 쓰고 있다는 사실이다. 하지만 그만두기로 하자. 이래 가지곤 절대 끝이 나지 않는다. 모든 것이 점점 더 저열해질 뿐이다…….

나는 아무래도 석 달 이상은 공상을 계속할 수가 없다. 인간 사회에 뛰어들고 싶은 억제할 수 없는 욕구를 느끼기 시작하기 때문이다. 나의 경우 인간 사회에 뛰어든다는 것은 과장인 안톤 안토노비치 세토치킨의 집에 놀러가는 것을 의미한다. 그는 나의 일생을 통해 변함없는 유일한 친지인데, 나 자신도 이것을 이상하게 여기고 있다. 그러나 내가 그의 집을 방문하는 것은, 나의 공상이 행복의 절정에 달해서, 당장에 세상 사람들, 아니 온 인류를 포옹하지 않고는 견딜 수 없는 그런 시기가 도래했을 때뿐이다. 그러기 위해서는 단 한 사람이라도 실재하는 인간을 가질 필요가 있다. 그러나 안톤 안토노비치한테 가는 것은 면회일로 되어 있는 화요일에 한한다. 따라서 온 인류를 포옹하려는 내적 욕구를 언제나 화요일에 맞춰야만 했다.

안톤 안토노비치는 퍄치 우골로프 근처에 있는 건물 5층에 살고 있었다. 천장이 낮은 작은 방 네 개로 된 아파트였다. 가족은 딸 둘과, 언제나 차를 따르는 역할을 하는 그의 숙모뿐이었다. 딸 하나는 열네 살이고 또 하나는 열세 살이었는데 둘 다 납작코였다. 내가 가면 딸들은 서로 소곤거리며 킥킥 웃곤 해서 나한테 무안을 주었다. 주인인 안톤 안토노비치는 보통 자기 서재에서, 우리 관청 관리든가, 아니면 다른 관청의 관리인 듯한 백발의 손님과 함께 테이블 앞에 놓인 가죽 소파에 앉아 있었다. 언제나 낯익은 두세 명의 손님 이외에는 아무도 찾아오는 사람이 없는 것 같았다. 소비세니, 대심원의 공개 입찰이니, 봉급, 승진, 장관 각하, 상관의 총애를 받는 비서 등이 화제에 올랐다. 나는 네 시간쯤 계속해서 그들 옆에 멍청히 앉은 채 대화를 경청할 수 있을 정도의 인내력이 있었다.

그러나 자진해서 대화에 끼어들 만한 용기도 없었거니와 그럴 기회도 없었다. 머리가 띵해지고 자꾸만 식은땀이 배어 나오는 것만 같았다. 그런데도 한편으론 흐뭇한 마음이 들기도 했다. 그래서 집에 돌아오면, 나는 온 인류를 포옹하고 싶은 희망을 얼마 동안 미룰 수가 있었다. 하기는, 이 밖에도 또 한 사람 시모노프라는 친지 비슷한 인물이 있었다. 학교 시절의 동창생이었다.

 학교 동창은 페테르부르크에 여럿이 있을 것으로 생각되었지만, 나는 그 친구들과는 교제하지 않았을뿐더러 간혹 길에서 만나더라도 인사조차 하지 않고 지냈다. 내가 다른 관청으로 자리를 옮긴 것도, 실은 그들과 어울리기가 싫어서, 화가 나는 나의 소년 시대와 아주 인연을 끊어버리기 위해서였는지도 모른다.

 마치 징역살이와도 같은 그 따위 학교 생활이나 소년 시대 같은 건 생각만 해도 지긋지긋하다! 요컨대 나는 자유의 몸이 되자마자 학교 친구들과는 아주 인연을 끊어버리고 말았다.

 그래도 만나면 인사를 주고받는 친구가 아직 두서너 명은 있었다. 그중의 하나가 시모노프였다. 학교 시절에는 아무런 특색도 없는 얌전한 친구였지만, 그래도 그가 어느 정도의 독자적 성격을 지니고 있음을 나는 인정했다. 그뿐만 아니라, 그는 그다지 경박한 인간도 아니라고 나는 생각했다.

 한때 그와 나 사이에는 제법 명랑한 우정의 시기도 있었건만, 오래 계속되지를 못하고 우리 사이에는 갑자기 이상한 안개 같은 것이 뒤덮이고 말았다. 내가 보기에 그는 분명히 이 추억을 짐스럽게 생각하는 듯싶었고, 혹시나 내가 그전과 같은 태도로 되돌아와 자기를 대하지나 않을까 노상 겁을 내고 있는 것 같았다. 나는 그가 싫어하지나 않을까 의심하면서도 반드시 그럴 것이라는 확신도 없었으므로, 여전히 그를 방문하곤 했다.

그런데 어느 목요일에 나는 도저히 고독을 참을 수 없게 되어 안톤 안토노비치의 집에선 목요일엔 손님을 받지 않는다는 걸 알고 있었으므로, 문득 시모노프 생각이 났다. 그가 살고 있는 4층까지 올라가면서, 그가 나를 귀찮게 여기는 눈치였음을 상기하고 공연히 찾아온 게 아닌가 생각했다. 그러나 이런 생각은 결국 나를 초조하게 만드는 게 상례였으므로, 나는 그대로 그의 방에 들어갔다. 전번에 시모노프를 만난 후 거의 일 년 만이었다.

## 3

 나는 그의 집에서 두 명의 학교 동창을 만났다. 보기에 그들은 뭔가 중대한 의논을 하고 있는 것 같았다. 내가 들어가도 누구 한 사람 거들떠보려 하지도 않았다. 우리들은 벌써 몇 해 동안이나 만난 적이 없었으므로, 그들의 이와 같은 태도는 이상하게 여겨질 지경이었다. 분명히 그들은 나라는 인간을 흔해빠진 파리 새끼 정도로밖엔 생각하고 있지 않는 것 같았다. 모두들 학교 시절부터 나를 미워하긴 했지만 그때는 아직 이렇게까지 괄시하지는 않았었다. 지금 그들이 나를 미워하는 건 당연하다. 나는 물론 그것을 알고 있었다. 왜냐하면 내가 관리 생활에서 실패했기 때문에 몹시 초라해져서 형편없는 옷차림을 하고 있었기 때문이다. 이것은 그들의 눈으로 볼 때, 내가 실직을 한 시시한 인간이라는 간판을 내걸고 있는 거나 다름 없었을 것이다. 그렇다 하더라도, 이렇게까지 멸시를 받을 줄은 예기하지 못했다. 시모노프는 내가 나타난 것에 몹시 당황한 기색이었다. 하기는 전에도 늘 나의 방문을 몹시 못마땅해하는 눈치이기는 했다. 나는 코빼기를 한 대 얻어맞은 기분으로 의자에 앉아 그들의 이야기에 귀를 기울이기 시작했다.

그들은 현역 장교로서 먼 지방으로 전속해 가는 즈베르코프라는 친구를 위해서, 내일 송별회를 갖자는 데 대해 열심히 의논하고 있었다. 무슈 즈베르코프는 나에게도 동창 친구였다. 나는 학교 상급반에 올라가면서부터 특히 그를 미워했다. 하급반 시절만 해도 그는 귀엽고 활발한 5학년이었으므로, 모든 사람의 귀여움을 받았었다. 그러나 하급반 시절에도 나는 그를 미워했다. 그가 귀엽고 활발한 소년이었기 때문이다. 그는 성적이 언제나 나빴고, 학년이 올라갈수록 더 나빴다. 그러나 뒤를 봐주는 사람이 있어서 거뜬히 졸업할 수 있었다. 졸업하기 전해에 그에게 농노 2백 명이 딸린 영지가 유산으로 굴러들었다. 그런데 우리 친구들은 거의 모두가 가난뱅이였으므로 그는 우리에게 큰소리를 치게 되었나. 그는 더없이 저속한 인간이었지만 악의가 없는 좋은 사나이여서 큰소리를 치고 있을 때도 그런 대로 애교가 있었다. 우리는 입으로는 청렴이니 명예니 하면서 미사여구를 늘어놓고 있었지만, 그래도 극히 소수자를 제외하고는 모두들 즈베르코프 앞에서 굽실거렸다. 그래서 그는 더욱더 거드름을 피우게 되었다. 그렇다고 모두들 무슨 천한 속셈이 있어서 굽실거리는 게 아니라, 다만 그가 자연의 은혜를 부여받은 행운 아이기 때문인지 모른다. 게다가 어찌 된 셈인지 동급생들 사이에서는 즈베르코프를 세련된 옷차림과 에티켓 면에서 제일급에 속하는 인간으로 생각하고 있었다. 특히 이 점은 나를 분개시켰다. 자기 가치를 한 번도 의심해본 일이 없는 듯한 쨍쨍 울리는 그의 음성과 스스로 자기의 익살을 만족하게 여기는 모습을 나는 진정 미워했다. 그는 지껄이는 데는 용감했지만, 그 익살은 언제나 지독하게 졸렬했다. 아름답기는 하지만 바보스럽게 보이는 그의 얼굴과(그러나 나는 언제든지 기꺼이 나의 영리한 얼굴을 그 바보스런 얼굴과 바꿔줄 용의가 있었지만) 40년대(18세기)의 유물인 멋쟁이 장교식 제스처도 미웠다. 또 그가 미래에는 여자 문제에서 성공할 거라고 말하면서(그는 아직 장교 계급장을 달고 있지 않았으므로, 여자를 건드리는 것만은 주저하고 있었다. 그래서 하루 빨리 견장을 받으려고 조바심했다) 자기는 앞으로 늘 결투만 하게 될 거라고 지껄여대는 것도 미웠다.

지금도 기억하고 있지만, 늘 과묵한 내가 갑자기 즈베르코프하고 격투를 벌인 일이 있었다. 하루는 그가 휴식 시간에 친구들과 미래의 정부(情夫) 이야기를 하면서, 마치 햇볕을 쬐고 있는 강아지처럼 들뜨기 시작하더니, 자기는 영지 마을의 계집애들을 하나도 그냥 놔두지는 않겠다, 그건 — 귀족의 권리(droit de seigneur)이므로 만약에 농부들이 건방지게 반항한다면 그 따위 텁석부리 악당들은 모조리 곤장을 먹인 후에 인두세를 곱절로 물리겠다고 선언했기 때문이다. 얼빠진 동료들은 모두 박수갈채를 보냈지만 나는 달려들어 격투를 벌였다. 그러나 그것은 결코 마을 계집애들과 그 아버지들을 동정해서가 아니라 이런 풋내기에게 모두들 박수를 보냈기 때문이다. 나는 그때 운 좋게 이겼지만, 즈베르코프는 바보이긴 해도 쾌활하고 활달한 성격이었으므로 허허 웃어버리고 말았다. 그래서 실은 나의 승리도 완전한 것은 못 되었다. 마지막으로 웃은 것만큼 그가 덕을 본 셈이다. 그는 그 후 몇 번인가 나를 불러 괴롭혔지만 별로 악의가 있었던 것은 아니고 그저 웃으면서 농지거리를 한 데 지나지 않았다. 그래서 나도 굳이 적의를 품고 앙갚음을 하려고는 하지 않았다.

졸업 후에 그는 나한테 좀 접근해오는 듯싶었다. 나는 나쁜 마음도 들지 않았으므로 굳이 그것을 거절하지는 않았다. 그러나 당연한 결과로서 두 사람은 곧 헤어지고 말았다. 그 후 나는 육군 중위로서의 그의 성공과 방탕의 소문을 들었다. 또 그가 사회적으로도 성공하고 있다는 소문도 들었다. 거리에서 만나도 그는 이미 인사를 하지 않게 되었다. 나 같은 보잘것없는 인간과 인사를 하면 체면이 손상된다고 생각하는가 보다, 하고 나는 추측했다. 언젠가는 극장 3층 특석에 나타난 것을 보았는데 이미 참모 견장을 달고 있었다. 그때 그는 어느 늙은 장군의 딸한테 들러붙어서 열심히 애교를 떨고 있었다. 3년쯤 지나자 갑자기 풍채가 떨어져 보였다. 여전히 아름다운 용모에 동작도 경쾌했지만, 이상하게 피부가 늘어지고 몸이 뚱뚱해진 것 같았다. 서른 살이 지나니까 살갗이 부석부석한 것이 완연히 눈에 띄게 되었다.

그래서 이번에 마침내 전속해가는 즈베르코프를 위해서 친구들이 송별연을 열자는 것이었다. 그들은 지난 3년 동안 죽 그와 교제를 계속해왔던 것이다. 그러면서도 속으로는 자기들이 즈베르코프와 대등하다고는 생각하고 있지 않았다. 나는 이것을 확신한다.

시모노프의 방에 와 있던 두 친구 중의 하나인 페르피치킨이라는 사내는 러시아에 귀화한 독일 사람이었다. 작달막한 키에 원숭이 같은 얼굴을 하고 있으면서도 아무나 비웃는 버릇이 있는 바보인데, 하급반 시절부터 나하고는 개와 고양이 사이였다. 비열하고 뻔뻔스러운 거짓말쟁이인 데다가 형편없는 겁쟁이면서도 굉장히 큰 야망을 품고 있었다. 그는 속셈을 가지고 아부하면서 늘 돈을 울궈내곤 하는 그런 종류의 즈베르코프 숭배자 중의 하나였다. 시모노프의 방에 있던 또 하나의 친구는 트루돌류보프라는 시시한 사나이였다. 키가 크고 냉정한 얼굴의 군인으로 비교적 정직한 편이었으나, 성공에만 열중하고 진급 이야기를 하는 것 외에는 이렇다 할 재능이 없는 위인이었다. 즈베르코프와는 친척지간이었다. 말하기조차 우스운 일이지만, 그것이 우리들 사이에서는 그의 존재 가치를 높여주고 있었다. 언제나 나 같은 건 안중에도 없었으나, 직접 나를 대할 때는 친절할 정도는 못 되어도 그럭저럭 참을 만했다.

"좋다, 한 사람 앞에 7루블씩으로 하면" 하고 트루돌류보프가 입을 열었다. "세 사람에 21루블이 되니까 그만하면 충분히 식사를 할 수 있을 거야. 즈베르코프는 물론 내지 않기로 하고."

"그야 물론이지, 이쪽에서 초대하니까" 하고 시모노프가 찬동했다.

"그래 자네들은" 하고 페르피치킨이 열을 올리면서 끼어들었다.

마치 주인의 훈장을 자랑하는 뻔뻔스런 하인 같은 태도였다. "자네들은 즈베르코프가 우리만 내라고 내버려둘 줄 아나? 예의상 일단 대접을 받긴 하겠지만, 그 대신 샴페인 반 다스쯤은 낼 거야."

"하지만 네 사람에 반 다스는 너무 많잖아?" 하고, 반 다스라는 말에 귀가 번쩍 뜨인 듯이 트루돌류보프가 말했다.

"그럼 인원은 세 명, 즈베르코프를 넣어 네 명, 회비는 21루블로, 장소는 파리 호텔, 시간은 내일 다섯시로 정하자." 간사에 선출된 시모노프가 최종 결정을 내렸다.

"어째서 21루블이지?" 나는 약간 흥분해서 이렇게 말했다. 분명히 나는 화가 났던 모양이다. "나까지 넣어서 계산하면 21루블이 아니라 28루블이 아닌가?"

내가 이렇게 느닷없이 참가를 신청하면, 참으로 훌륭한 태도로 보여 모두들 즉석에서 찬성하면서 나를 존경의 눈으로 보게 될 것이라는 생각이 들었기 때문이다.

"아니, 자네도 참석하려나?" 하고 시모노프는 어색하게 나를 외면하면서 못마땅한 듯이 말했다. 그는 내가 어떤 인간인가를 뻔히 알고 있었던 것이다.

그가 내 성질을 속속들이 알고 있다고 생각하자 나는 밸이 뒤틀리는 것 같았다.

"무슨 말인가? 나도 같은 동창인데. 나만 따돌린다는 건 솔직히 말해서 실례야." 나는 다시 흥분하기 시작했다.

"도대체 자네가 어디 사는지나 알아야 연락을 취할 수 있었을 게 아닌가!" 페르피치킨이 거칠게 가로챘다.

"게다가 자네 즈베르코프하고는 늘 사이가 좋지 않았잖는가?" 이번엔 트루돌류보프가 이맛살을 찌푸리면서 덧붙였다. 하지만 이렇게 된 이상 나도 가만히 있을 수는 없었다.

"그런 건 누구도 이러쿵저러쿵 말할 권리가 없다고 나는 생각하는데." 마치 큰일이라도 난 것처럼 나는 목소리를 떨면서 대꾸했다. "전에 사이가 좋지 않았으니까 오히려 이런 때 자리를 같이하고 싶다고 생각하는지도 모르잖나."

"흠, 자네 심중을…… 그토록 고상한 감정을 누가 알겠나." 트루돌류보프는 히죽 웃었다.

"좋아, 자네도 넣지." 시모노프가 나를 돌아다보면서 제멋대로 이렇게 결정해버렸다.

"내일 다섯시, 파리 호텔이니까 그리로 나오게."

"그럼 돈은?" 하고 페르피치킨은 나를 턱으로 가리키면서 나직한 음성으로 말을 하려다가 시모노프가 당황한 빛을 띠었기 때문에 얼른 입을 다물고 말았다.

"그만해둬" 하고 트루돌류보프가 일어서면서 말했다. "그토록 오고 싶다면 오라고 하지."

"그렇지만 이건 우리들만의…… 절친한 친구끼리의 모임이야." 역시 모자를 집으면서 페르피치킨이 화난 듯이 투덜거렸다. "이건 공적인 회합이 아니거든. 우리로서는 자네 같은 사람이 끼어드는 걸 좋아하지 않을지 모르잖나……."

다들 돌아갔다. 페르피치킨은 갈 적에 나한테 인사도 하지 않았다. 트루돌류보프는 돌아보지도 않고 한 번 머리를 끄덕해 보였을 뿐이었다. 나하고 단둘이 코빼기를 맞대고 남게 된 시모노프는 심히 못마땅한 듯 이해가 안 간다는 표정으로 나를 바라보고 있었다. 그는 앉지도 않고 그대로 버티고 선 채 나에게 앉으라고 권하지도 않았다.

"흠…… 그렇군……. 그럼 내일 만나세, 돈은 지금 내겠나? 미리 확인하고 싶어서 하는 말이야." 그는 좀 어색한 어조로 중얼거렸다.

나는 울컥 화가 치밀었다. 그러나 화가 치밀면서도 언젠가 오래 전에 시모노프한테서 15루블을 꾸었는데 돌려주지 않고 있음을 상기했다. 물론 나는 그것을 한 번도 잊은 적이 없었지만 갚아야겠다고 생각한 적도 없었던 것이다.

"하지만, 생각해보게, 시모노프, 내가 여기 올 때 그런 걸 미리 알았을 리가 없잖나……. 유감스럽게도 돈 가지고 나오는 걸 잊어버렸네……."

"좋아, 좋아, 아무래도 좋아. 내일 식사할 때 내면 되니까. 나는 그저 확인해보고 싶었을 뿐이야…… 오해는 말게……."

그는 말문이 막혔는지 못마땅한 얼굴로 방 안을 거닐기 시작했다. 걸으면서 그는 발뒤꿈치에 힘을 주어 연신 탁탁 소리를 냈다.

"방해가 되는 건 아닌가?" 2, 3분쯤 지나서 나는 이렇게 물었다.

"아니, 괜찮아!" 그는 움찔 놀라는 듯했다. "아니 뭐, 실은…… 난 이제부터 가봐야 할 데가 있어서…… 바로 요 근처지만……." 그는 용서를 비는 것 같은 어색한 어조로 이렇게 덧붙였다.

"아, 그래? 왜 진작 그렇다고 말해주지 않았나!" 나는 모자를 집어들면서 소리쳤다. 나의 어조는 어디서 나왔는지 스스로 이상하게 여겨질 만큼 허물없는 것이었다.

"바로 요 근처라니까…… 엎어지면 코 닿을 곳이지……." 시모노프는 이렇게 되풀이하면서 그에게는 어울리지 않는 초조한 모습으로 나를 현관까지 배웅했다. "그럼, 내일 다섯시 정각일세!" 그는 층계를 내려가는 나의 등뒤에다 대고 소리쳤다. 내가 돌아가주어 천만다행이라 생각하는 모양이었다. 나는 은근히 화가 났다.

"제기랄, 어쩌다 내가 그 판에 끼어들었을까!" 나는 거리를 걸어가면서 이를 갈았다. "그것도 즈베르코프라는 돼지 새끼 같은 놈을 위한 송별회에 말이다! 물론 가지 말아야지. 침이라도 퉤 뱉어주면 그만이야. 약속에 얽매일 필요는 없다. 내일 즉시 시내 우편으로 시모노프에게 연락을 취해야겠다……."

그러나 더욱 화가 나는 것은, 나 자신 내일 틀림없이 간다는 것을, 오기로라도 꼭 간다는 것을 잘 알고 있었기 때문이다. 거기 간다는 것이 미련하고 부질없는 짓이라고 느껴지면 느껴질수록 기를 쓰고 가게 될 것이다.

그뿐만 아니라 내가 참석하는 데는 결정적인 장해가 있었다 — 돈이 없었다. 수중에는 겨우 9루블밖엔 없었다. 그중 7루블은 내일 하인 아폴론의 월급으로 주어야만 했다. 이 하인은, 식비는 자기가 부담하는 조건으로 월급 7루블에 내 집에서 살고 있었다.

아폴론의 성미로 봐서 주지 않을 수는 없는 일이었다. 나의 생활의 암과도 같은 존재인 이 악당에 관해서는 나중에 이야기하기로 하겠다.

그렇지만 나는 월급을 지불하지 않고 반드시 송별회에 나가리라는 것을 잘 알고 있었다.

이날 밤 나는 더없이 추악한 꿈을 꾸었다. 그도 그럴 것이, 나는 학창 시절의 징역살이 같은 생활의 회상에 밤새껏 고민했고, 그것을 털어버릴 수가 없었으니 말이다. 나를 이 학교에 집어넣은 것은 먼 친척들이었다. 나는 그들이 시키는 대로 따랐지만, 그러면서도 그들하고 무슨 관계가 있는지 전혀 알지 못했다. 그들은 잔소리에 시달린 결과 말수가 적어지고 노상 음울한 눈초리로 주위를 살펴보게 된 고아인 나를, 그들은 그 학교에 집어넣은 것이다. 동급생은 내가 그들 중의 아무하고도 닮지 않았다고 해서, 악의에 찬 무정한 조소로 나를 맞았다. 그러나 나는 남의 조소를 참지 못하는 성미였다. 그들이 서로 간단히 친해지듯이 나는 아무와도 친해질 수가 없었다. 나는 곧 그들을 미워하고, 모든 사람을 피해서 상처 입은 지존심 속에 틀어박히고 말았다. 그들의 거칠고 난폭한 언동이 더욱 나의 비위를 건드렸다. 그들은 나의 얼굴과 나의 보릿자루 같은 옷차림을 비웃었다. 그러나 그들 자신 얼마나 바보 같은 얼굴들을 하고 있었는지 모른다! 이 학교에 들어가면 왜 그런지 얼굴 표정이 유달리 바보스럽게 되고, 사람이 변한 것처럼 되어버렸다. 많은 미소년이 우리 학교에 들어왔지만, 몇 년 지나는 동안에 모두들 보기에도 싫

중나는 얼굴로 변했다. 겨우 열여섯 살밖엔 안 된 나이였으나, 나는 눈살을 찌푸리고서는 그들의 얼굴을 허망한 눈으로 바라보았다. 이미 그때부터 그들의 천박한 사고방식과 그들의 공부, 놀이, 대화 등이 하나같이 우열한 데 나는 놀라지 않을 수 없었다. 그들은 인간에게 필요 불가결한 것을 이해하지도 못하고, 감격과 감탄을 느껴야 할 일에 전혀 무관심했으므로, 자연히 나는 그들을 나 자신보다 낮은 수준의 인간이라고 생각하게 되었다. 이것은 상처 입은 자존심 때문이 아니다.

그러니 당신들은 제발 그 구역질 날 만큼 싫증나는 똑같은 말―'너는 그저 공상만 하고 있었지만, 그들은 이미 그때부터 현실 생활을 이해하고 있었다'라는 식의 상투적인 말로 나를 설교하지 않길 바란다. 그들은 현실 생활 같은 건 하나도 이해하지 못했다. 내가 무엇보다 분개한 것은 바로 그 점이었다. 현실을 옳게 이해하기는커녕, 한눈에 뻔히 알 수 있는 현실을 그들은 어이없을 만큼 곡해해서 받아들임으로써, 그때부터 이미 성공만을 기대하는 못된 버릇이 생겨버린 것이다. 아무리 올바른 것일지라도 학대받고 짓밟히고 있는 것은 무자비하게 냉소해버렸다. 그들은 관등을 곧 지혜처럼 생각했고 열여섯 살밖에 안 된 나이에 벌써부터 푹신한 자리를 공상하고 있었다. 물론 거기에는 천성의 우둔함과 유년 시대와 소년 시대를 통해서 그들을 둘러싸고 있던 좋지 못한 본보기가 적지 않게 작용했을 것이다. 그들의 음탕함은 추악하기 그지없었다. 물론, 거기에도 겉치레인 인위적 냉소주의가 더 강했고, 청춘과 신선함이 그 음탕 사이에서 반짝이고 있었던 것은 사실이지만, 그러나 그들의 경우 그 신선함도 마음을 끄는 힘이 없고 어딘지 모르게 시들한 것으로 나타났다.

나는 진정 그들을 미워했지만, 어쩌면 그들보다 내가 열등했는지도 모른다. 그들은 같은 태도로 나를 대하면서 혐오감을 감추려 하지 않았다. 그러나 나는 이미 그들의 애정 같은 건 원하지 않았다. 그보다는 그들의 굴욕을 끊임없이 갈망하고 있었다. 그들의 조소를 피하기 위해 나는 되도록 공부에 열중했고 그 결과 우등생 축에 끼어들 수 있었다. 이것은 그들에게 효과가 있었다. 그뿐만 아니라 자기네들이 읽을 수 없는 책을 내가 이미 읽고 있으며, 자기네들이 들은 일도 없고 이수 과목에도 들어 있지 않은 지식을 내가 이해하고 있다는 것이 알려지게 되었다. 모두들 그것을 괴이한 일이라도 되는 것처럼 냉소의 눈으로 보고 있었지만, 정신적으로는 나한테 굴복한 거나 다름 없었다. 특히 선생들까지도 이 점에서 나에게 주의를 돌리게 된 후로는 더욱 효과가 있었다. 냉소는 없어졌으나 그 대신 적의가 남았다. 그리고 냉랭한 긴장 관계가 고정되어버렸다.

그러나 나중에는 나 자신이 버티어낼 수가 없게 되었다. 해가 갈수록 점점 사람이 그리워졌고 친구 교제를 바라는 마음이 더욱 강해졌다. 나는 몇몇 동급생에게 접근을 시도해보았다. 그러나 이 접근은 번번이 부자연스러운 것이 되어 저절로 소멸해버렸다. 한때는 친구 비슷한 것이 생기기는 했다. 그러나 나는 이미 마음속으론 폭군이 되어 있었으므로, 한없이 상대방의 영혼을 지배하려 들었다.

나는 주위의 모든 것에 대한 모욕감을 그의 마음에 불어넣어주려는 생각에서 오만한 태도로 완전히 주위의 세계와 인연을 끊을 것을 그에게 요구했다. 나의 열렬한 우정은 상대방을 당황시켜, 마침내는 눈물을 흘리고 경련을 일으키게 하였다. 그는 영혼까지도 친구에게 바칠 만큼 순진한 사나이였지만, 그가 모든 것을 나에게 바쳐버리자, 나는 곧 그에게 싫증을 느껴 이쪽에서 밀어내고 말았다. 결국 나에게 그가 필요했던 것은, 내가 그를 이기고 항복시키려는 데 지나지 않았다. 하지만 나는 모든 사람을 다 정복할 수는 없었다. 이 친구로 말하면 동료의 누구하고도 닮지 않은 보기 드문 예외적 존재였다.

졸업하고 나서 우선 내가 해치운 일은, 예정했던 나의 전공 방면의 근무처를 포기하는 것이었다. 그것은 모든 굴레를 벗어버리고 저주스런 과거를 말소해버리기 위함이었다······. 그런데 어쩌자고 이제 와서 시모노프 같은 놈을 찾아갔는지, 나 자신 알 수 없는 일이었다. 이튿날 아침 일찍이 잠이 깨기가 무섭게 나는 사뭇 흥분에 떨면서 뛰어 일어났다. 지금 당장 모든 것이 성취될 것같이 마음이 설레었다. 오늘은 무언가 나의 생애를 통해 근본적인 전기(轉機)가 온다. 반드시 온다고 확신하고 있었다. 익숙하지 못한 탓인지는 모르겠지만, 나는 한평생 아무리 부질없는 외면적인 사건이 일어나도, 곧 무엇인가 일생의 근본적인 전기가 온다는 예감을 느끼곤 했다. 하기는 이날도 여느 때처럼 출근했지만, 준비도 있고 해서 두 시간쯤 일찍 조퇴하고 돌아왔다. 무엇보다 중요한 것은, 딴 친구들보다 그곳에 먼저 가지 않는 일이라고 생각했다. 먼저 갔다가는 내가 기뻐서 날뛴다고 오해받을지도 모르기 때문이다. 그러나 그런 종류의 중요한 것이 너무나 많아서 그 때문에 녹초가 되도록 흥분되었다.

구두도 내 손으로 다시 한번 닦기로 했다. 아폴론은 무슨 일이 있어도 하루에 두 번은 닦지 않는다. 그런 건 올바르지 않다고 거부할 것이다. 나는 어쩌다가 아폴론한테 들켜 나중에 멸시를 받지 않도록 살그머니 현관에서 솔을 훔쳐내다가 손수 구두를 닦았다. 그리고 자세히 의복을 살펴본 결과 낡아서 온통 해져 있음을 발견했다. 내가 너무 무관심했던 탓이다. 관청의 제복은 좀 단정한 편인지는 모르지만 제복을 입고 연회에 나갈 순 없지 않은가. 무엇보다 곤란한 건 바지 무르팍 바로 위에 커다랗게 누런 얼룩이 져 있다는 사실이었다. 이 얼룩만으로도 이미 나의 위신은 90퍼센트까지 망쳐질 것임이 뻔했다. 물론 이런 생각을 한다는 것 자체가 천박하기 짝이 없는 일이라는 것도 나는 알고 있었다. '이제 와서 이런 생각을 한댔자 무슨 소용이 있는가. 이제부터 현실에 직면해야 할 판인데.' 이렇게 생각하니 자연히 의기소침해질 수밖엔 없었다. 동시에 나는 이런 사실들을 너무 과장해서 생각하고 있다는 것도 잘 알고 있었다. 그러나 어쩔 수 없다. 나는 이미 자신을 억제할 수 없게 되었다. 오한으로 온몸이 와들와들 떨릴 지경이었다. 나는 절망 속에서 이렇게 상상해보았다— 저 '비열한' 인간 즈베르코프는 자못 오만하고 냉랭한 태도로 나를 대하겠지. 그 우둔한 트루돌류보프도 태연자약하게 경멸의 눈초리로 나를 바라볼 것이다. 벌레만도 못한 페르피치킨 녀석은 즈베르코프에게 아부하느라고 뻔뻔스럽고 메스꺼운 목소리로 히히거리며 웃을 것이다. 또 시모노프는 그것을 다 알고 있으면서 나의 우스꽝스런 허영심과 천박한 심사를 비웃을 것이다. 그리고 무엇보다 참을 수 없는 것은 그러한 모든 것이 더없이 비참하고, 비문학적이고, 저속하다는 점이다.

물론 처음부터 가지 않는 것이 좋을 줄은 알고 있다. 그러나 그것은 불가능한 일이었다. 나는 무엇인가에 한 번 이끌리는 날엔 곤두박질로 뛰어들지 않고는 배겨내지 못하는 성미였다. '뭐야 겁을 먹었구나, 현실이 두려운 거지? 겁쟁이 같으니!' 하고 한평생 두고두고 나 자신을 조소할 것이다. 그보다도 나는 결코 자신이 생각하고 있는 것 같은 겁쟁이가 아니라는 것을, 그 '망나니들'에게 떳떳이 보여주고 싶은 마음을 억제할 수가 없었다. 더욱이 강렬한 열병 같은 발작 속에서도, 나의 공상은 더욱 확대되어, 나는 그들을 정복하여 개가를 올리고, '고귀한 사상과 지성'으로 그들을 매혹해야겠다는 얼토당토 않은 생각까지 하게 되었다. 그들은 모두 즈베르코프를 거들떠보지도 않게 된다. 그런데 즈베르코프는 한구석으로 물러나 치욕을 느끼며 묵묵히 앉아 있을 수밖엔 없다. 이렇게 나는 즈베르코프를 압도해버리는 것이다. 그러고 난 후라면 그와 다시 화해하고 친구로서 건배를 들어도 좋다…….

그러나 무엇보다 화가 나는 것은, 실제로 그런 건 나한테 전혀 필요가 없는 일이라는 것을 미리부터 잘 알고 있다는 점이었다. 나는 결코 그들을 압도하거나 정복하거나 매혹하기를 원하는 건 아니다.

설사 그 목적을 달성했다 하더라도, 그 결과는 나에겐 한 푼의 가치도 없다는 것을 나는 확실히 알고 있었다. 아아, 이날 하루가 어서 빨리 지나가기를 나는 하느님께 얼마나 빌었는지 모른다! 형언할 수 없는 우수에 잠겨, 나는 창가로 다가가서 창문을 열고, 펑펑 쏟아지는 진눈깨비를 흐릿한 눈으로 바라보고 있었다.

마침내 싸구려 괘종시계가 찍찍거리며 다섯시를 쳤다. 나는 모자를 집어들었다. 그리고 아침부터 월급 주기를 기다리면서도 그 바보 같은 고집 때문에 자기 쪽에서 먼저 말을 꺼내지 않고 있는 아폴론 쪽으로는 되도록 외면을 하면서 그의 옆을 빠져나와 한길로 나섰다. 마지막 50코페이카를 털어 일부러 고급 마차를 잡아타고서 파리 호텔로 향했다.

# 4

 전날부터 나는 거기에 내가 제일 먼저 도착하리라는 걸 알고 있었다. 그러나 맨 먼저 가고 안 가고 따위는 문제가 아니었다.
 그들은 아무도 와 있지 않았을뿐더러, 예약한 좌석을 찾아내는 데 무척 애를 먹었다. 테이블 준비도 전혀 되어 있지 않았다. 이건 어떻게 된 판인가? 애써 물어본 끝에 간신히 급사한테서 안 것은, 회식은 다섯시가 아니라 여섯시로 약속됐다는 것이었다. 식당측에서도 여섯시가 틀림없다고 단언했다. 물어보는 것조차 부끄러울 지경이었다. 이제 겨우 다섯시 이십오분이었다. 만약에 그들이 시간을 변경했다면 무슨 일이 있어도 마땅히 알려줘야 할 게 아닌가. 그런 때 이용하라고 속달 우편이라는 것도 있다……. 그런데도 나한테 나한테…… 더군다나 급사들 앞에서까지 이런 개망신을 시키다니!

　나는 앉았다. 급사가 식탁보를 덮기 시작했다. 그것을 바라보고 있으려니, 왜 그런지 더욱 화가 치밀었다. 여섯시 가까이 되자, 이미 켜져 있는 램프 이외에 촛불도 들여왔다. 그것도 급사는 내가 들어왔을 땐 곧 가져올 생각을 하지 않았었다.

　옆방에선 시무룩한 얼굴을 한 손님 두 사람이 각기 딴 식탁에 앉아 묵묵히 식사를 하고 있다. 멀리 떨어진 방에선 떠들썩한 소음과 고함 소리까지 들려왔다. 여럿이 어울려 큰 소리로 웃어대는 소리에 섞여 어딘지 천한 쨍쨍 울리는 프랑스 말도 들렸다. 여인들도 낀 회식 같았다. 한마디로 말해서 구역질이 날 만큼 기분이 나빴다. 이렇게까지 불쾌한 시간을 보낸 일은 일찍이 없었으므로 정각 여섯시에 친구들이 일시에 나타났을 때, 처음 한순간은 마치 구세주라도 나타난 것처럼 그들을 반겼다. 잔뜩 화가 난 얼굴로 대해야 한다는 것조차 거의 잊을 뻔했다. 즈베르코프는 지휘관인 양 앞장서서 들어왔다. 그도 다른 친구들도 유쾌하게 웃고 있었지만, 나를 보자 즈베르코프는 거드름을 피우며 천천히 나한테로 다가왔다. 그러고는 지나치지 않을 정도로 상냥하게 한 손을 내밀었다. 그것은 마치 장군이 부하를 대하는 것처럼 경계의 빛을 띤, 상냥한 태도로 손을 내밀면서도 어딘지 자기 몸을 지키려는 것 같은 인상을 주었다. 그러나 나는 그와는 반대로, 그가 들어오자마자 그 목 쉰 소리로 한바탕 크게 웃고 나서, 입을 열기가 무섭게 시시한 우스갯소리와 농담을 연발할 것으로 상상하고 있었다. 그가 이렇게 나올 것이라고 예상하고 전날부터 나는 거기에 대비하고 있었는데 설마 이렇게까지 오만한 태도로 나올 줄은 꿈에도 생각지 못했다. 그러고 보면, 그는 나보다 모든 점에서 월등하게 훌륭하다고 생각하고 있는 모양이었다. 만약 그가 일부러 거드름을 피우며 나를 모욕하려고 생각하고 있는 정도라면 별로 문제될 것은 없다. 그렇다면 침이라도 퉤 뱉어 주면 그만이다. 그러나, 나를 모욕할 생각은 추호도 없고, 자기 편이 나보다는 훨씬 우월하기 때문에 보호자와 같은 입장에서 나를 대할 수밖에 없다는 생각이 그의 바보 같은 대가리에 정말로 떠올랐다면 어쩔 것인가? 이렇게 생각만 해도 나는 숨이 막힐 것만 같았다.

"나는 자네가 함께 참석하고 싶어 했다는 말을 듣고 깜짝 놀랐네." 그는 씨익씨익 혀 꼬부라진 소리로 말을 길게 끌면서 이렇게 말했다. 전에는 없던 버릇이었다. "자네하곤 어찌 된 셈인지 만날 기회가 없었어. 자넨 우릴 되도록 피하려고 한 모양이지만, 그건 잘못된 생각이야. 우린 자네가 생각하는 것처럼 그런 무서운 인간은 아니니까. 그건 그렇고, 하여튼 유쾌하네. 옛 우정을 새롭게 한다는 건……." 이렇게 말하며 그는 모자를 창틀에 놓으려고 뒤로 돌아섰다.

"오래 기다렸나?" 하고 트루돌류보프가 물었다.

"어제 약속한 대로 다섯시 정각에 왔네." 나는 당장 폭발할 것만 같은 신경질적인 어조로 대답했다.

"아니 자넨 시간이 변경된 걸 알려주지 않았나?" 하고 트루돌류보프는 시모노프에게 물었다.

"알리지 않았어. 깜박 잊었지." 시모노프는 이렇게 대답했지만, 미안한 빛이라곤 조금도 없이 나한테 사과조차 하지 않은 채 요리를 주문하러 나가버렸다.

"그럼 여기 앉아 한 시간이나 기다렸군. 참 안됐는걸!" 즈베르코프는 조소하듯이 소리쳤다. 하긴 그의 생각으론 그것은 몹시 우스꽝스런 일이었을 것이다. 그 뒤를 이어 페르피치킨 녀석이 천한 강아지 같은 소리를 내어, 깔깔거리며 웃어댔다. 내가 그런 꼴을 당한 게 재미있어 못 견디겠다는 투였다.

"뭐가 그렇게 우스워!" 나는 더욱 화를 내면서 페르피치킨에게 소리쳤다. "나쁜 건 내가 아니야. 마땅히 통지를 했어야 할 게 아닌가. 이런…… 이런 싱거운 짓이 또 어디 있어!"

"싱거울 정도가 아니지. 그 이상이야" 하고 순진하게 나의 편을 들면서 트루돌류보프가 중얼거렸다. "자넨 너무 얌전해. 그런 실례가 또 어디 있어! 그야 계획적으로 한 짓은 아니겠지만 그런데 어째서 시모노프가…… 흠!"

"만약 내가 그런 일을 당했다면" 하고 페르피치킨이 끼이들었다. "난 가만 안 있을 거야……."

"그럼 뭘 주문하지, 우릴 기다릴 것 없이 주문하지 않고!"

"말해두지만, 나는 누구의 허락을 받지 않아도 그렇게 할 수 있었어" 하고 나는 잘라 말했다. "내가 그냥 기다린 건 다름이 아니라……."

"자, 다들 자리에 앉으라구!" 이때 그 자리에 들어온 시모노프가 소리쳤다. "준비는 다 됐어. 샴페인은 내가 보증하지. 아주 시원하게 해놓았더군……. 하지만 난 자네 집을 모르잖나. 어딘지 알아볼 수도 없고 말야!" 하고 그는 별안간 나한테 말했지만, 왜 그런지 이번에도 나를 똑바로 보려고 하지 않았다. 분명히 그에겐 떳떳치 못한 데가 있어 보였다. 그러고 보니 어제 헤어진 뒤에 무언가 꾸민 모양이었다.

모두들 자리에 앉았다. 나도 앉았다. 테이블은 원탁이었다. 나의 왼쪽에는 트루돌류보프, 오른쪽에는 시모노프가 자리를 잡았다. 즈베르코프는 맞은편에 앉고, 페르피치킨은 그 옆에, 그와 트루돌류보프 사이에 앉았다.

"그래 자네는……관청에 나가나?" 즈베르코프는 여전히 나를 상대로 말을 건넸다. 내가 어색해하는 것을 보고 어떻게든 나를 달래고 용기를 북돋워주어야겠다고 진심으로 생각하고 있는 듯싶었다.

'아니, 저 녀석은 내가 술병이라도 내던져주길 바라는 건가?' 나는 속에서 화가 불끈 치밀어오르는 걸 느끼면서 생각했다. 이런 장소에 익숙지 못한 탓인지 곧 신경이 곤두서곤 했다.

"××국에 나가고 있지." 나는 접시에서 눈을 떼지 않고 퉁명스럽게 대꾸했다.

"그래……? 거기가 더 좋은가? 전의 직장은 왜…… 그만두게 됐었지?"

"그만두게 된 건 싫증이 났기 때문이야." 나는 거의 자제력을 잃고, 그보다 세 배나 길게 말끝을 끌며 이렇게 대답했다. 페르피치킨은 픽 웃었다. 시모노프는 비웃는 눈으로 흘끔 나를 보았다. 트루돌류보프는 먹기를 중단하고 호기심에 찬 눈으로 나를 훑어보았다. 즈베르코프는 적이 불쾌한 모양이었으나 내색을 하지 않으려고 했다.

"그래서 실속은 어떤가?"

"실속이라니?"

"월급 말이지 뭔가."

"자넨 구두시험을 하고 있는 건가?"

이렇게는 말했지만, 결국은 내가 받는 금액을 솔직히 털어놓고 말았다. 나는 얼굴이 홍당무가 되었다.

"별로 넉넉지가 못하군그래!" 즈베르코프는 거만하게 말했다.

"그 정도의 월급 가지곤 카페 레스토랑에서 식사를 할 순 없겠군!" 페르피치킨까지 뻔뻔스런 어조로 덧붙였다.

"내가 보기엔 넉넉지 못한 정도가 아니라 수준 이하의 박봉이군" 하고 트루돌류보프는 진심으로 말했다.

"자넨 몰라보게 여위었군그래. 많이 변했어…… 하도 오랜만이어서……." 즈베르코프는 동정의 빛을 띠고 얼굴과 옷차림을 훑어보면서 이렇게 덧붙였으나, 그 어조에는 어딘지 빈정거리는 투가 섞여 있었다.

"그렇게 말하면 저 친구가 어리둥절해질걸." 페르피치킨이 히히거리면서 또 끼어들었다.

"이봐, 누가 어리둥절한다는 거야?" 마침내 나는 발끈 화를 내고 말았다. "잘 들어두게! 난 여기서, '카페 레스토랑'에서 내 돈 내고 식사를 하고 있어. 남의 돈으로 먹는 게 아니란 말야. 똑똑히 알아두게. 무슈 페르피치킨!"

"뭐라구! 그럼 여기서 누가 자기 돈 내지 않고 먹고 있는 자라도 있단 말인가? 자넨 마치……." 페르피치킨은 구운 가재처럼 얼굴이 새빨개져서, 살기등등한 눈으로 나를 노려보며 이렇게 대들었다.

"아무것도 아니야." 내 말이 좀 지나친가 보다, 생각하면서 나는 대답했다. "그보다 좀 더 고상한 대화를 나누는 게 좋겠다는 것뿐이지."

"보아하니 자넨 자기의 지혜를 뽐내 보이고 싶은 모양이군?"

"걱정 말게. 이런 자리에선 그래 봤댔자 아무 소용도 없을 테니까."

"어쩌자고 그렇게 큰 소리로 떠드는 거야, 응? 설마 관청 생활을 하다가 머리가 돌아버린 건 아니겠지?"

"그만둬, 그만들 두라구!" 즈베르코프가 위엄 있게 소리쳤다.

"처치 곤란한 친구로군!" 하고 시모노프가 중얼거렸다.

"정말 돼먹지 않았어! 우린 친구의 송별회를 하기 위해 친한 친구끼리 모인 거야. 그런데 자넨 공연히 트집만 잡아 싸우려 드니 대체 무슨 심보인가!" 하고 트루돌류보프는 나한테만 퉁명스럽게 말했다. "자넨 이를테면 불청객이나 다름 없잖나. 그러니 다른 사람의 기분을 망치지 않도록 조심해 줘야지……."

"그만, 이제 그만!" 하고 즈베르코프가 호통을 쳤다. "그만들 두라니까! 그런 얘긴 이 자리에 어울리지 않아. 그것보다 내가 그저께 하마터면 결혼을 할 뻔한 이야기나 할까?"

여기서 이 친구가 그저께 어떻게 해서 하마터면 결혼할 뻔했느냐는 우스꽝스런 얘기가 시작되었다. 허나 결혼 비슷한 이야기는 한 마디도 나오지 않았다. 이야기 속에는 장군이니, 대령이니, 시종무관이니 하는 사람들의 이름이 마구 튀어나오고, 즈베르코프 자신은 그들 사이에서 마치 우두머리격인 것 같은 말투였다. 그러자 그것을 부채질하듯 좌중에서는 웃음소리가 터져나왔다. 페르피치킨 녀석은 괴상망측한 소리로 연신 낄낄거렸다. 나는 완전히 짓밟힌 꼴로 풀죽어 앉아 있었다.

'아아, 이것이 과연 내가 교제할 만한 친구들이란 말인가?' 하고 나는 생각했다. '뭣 때문에 나는 이 따위 인간들 앞에서 바보 구실을 하고 있을까! 페르피치킨 녀석이 함부로 그런 소릴 하는 걸 듣고도 나는 가만 앉아 있어야 하는가! 이 녀석들은 나를 참석시킨 게 무슨 큰 명예라도 나한테 부여한 것으로 생각하는 모양이지만, 정말로 명예를 부여한 건 이쪽이 아닌가! 하지만 녀석들이 그걸 알 리가 없지. 뭐 날 보고 여위었다구? 옷차림이 형편없다구? 아아, 이 바지! 즈베르코프 녀석은 아까 내 무르팍 위의 누런 얼룩을 흘금흘금 보고 있었다……. 도대체 여기서 꾸무럭거릴 필요가 있는가 말이다! 당장 자리를 차고 일어나서 모자를 집어들고 아무 말 않고 그냥 나가버리자…… 그것으로 경멸을 표시하는 거다! 그리고 내일은 결투를 신청해야지. 짐승만도 못한 놈들 같으니! 7루블의 회비

쯤 아까울 건 없다. 7루블 정도는 문제가 아니야! 지금 당장 나가버리자!······.'

그러나, 물론 나는 그대로 남아 있었다.

나는 홧김에 포도주와 과실주를 큰 컵으로 마구 마셨다. 평소에 별로 술을 마시지 않기 때문에 이내 취기가 올랐고, 취기가 오름에 따라 더욱 화만 났다. 느닷없이 놈들에게 모욕을 주고 나서 이 자리를 떠나버리자, 기회만 있으면 트집을 잡아 한 번 본때를 보여주는 거다! 우스꽝스런 놈이지만 머리는 좋다는 말을 하지 않을 수 없게 해야지······ 그리고······ 그리고······ 한마디로 말해서 이런 놈들은 아무것도 아니다!

나는 취기로 흐릿해진 눈으로 좌중을 둘러보았다. 그러나 그들은 이미 나의 존재 같은 건 잊고 있는 듯싶었다. 그들은 흥겹게 떠들어댔다. 이야기는 주로 즈베르코프가 했다. 나는 귀를 기울였다. 즈베르코프는 꽃처럼 아름다운 어느 여성의 얘기를 하고 있었다. 그는 마침내 이 여성이 자기에게 사랑을 고백하도록 만들었는데(물론 이건 터무니없는 거짓말이다), 이 사랑이 이루어지도록 적극적으로 그를 도운 것은 3천 명의 농노를 가진 공작으로, 그의 친구인 콜랴라는 경기병 장교였다는 것이다.

"그럼 그 3천 명의 농노를 가진 콜랴라는 자네 친구는 왜 오늘 여기 오지 않았나? 자네를 위한 송별회가 아닌가?" 나는 불쑥 끼어들었다. 모두들 잠시 입을 열지 못했다.

"자넨 벌써 취했는가 보군." 트루돌류보프가 곁눈으로 나를 흘겨

보며, 이제서야 마지못해 내 존재를 인정한 듯이 이렇게 말했다.

즈베르코프는 무슨 벌레 새끼라도 보는 것 같은 눈으로 말없이 나를 아래위로 훑어보았다.

나는 눈을 내리깔았다. 시모노프는 황급히 일동의 술잔에 샴페인을 따르기 시작했다. 트루돌류보프가 잔을 높이 쳐들었다. 그러자 나를 제외한 나머지 친구들도 일제히 잔을 들었다.

"자네의 건강과 무사한 여행을 기원하는 뜻에서!" 트루돌류보프가 즈베르코프를 보며 소리쳤다. "그리고 우리들의 과거와 미래를 축복하는 뜻에서 건배하세. 우라아!"

모두들 잔을 비우고 나서 즈베르코프와 포옹하고 키스를 나누었다. 나는 꼼짝도 하지 않았다. 내 앞에는 입에 대지도 않은 샴페인 잔이 그대로 놓여 있었다.

"자넨 그걸 마시지 않을 작정인가?" 더는 참지를 못하겠는지 트루돌류보프가 나를 돌아보고 호통을 쳤다.

"나는 우선 한마디 인사의 말부터 하고 나서…… 그다음에 건배하겠네."

"밉살스럽게 노는군!" 하고 시모노프가 중얼거렸다.

나는 가슴을 죽 펴고 앉아서 이상한 흥분을 느끼며 술잔을 손에 들었으나, 무슨 말을 할 것인지는 그때까지는 나 자신도 몰랐다.

"조용히!" 페르피치킨이 소리쳤다. "이제부터 일장 연설이 있을 모양이니까!"

즈베르코프는 일이 어떻게 되어가는가를 알아챘는지 점잔을 빼고 기다리고 있었다.

"즈베르코프 중위" 하고 나는 시작했다. "우선 양해를 구할 것은, 나는 공허한 미사여구와, 그런 걸 늘어놓는 자들을, 그리고 몸에 꼭 끼는 유행복 같은 걸 무엇보다도 싫어한다는 점이야……. 다음으로는……."

좌중에 동요가 일어났다.

"다음으로는, 교태를 부리는 여성들과 그 꽁무니를 쫓아다니는 자들이 구역질 날 만큼 싫다 이거야. 특히 후자가 더욱 가증스럽다고 생각해. 또 그다음으로는, 진실과 성의와 결백을 사랑한다는 점이야." 나는 거의 기계적으로 말을 계속했다. 그도 그럴 것이, 무엇 때문에 이런 소릴 지껄이는지 나 자신 알 수가 없었을뿐더러, 일종의 공포감에 휩싸여 온몸이 얼음처럼 싸늘해오는 것을 느꼈기 때문이다. "나는 사상을 사랑하네, 무슈 즈베르코프! 내가 사랑하는 건 대등한 관계에 기초를 둔 참된 우정이지, 결코…… 그 어떤…… 내가 사랑하는 건…… 뭐 아무래도 좋아! 나는 자네 건강을 축복하는 뜻에서 건배하겠네, 무슈 즈베르코프! 모쪼록 체르케스 아가씨들을 많이 유혹하고, 조국의 적들에겐 총알을 많이 먹여주기 바라네. 그리고…… 그리고…… 자네의 건강을 축복하네, 무슈 즈베르코프!"

즈베르코프는 나의 인사말에 답하는 뜻으로 자리에서 일어났다.

"감사하네." 그는 이렇게 말은 했지만, 속으론 무척 불쾌한지 얼굴빛마저 새파랬다.

"망할 자식 같으니!" 트루돌류보프는 테이블을 주먹으로 내리치며 신음하듯 뇌까렸다.

"더는 참을 수 없다. 저런 소릴 하는 놈은 뺨따귀를 한 대 갈겨줘야 해!" 페르피치킨이 소리쳤다.

"쫓아내 버려!" 시모노프도 한마디 했다.

"조용히! 손가락 하나라도 움직이면 안 돼!" 모두의 분노를 진정시키며 즈베르코프가 위엄 있게 외쳤다. "자네들의 호의는 감사하지만, 나로서는 얼마나 이 친구의 말을 존중하는가를 스스로 증명해 보일 테니까……."

"페르피치킨! 자네가 방금 한 말에 대하여 내일이라도 곧 내가 만족할 만한 조치를 취해야 할 걸세!" 나는 확고한 태도로 페르피치킨 쪽을 향해 이렇게 언명했다.

"그건 결투를 하자는 뜻인가? 좋아!" 하고 그는 대꾸했다. 그러나 내 도전이 나의 풍채에 어울리지가 않아서 몹시 우스꽝스럽게 보였던지 모두들 배를 움켜잡고 웃어댔다. 페르피치킨도 함께 웃었다.

"저 친구는 내버려둬! 벌써 곤드레가 되도록 취했으니 말야." 트루돌류보프가 씹어뱉듯이 말했다.

"저런 작자를 참석시키는 것부터가 큰 실책이었어." 시모노프도 이렇게 중얼거렸다.

'자, 지금이야말로 놈들에게 술병을 집어던져야 할 때다' 하고 나는 생각하면서 술병을 집어들었다. 그리고…… 내 잔에다 가득 술을 따랐다. '아니, 차라리 끝까지 눌러앉아 있자' 하고 나는 다시 생각했다. '내가 돌아가면 놈들은 좋아서 어쩔 줄 몰라하겠지만, 천만에, 일부러라도 끝까지 눌러앉아서 마시겠다. 암, 마시고말고! 회비를 지불했으니까 끝까지 마셔야지. 난 너희들을 장기의 말 정도로밖엔 생각하지 않아! 말은 말이라도 실제로는 존재하지 않는 말이지. 암, 마시고말고! 기분이 나면 노래도 부를 수 있다. 암, 불러야지! 부를 권리가 있으니까……'

그러나 나는 노래를 부르지 않았다. 나는 어디까지나 확고부동한 태도를 취한 채 그들 쪽에서 먼저 말을 걸어오기를 기다렸다. 하지만 슬프게도 그들은 말을 걸어오지 않았다. 그 순간 나는 그들과의 화목을 얼마나 바랐는지 모른다!

괘종시계가 여덟시를 치고 또 아홉시를 쳤다. 그들은 테이블에서 소파로 옮겨앉았다. 즈베르코프는 한쪽 발을 조그만 탁자에 올려놓고 소파에 기대앉았다. 술이 또 나왔다. 약속대로 그가 세 병을 산 것이다. 나한테는 물론 오라는 말도 하지 않았다. 모두들 그를 중심으로 소파에 자리잡고 앉았다. 모두들 거의 진지한 표정으로 그가 지껄이는 말을 듣고 있었다. 즈베르코프에게는 그들의 마음을 끄는 무슨 힘이 있기는 있는가 보았다.

즈베르코프는 카프카즈(코카서스) 얘기며, 진짜 정열이란 어떤 것이냐 하는 얘기, 카드 도박 얘기, 그리고 경기병 장교인 포트하르체프스키는 수입이 얼마나 된다는 등의 얘기를 했다. 이 경기병 장교를 개인적으로 알고 있는 사람은 그들 중에 하나도 없었지만, 그런데도 모두들 이 장교의 수입이 엄청나게 많을 것이라면서 공연히 열을 올리고 있었다. 그리고 역시 그들 중의 아무도 본 일조차 없는 D 공작의 딸의 미모에 대해 이야기했다. 마침내 화제는 셰익스피어의 이름은 영원히 남아 있을 것이라는 데까지 비약했다.

나는 경멸의 미소를 띤 채 소파 맞은편 벽 밑을 오락가락하고 있었다. 나는 그들이 상대해주지 않아도 아무렇지 않다는 걸 보이려고 애썼다. 그래서 이따금 일부러 구둣발소리를 내기까지 했다. 그러나 허사였다. 그들은 끝내 나한테 주의를 돌리지 않았다. 나는 여덟시부터 열한시까지 그들이 앉은 맞은편 벽 밑을 쉬지도 않고 왔다갔다했다.

'나는 이렇게 내 멋대로 거닐고 있는 거니까 아무도 나를 제지하지 못할 거다.'

방에 들어온 급사는 몇 번이나 멈춰 서서 나를 흘금흘금 바라보았다. 너무 자주 방향을 바꾸다보니 현기증이 날 지경이었다. 이따금 순간적으로 나는 악몽이라도 꾸고 있는 듯싶은 기분을 느꼈다. 세 시간 동안에 나는 세 번 땀을 흘렸고, 세 번 그 땀이 말랐다. 앞으로 10년이나 20년, 또는 40년 후에라도 나는 시금 이 순간을 — 일생을 통해 가장 추악하고 우스꽝스런 이 순간을 회상하며 혐오와 굴욕을 느끼게 될 것이다 — 이런 상념이 마치 독화살처럼 내 마음에 꽂히는 것이었다.

비양심적인 태도로 자신을 이런 굴욕에 빠뜨리는 건 이제 도저히 불가능한 일이었다. 나는 이것을 충분히 알면서도 여전히 같은 곳을 거닐고만 있었다. '아아, 내가 얼마나 훌륭한 감정과 사상을 지닐

자격이 있는지 그걸 너희들이 안다면!' 나는 이따금 적의 일당이 자리잡고 있는 소파 쪽을 바라보며 이런 생각을 하기도 했다. 허나 적의 일당은 나 같은 건 방 안에 있다고도 생각지 않는 태도였다. 한 번 그야말로 단 한 번 그들은 나 있는 쪽으로 얼굴을 돌렸다. 그것은 즈베르코프가 셰익스피어를 끄집어냈을 때였다. 나는 느닷없이 커다란 소리로 깔깔 웃어댔다. 그러고는 일부러 경멸의 표정을 지으며 흥 하고 코웃음을 쳤더니, 그들은 갑자기 대화를 끊어버렸다. 그리고 2, 3분 동안 웃지도 않고 불쾌한 표정으로, 내가 시침을 떼고 방 안을 거닐고 있는 모양을 관찰하고 있었다. 그러나 결국은 아무런 효과도 없었다. 그들은 나한테는 말을 건네려고도 하지 않고 다시 저희들끼리 떠들기 시작했다. 열한시가 되었다.

"자, 이제부터 다 함께 '그리로' 가자." 즈베르코프가 소파에서 일어서며 이렇게 외쳤다.

"가야지. 물론 가고말고!" 다른 친구들도 찬성했다.

나는 갑자기 즈베르코프 쪽으로 몸을 돌렸다. 이제는 지칠 대로 지쳐서 신경이 온통 엉망이 되어 있었으므로 나 자신의 목을 끊는 한이 있더라도 결말을 짓고 싶었다. 나는 열병에라도 걸린 사람 같았다. 땀에 젖은 머리털이 이마와 관자놀이에 들러붙어 있었다.

"즈베르코프! 자네한테 사과한다!" 하고 나는 단호한 어조로 잘라 말했다. "페르피치킨, 자네한테도 사과한다. 그리고 자네들 모두에게 사과한다. 나는 자네들을 모욕했어."

"하항! 결투는 별로 달갑지가 않단 말이군!" 페르피치킨이 이 사이로 밀어내듯 악의에 찬 어조로 대꾸했다.

나는 심장이 푹 찔리는 듯싶은 느낌이었다.

"나는 결투가 두려워서 그러는 건 아니야, 페르피치킨! 내일이라도 싸울 용의가 있어. 하지만 그건 일단 화해를 하고 난 다음의 일이야. 자넨 그걸 거부할 순 없을 걸세. 내가 결투를 두려워하지 않는다는 걸 자네한테 증명해 보이고 싶네. 우선 자네가 먼저 방아쇠를 당기게. 그다음에 나는 하늘을 향해 쏠 테니까."

"제멋대로 공상을 하고 있군" 하고 시모노프가 말했다.

"머리가 돌아버린 모양이야!" 트루돌류보프도 한마디 했다.

"자, 길 좀 비켜주게. 왜 앞을 막아서고 있나?" 즈베르코프가 멸시하는 투로 말했다.

그들은 모두 얼굴이 빨갛고 눈이 충혈되어 있었다. 꽤 많이 마신 모양이다.

"나는 자네의 우정을 바라고 있네, 즈베르코프! 나는 자네를 모욕했어. 그렇지만······."

"모욕했다구? 자네가? 나를? 여보게, 무슨 일이 있어도 자네가 나를 모욕할 수는 없을 거야."

"그만해둬! 길이나 비켜주게!" 트루돌류보프가 나섰다. "자, 가세!"

"올림피아는 내 거야! 미리 약속해두세!" 하고 즈베르코프가 소리쳤다.

"자네 말대로 하게. 우린 건드리지도 않을 테니까!" 모두들 웃으면서 대꾸했다.

나는 얼굴 껍질을 벗기운 것 같은 기분으로 그 자리에 서 있었다. 모두들 밖으로 몰려나갔다. 트루돌류보프는 뭔가 시시한 노래를 흥얼거렸다. 시모노프는 급사에게 팁을 주려고 잠시 뒤에 처졌다. 나는 급히 다가갔다.

"시모노프! 나한테 6루블만 꾸어주게!" 나는 다짜고짜 이렇게 말했다.

그는 몹시 놀랐는지 이상한 눈으로 나를 바라보았다. 그도 꽤 취한 것 같았다.

"그럼 자네도 우리와 함께 '거기'에 가겠단 말인가!"

"가고말고!"

"난 돈 가진 게 없네!" 그는 딱 잘라 말하고는 그냥 밖으로 나가려 했다.

나는 그의 외투 소매를 붙잡았다.

"시모노프! 난 자네가 돈을 갖고 있는 걸 보았어! 그런데 왜 내 부탁을 거절하나? 내가 믿지 못할 건달 놈이란 말인가? 무엇 때문에 내가 자네한테 이런 부탁을 하는지, 아아, 그걸 자네가 안다면! …… 나의 장래도 나의 모든 계획도 전부가 여기 달려 있단 말일세……."

시모노프는 돈을 꺼내더니 팽개치듯이 나한테 주었다.

"자, 받게. 자네가 그토록 뻔뻔스러운 인간이라면 말야!" 그는 무자비하게 내뱉고는 친구들의 뒤를 쫓아 달려갔다.

나는 잠시 혼자서 남아 있었다. 방 안은 온통 난장판이었다. 먹다

남은 요리 접시, 방바닥에 흩어진 술잔, 담배 꽁초…… 머릿속에 가득 찬 취기와 악몽과도 같은 망상, 가슴속의 괴로운 우수, 그리고 이 모든 것의 목격자로서 의아한 눈초리로 나를 쳐다보고 있는 급사.

'그리로' 가는 거다! 나는 속으로 외쳤다. '놈들이 모두 무릎을 꿇고 내 다리를 끌어안으면서 우정을 애원하든가, 아니면…… 내가 즈베르코프의 뺨따귀를 갈겨주든가, 둘 중의 하나다!'

## 5

 "이게 바로 그거다. 마침내 현실과 맞부딪혀야 할 때가 온 것이다!" 황급히 층계를 달려 내려오며 나는 속으로 중얼거렸다. "이건 교황이 로마를 버리고 브라질로 떠나가는 것과는 비교도 안 된다. 이젠 코모 호수의 무도회니 뭐니 하고 있을 때가 아니다!"
 '너는 비열한 놈이 아니냐!'라는 생각이 내 머릿속을 스쳐갔다. '지금 그걸 비웃고 있으니 말이다.'
 '상관없다!' 나는 자문자답을 계속했다. '이젠 모든 것이 다 엉망이 되어버린 거다!'
 그들의 모습은 이미 찾아볼 수도 없었다. 그러나 그건 문제가 아니었다. 그들이 갈 곳이 어딘가는 뻔한 일이었다.
 현관 앞에는 허름한 외투를 입은 전세 마차꾼 하나가 손님을 기다리고 있었다. 여전히 퍼붓는 미지근한 진눈깨비를 맞아 온몸이 하얗게 보였다. 주위에는 수증기가 자욱해서 숨이 막혀오는 것 같았다. 털이 부스스한 얼룩말도 하얗게 뒤집어쓰고 코를 킁킁거리고 있었다. 썰매*에 한 발을 올려놓는 순간, 방금 시모노프한테서 6루블을 구걸하듯 받아냈다는 생각이 문득 떠올라, 형언할 수 없는 굴욕감에 휩싸여 썰매 속으로 보릿자루처럼 굴러떨어졌다.

"이 굴욕을 되갚으려면 한바탕 크게 활약해야 한다!" 하고 나는 외쳤다. "하여튼 반드시 되갚고야 말겠다. 그렇지 않으면 내일이라도, 아니 오늘 밤중으로라도 당장 죽어버릴 테다. 자, 가자!"

썰매가 달리기 시작했다. 내 머릿속에선 회오리바람이 일고 있었다.

"놈들은 결코 내 앞에 무릎을 꿇고 우정을 간청하진 않을 게다. 그건 어리석은 공상이다. 한낱 로맨틱한 꿈이다―코모 호수의 무도회와 다를 게 없잖은가. 그러니까 나는 즈베르코프 녀석의 뺨따귀를 갈겨줘야만 한다! 무슨 일이 있어도 꼭 그렇게 해야 한다! 자, 이것으로 결정됐다. 나는 지금 놈의 뺨을 갈겨주기 위해 달려가고 있는 거다. 이봐, 마부. 좀 더 빨리 몰게!" 마부는 말고삐를 낚아챘다.

"들어가자마자 갈겨줘야지. 아니, 갈겨주기 전에 서론 격으로 몇 마디 할 필요는 없을까? 없다. 들어가기가 무섭게 다짜고짜 후려갈

---

\* 겨울에는 마차 대신 썰매를 탄다.

기는 거다. 놈들은 모두 홀에 앉아 있을 테니까. 즈베르코프는 올림피아를 옆에 끼고 소파에 앉아 있겠지. 고 여우 같은 올림피아 년! 그년은 언젠가 내 얼굴을 보고 깔깔 웃으며 나를 밀어냈겠다! 그년의 머리채를 움켜쥐고 흔들어줘야지! 그리고 즈베르코프 녀석은 양쪽 귀를 잡아 비틀어줘야 해! 아니, 한쪽 귀만 잡고 방 안을 한 바퀴 끌고 돌아가는 게 좋겠다. 놈들은 일제히 나한테 덤벼들어 몰매를 때리고 밖으로 차낼는지도 모른다. 아니, 틀림없을 게다. 하지만 문제가 아니다. 어쨌든 내가 먼저 뺨따귀를 갈겼으니까 나한테 선취권이 있지 않은가! 그것으로 상대방은 이미 치욕의 낙인이 찍힌 셈이니까 아무리 나를 때려봐야 이 낙인을 자기 얼굴에서 지워버릴 수는 없는 것이다. 그걸 지우는 방법은 결투밖엔 없으니까 그놈은 결국 나한테 결투를 신청해야 할 게 아닌가. 좋다. 오늘밤은 놈들한테 실컷 매를 맞아주자. 어차피 배은망덕한 놈들이니까! 특히 트루돌류보프 녀석은 기를 쓰고 때리겠지. 힘이 굉장히 센 놈이니까. 페르피치킨은 옆에서 달려들어 내 머리털을 쥐어뜯을 게다. 하지만 상관없다, 상관없다! 그리로 가기로 한 이상 그런 것쯤은 이미 각오한 바가 아닌가. 아무리 놈들이 돌대가리라 하더라도 이번만은 이 사건의 비극적 의미를 이해할 것이다. 나는 문 밖으로 끌려나가며, 놈들이 내 새끼손가락만한 가치도 없다는 걸 큰 소리로 말해줘야 한다. 자, 빨리 가자, 좀 더 빨리!" 마부는 흠칫 놀란 듯이 채찍을 크게 휘둘렀다.

"내일 새벽엔 결투를 할 것이다. 이건 이미 기정사실이다. 관청도 영원히 안녕이다. 그런데 권총은 어디서 구한다? 그런 것쯤 문제 아니다. 월급을 가불받아서 사면 되니까. 그럼 화약은? 탄환은? 그건 입회인이 할 일이다. 하지만 이런 준비를 내일 새벽까지 완료할 수 있을까? 더구나 입회인은 어디서 데려온단 말인가? 나한텐 친지라곤 하나도 없지 않은가!" 나는 더 한층 기를 쓰며 외쳤다. "그까짓 것쯤 어려울 거 없잖나! 아무나 길에서 만나는 사람에게 부탁하면 된다. 그 사람은 마땅히 나의 입회인이 되어줄 의무가 있는 거다. 물에 빠져 죽게 된 사람을 건져내야 할 의무가 있는 것과 같은 이치다. 만약에 내가 내일이라도 과장을 붙잡고 입회인이 되어달라고 부탁한다면, 과장은 마땅히 기사도 정신에서 거기 응해야 하며, 또한 비밀을 보장할 의무가 있는 것이다. 과장인 안톤 안토노비치는······."

나는 이 순간 나 자신의 상상이 비길 데 없이 추악하고 어리석다는 것을 이 세상의 누구보다도 똑똑히 느끼지 않을 수 없었다.

"이봐, 좀 더 빨리 몰라구! 좀 더 빨리!"

"예, 예, 나으리님!" 시골 출신인 듯싶은 건장한 몸집의 마부는 시원스레 대답했다.

나는 갑자기 온몸에 찬물을 뒤집어쓴 것 같은 느낌이었다. "그보다도 차라리······ 차라리······ 이 길로 곧장 집에 돌아가는 편이 좋지 않을까? 아아, 어쩌자고 나는 어제 그 따위 모임에 참가하겠다고 했을까! 하지만 안 된다. 그런 일은 참을 수 없다─ 무려 세 시간이나 벽 밑을 혼자 어슬렁거리며 거닐다니! 아니, 놈들이다. 바로 그놈들이 나의 그 수치스런 산책의 보복을 받아야 한다! 놈들은 내 얼굴에서 이 수치의 흙탕물을 씻어주어야 할 의무가 있다! 자, 좀 더 빨리 몰아라!"

"하지만 만약 놈들이 나를 경찰에 넘긴다면 어쩔 것인가? 아니, 그럴 배짱은 없을 게다! 놈들은 체면이 손상될 소동은 꺼릴 테니까. 그보다도 만약에 즈베르코프가 나를 전적으로 무시하고 결투를 거부해버린다면? 아마 그건 틀림없을 게다. 그렇다면 나도 한번 본때를 보여줄 수밖에! 내일 그 녀석이 출발하는 시각에 역으로 달려가서 녀석이 마차에 오르려는 찰나에 발목을 잡아 끌어내리는 거다. 외투를 벗기고 녀석의 손을 사정없이 물어뜯는 거다. 다들 봐라, 사람이 한번 화가 나면 무슨 짓이든 못할 게 없단 말이다, 하고 호통을 치는 거다. 놈들이 일제히 달려들어 내 머리통을 두들겨팬대도 상관없다. 나는 거기 있는 모든 사람한테 이렇게 외칠 테다— 봐라, 여기 수캐 같은 놈팡이가 한 마리 있다. 이놈은 내 얼굴에 가래침을 뱉어놓고 체르케스 여자들을 유혹하려고 떠나는 길이다, 라고."

물론 이 지경에 이르면 모든 것이 끝장나고 마는 것이다. 관청은 지구 표면에서 자취를 감추게 될 것이고, 나는 체포되어 재판을 받아 파면을 당하고 감옥살이 끝에 시베리아로 유형을 당할 것이다. 15년쯤 지나서 석방되면, 나는 거지꼴이 되어 끝까지 놈들의 뒤를 추적한다. 마침내 어느 지방 도시에서 그놈을 찾아낸다. 놈은 가정을 이루고 행복하게 살고 있다. 다 자란 딸도 있겠지……. 나는 놈에게 이렇게 선언한다.

"봐라, 악당 놈아, 나의 이 여위어빠진 얼굴과 걸레 조각 같은 옷을! 나는 모든 것을 잃었다. 생애의 사업도, 행복도, 예술도, 과학도, 사랑하는 여자도, 모든 것을 잃고 만 것이다. 이건 모두 너 때문이다. 자, 여기 권총이 있다. 나는 이것을 쏘려고 왔다. 그러고 나서 너를 용서하마. 나는 이 자리에서 하늘을 향해 쏠 테다. 그다음엔 나의 형체도, 그림자도, 냄새조차도 나지 않게 영영 사라져버리는 거다……."

나는 눈물까지 흘리며 울고 있었다. 하긴 이런 건 모두 푸슈킨의 '실비오'[*]와 레르몬토프의 《가장무도회》의 표절에 지나지 않는다는 것을 그 순간 나 자신 잘 알고 있었다. 여기에 생각이 미치자 나는 갑자기 부끄러워서 견딜 수가 없었다. 너무나 부끄러운 나머지 말을 멈추게 하고 썰매에서 내려 눈에 덮인 한길 위에 섰다. 마부는 어이가 없다는 듯이 한숨을 내쉬며 멀거니 나를 바라보고 있었다.

대체 어쩌면 좋단 말인가? 그리로 가기도 뭣하다. 갔다가는 영락없이 창피스런 일이 벌어지고야 말 것이다. 그렇다고 이대로 물러날 수도 없다. 그랬다가는…… 아아, 어떻게 이대로 물러날 수가 있단 말인가! 그런 모욕을 받고서 말이다! "안 된다." 다시 썰매에 올라타면서 나는 이렇게 외쳤다. "이건 분명히 그 어떤 약속이다— 숙명이다! 달려라, 빨리 그리로 가야 한다." 나는 참지를 못하고 마부의 목덜미를 주먹으로 내리쳤다.

"이게 무슨 짓입니까, 나으리!" 하고 마부는 비명을 올리면서도

---

[*] 단편 〈발사〉의 주인공

말 잔등에 채찍질을 했으므로 썰매는 쏜살같이 달리기 시작했다.

물에 젖은 솜 같은 진눈깨비가 펑펑 쏟아지고 있었다. 나는 외투 앞깃을 펼쳤다. 눈이나 추위 같은 건 아랑곳없었다. 나는 그놈의 뺨따귀를 갈기기로 결심했기 때문에 다른 것은 모두 까맣게 잊고 있었다. 쓸쓸한 가로등이 마치 장례식 횃불처럼 눈 속에서 깜박거리고 있었다. 눈은 내 외투와 웃옷과 넥타이 밑으로 날아들어 거기서 축축하게 녹는 것이었다. 나는 외투 깃을 여미려고도 하지 않았다. 어차피 모든 게 다 끝장 나는 판국 아닌가! 마침내 목적하는 집에 도착했다. 나는 미친 듯이 썰매에서 뛰어내려 층계를 달려올라가서 손과 발로 현관문을 두드려댔다. 내 다리는 특히 무릎께가 맥이 빠져버린 것 같았다. 안에서는 이내 문을 열어주었다. 마치 내가 오리라는 걸 미리부터 알고 있었던 것 같았다(하기는 시모노프가 또 한 사람 올는지 모른다고 예고한 모양이었다. 이 집은 미리 연락을 취하도록 되어 있었다. 지금은 경찰의 강력한 단속으로 근절되었지만 그 당시엔 크게 번창했던 이른바 양품점 중의 하나로서, 낮에는 정말로 양품점 영업을 하고 밤에는 연줄을 가진 단골 손님만을 받게 되어 있는 집이었다). 나는 황급히 어두운 전방을 통과하여 촛불이 단 한 개 켜져 있는 홀로 들어갔다. 어쩐 일인가? 사람의 그림자 하나 없었다.

"그 친구들은 어디 있나?" 하고 나는 누군가에게 물었다.

이미 그들은 제각기 딴 방으로 헤어져 들어갔다는 것이었다. 내 앞에는 어떤 인간 하나가 우둔한 미소를 띠며 우두커니 서 있었다. 이 집 안주인으로 나하고도 다소 안면이 있는 사이였다. 얼마 후 문이 열리고 또 하나의 여자가 들어왔다.

　나는 그들에겐 전혀 주의를 돌리지 않고 방 안을 이리저리 거닐고 있었다. 뭐라고 혼자 소리쯤 하고 있었는지 모른다. 나는 마치 위험한 처지에서 목숨을 구한 듯싶은 기분이었다. 만약에 그들이 있었다면 나는 뺨따귀를 갈겼을 것이다. 틀림없이 갈겼을 것이다! 그런데 지금 그들은 그림자도 없다…… 모든 것이 사라지고 상황은 일변했다.

　나는 주위를 두리번거렸다. 아직도 확실히 판단할 여유가 없었던 것이다.

　홀로 들어서는 여인을 나는 기계적으로 바라보았다. 약간 창백한 안색이었으나 그래도 싱싱한 느낌을 주는 앳된 얼굴이 내 눈에 들어왔다. 새까만 눈썹이 한일자로 곧게 뻗고 어딘지 진지한 빛을 띤 두 눈은 약간 놀란 표정이었다. 나는 대번에 그것이 마음에 들었다. 만약에 그녀가 히죽히죽 웃고 있었다면 나는 아마 미운 생각부터 들었을 것이다. 나는 주의력을 긴장시켜 좀 더 찬찬히 그 얼굴을 들여다보았다. 그 얼굴엔 소박하고 선량한 데가 있었지만, 무언가 이상할 만큼 진지한 면도 있었다. 그 때문에 저 바보 녀석들은 아무도 이 여자한테 눈을 주지 않았고, 그래서 그녀는 아직 손님을 못 받은 거라고 나는 확신했다. 물론 그녀는 미인이라고는 할 수 없었다. 그러나 키는 늘씬한 편이었고, 몸매도 균형잡혀 보였다. 옷차림은 지나칠 만큼 검소했다. 무언가 저주스런 벌레 같은 것이 내 마음을 쿡 찔렀다. 나는 여자 옆으로 다가갔다.

나는 문득 거울 속을 들여다보았다.

몹시 흥분한 탓인지 내 얼굴은 내가 보기에도 민망스러울 지경이었다. 텁수룩한 머리카락, 창백하고 심술궂은 표정을 띤 천한 얼굴.

'신경 쓸 것 없다. 오히려 이런 얼굴이 나한텐 유리하다'고 나는 생각했다.

'즉, 이 여자가 나한테 혐오를 느끼기에 안성맞춤인 얼굴이니까. 나는 그쪽이 유쾌하다……'

# 6

……어딘지 칸막이 벽 저쪽에서, 마치 누구한테 목이 졸려 숨이 넘어가는 것처럼 괘종시계가 끼익끼익 소리를 내기 시작했다. 이상할 만큼 끼익 소리가 길게 계속되더니 이번엔 가느다란 음향이 연달아 일어났다. 마치 누군가가 갑자기 앞으로 튀어나온 것 같은 느낌이었다. 두시를 알리는 시계소리였다. 나는 퍼뜩 제정신으로 돌아왔다. 하지만 잠이 아주 들었던 것은 아니고, 반쯤 졸고 있는 상태에서 누워 있었다.

천장이 낮고 비좁은 방 안에는 커다란 옷장이 많은 면적을 차지하고, 종이 상자니 헌옷가지니 그 밖의 온갖 잡동사니가 흩어져 있는 데다가 거의 캄캄할 만큼 어두웠다. 한쪽 구석 탁자 위에서 타오르고 있는 촛불도 이제는 다 타들어가서, 몇 분 후엔 그야말로 암흑이 될 형편이었다.

　나는 정신이 번쩍 들었다. 모든 것이 순식간에 저절로 내 기억 속에 되살아났다. 마치 나에게 또 한 번 덤벼들기 위해 일부러 기다리고 있었던 것 같았다. 더욱이 아무리 사정을 다 잊어버려도 끝내 잊을 수 없는 어떤 한 점이 기억 속에 끝까지 늘어붙어 그 주위를 맴돌고 있었다.

　그러나 이상한 일이었다. 그날 하루 동안에 나한테 일어난 모든 일들이 지금 눈을 떠보니, 마치 먼 과거의 일처럼 느껴지고, 나 자신 이미 오래전에 그런 처지에서 빠져나온 것같이 생각되었다.

　머릿속에는 탄산가스가 가득 차 있는 것 같았다. 무엇인가 머리 위를 빙빙 돌면서 내 신경을 건드려 흥분시키기도 하고 불안을 불러일으키기도 했다. 우수와 분노가 다시금 가슴속에 끓어오르며 출구를 찾고 있었다. 그때 나는 문득 내 곁의 초롱초롱한 두 눈을 보았다. 그 눈은 호기심을 띠고 나를 찬찬히 바라보고 있다. 차가운, 무관심한, 아무런 인연도 없는 생소한 시선이어서, 그것을 보고 있으면 어쩐지 마음이 무거워지는 것 같았다. 우울한 상념이 고개를 쳐들고 일어나 기분 나쁜 감각처럼 온몸을 기어다녔다. 마치 낡은 집의 습기찬 마루 밑에 기어들어갔을 때와 흡사한 느낌이었다. 그녀의 두 눈이 이제 와서야 나를 자세히 관찰하려 든다는 것이 어쩐지 부자연스럽게 여겨졌다.

　나는 두 시간 동안이나 이 여자한테 한마디도 말을 건네지 않았을 뿐 아니라 그럴 필요는 추호도 없다고 생각하고 있었던 것 같다— 이런 것도 기억에 떠올랐다. 그러니까 조금 전까지만 해도 이 무언의 대결이 내 마음에 들었던 모양이다.

그런데 지금 갑자기 나 자신의 음탕이 거미 새끼처럼 추하고 저주스럽게 여겨졌다. 참다운 사랑의 결실이어야 할 행위를 애정도 없이 뻔뻔스럽고 거친 태도로 다짜고짜 개시하다니 이 얼마나 추악한 짓인가! 그녀와 나는 이렇게 오랫동안 서로의 얼굴을 바라보고 있었다. 그러나 그녀는 내 시선을 받으면서도 눈을 내리깔려고도 그 표정을 바꾸려고도 하지 않았으므로 마침내 나는 호흡의 곤란을 느낄 지경이었다.

"이름은 뭐라고 하지?" 나는 될 수 있는 대로 빨리 끝장을 내려고 쥐어짜는 듯한 목소리로 물었다.

"리자예요." 그녀는 거의 속삭이듯 대답했으나 그 어조는 어쩐지 퉁명스럽게 들렸다. 그녀는 딴 데로 시선을 돌렸다.

나는 얼마 동안 잠자코 있었다.

"날씨가 왜 이 모양인지…… 진눈깨비가 퍼붓고……. 진저리가 난다니까!" 한 손을 뒤로 돌리고 천장을 응시하면서 혼잣소리처럼 말했다.

대답이 없었다.

"여기, 페테르부르크 출신인가?" 한참 만에 나는 여자 쪽으로 얼굴을 돌리며 이렇게 물었다.

"아뇨."

"어디서 왔어?"

"리가에서 왔어요." 그녀는 마지못해 대답했다.

"그럼 독일 사람인가?"

"러시아 사람이에요."

"여기 온 지 오래됐어?"

"어디요?"

"이 집에 말이야."

"이 주일쯤 됐어요."

그녀의 어조는 점점 무뚝뚝해졌다. 촛불도 다 타버려서 이제는 그녀의 얼굴을 분간할 수조차 없었다.

"어머니 아버지는 없나?"

"네…… 아니…… 있어요."

"어디에?"

"리가에."

"뭐 하는 사람인데?"

"뭐 그저……."

"뭐 그저라니? 어떤 신분이며 뭘 하는 사람이냐 말야?"

"평민이에요."

"그래 여태까지 죽 부모와 함께 살았나?"

"네."

"몇 살이지?"

"스무 살."

"왜 집에서 혼자 떠나왔어?"

"뭐 그저……."

뭐 그저라는 건, 귀찮으니 그만둬 달라는 뜻인가 보았다. 대화가 끊어졌다.

무엇 때문에 그냥 집으로 돌아가지 않는 건지 나 자신도 알 수가 없었다. 점점 마음이 괴로워졌다. 어제 하루 동안 보고 들은 일들이 아무런 질서도 없이 연달아 기억에 떠올랐다. 문득 한 가지 일이 생각났다. 아침에 관청으로 출근하는 길에 거리에서 본 광경이었다.

"어제 어느 집에서 관을 들어내는 걸 보았는데, 하마터면 땅에 떨어뜨릴 뻔했어." 나는 느닷없이 큰 소리로 이렇게 말했다. 여자와 이야기를 하고 싶은 생각은 조금도 없었지만 무심코 이런 소리가 입밖에 나와버렸다.

"관이라뇨?"

"응, 센나야 광장 근처 땅굴에서 들어내고 있었어."

"땅굴에서?"

"땅굴이 아니라 지하실이지……. 거기 말이야…… 반지하로 돼 있는 집들이 있잖나…… 그렇고 그런 정사들을 하고 있는 집들이지……. 집 앞은 발이 푹푹 빠지는 진흙탕인데…… 해바라기씨 껍질이며 쓰레기 따위가 수북이 쌓이고, 고약한 냄새가 풍겨 구역질이 날 지경이더군."

침묵.

"묘지에 실려나가게 돼도 제발 오늘 같은 날만은 피했으면 좋겠어!" 나는 다시 이렇게 입을 열었으나 그것은 단지 잠자코 있기가 싫어서였다.

"왜요?"

"진눈깨비가 쏟아져서 온통 진흙탕이니 말이야……." 나는 하품을 했다.

"아무러면 어때요. 결국은 매한가지죠 뭐!" 잠시 침묵을 지키고 나서 그녀는 급히 이렇게 말했다.

"아니, 아무래도 좋지 않아……." 나는 또 하품을 했다. "무덤을 파는 인부들이 마구 욕했을 거야, 진눈깨비에 젖어야 하니까. 무덤 구덩이 속엔 물이 가득 고였겠지."

"왜 물이 고이죠?" 그녀는 몹시 퉁명스런, 그러나 호기심어린 어조로 말했다.

"왜라니! 바닥에서 물이 스며나오니까 그렇지. 아마 한 자는 고일 거야. 이런 날엔 볼코보 공동묘지에서 물 안 나는 무덤은 하나도 없을 거야."

"왜요?"

"뭐가 왜요야? 거긴 원래가 습기 찬 저지대거든. 말하자면 물 속에 관을 담그는 셈이지. 난 직접 봤어…… 여러 번……."

나는 한 번도 그런 걸 본 적도 없었거니와 볼코보 공동묘지에 가 본 일조차 없었다. 그저 남에게 들은 소리를 옮겼을 뿐이다.

"그래 넌 아무렇지도 않니, 죽는다는 것이?"

"내가 왜 죽어요?" 마치 자기 몸을 감싸듯 몸을 움츠리며 그녀는 되물었다.

"언젠가는 죽게 되지. 방금 말한 그 관의 주인공처럼 그렇게 죽어 나가는 거야. 그 여자 역시…… 너 같은 그런 여자였는데 폐병으로 죽었다더군."

"영업집 여자는 죽어도 병원에서 죽을 텐데……."

'흠, 이 여자는 벌써 죄다 알고 있구나' 하고 나는 생각했다. 또한 창녀라는 말 대신에 영업집 여자라는 말을 쓰는구나 하고 생각했다.

"그 여자는 포주 아주머니한테 빚이 있었던 거야" 하고 나는 지지 않으려는 듯이 우겨댔다. "그래서 폐병으로 거의 숨이 끊어질 때까지 포주를 위해 손님을 받았다더군. 전세 마차 마부가 군인들과 지껄이면서 그런 얘길 하고 있었어. 아마 죽은 여자의 단골들이었는지 몰라. 여럿이 함께 키득거리고 있더라니까! 게다가, 선술집에 가서 그 여자를 추모하는 뜻에서 한잔하자고 몰려가더군." 나는 여기서도 꽤 많이 꼬리를 덧붙여 말했다.

침묵. 깊은 침묵. 그녀는 꼼짝도 하지 않았다.

"그래 병원에서 죽는 편이 낫단 말인가?"

"어디서 죽으나 매한가지죠 뭐! 그런데 왜 내가 금방 죽기라도 할 것같이 말하죠?" 그녀는 짜증 섞인 말투로 항의했다.

"지금 금방이 아니면 얼마쯤 더 있다가라도 죽긴 죽겠지."

"금방이 아니라도 싫어요……."

"그러나 모든 게 자기 뜻대로 되어주지 않으면 어떡하지? 지금은 젊고 예쁘고 싱싱하니까 비싸게 팔릴 수 있지만, 이런 생활을 일 년

만 더 계속하면 너도 몰라보게 시들어버릴 거야."

"불과 일 년 동안에 그렇게 된단 말예요?"

"어쨌든 일 년쯤 지나면 너는 값어치가 떨어질 거야." 나는 짓궂은 쾌감을 느끼면서 계속했다. "그땐 이 집보다 격이 떨어지는 딴 집으로 옮겨야 하지. 그리고 또 일 년이 지나면 그 밑의 집으로 옮겨가야 하고……. 이렇게 자꾸 자리를 옮기다가 칠 년쯤 지나면 그 센나야 광장 근처의 반지하에까지 떨어져 내려가게 될 거야. 그 정도라면 또 몰라도 무슨 못된 병에라도 걸리든가 폐병이라도 앓게 되는 날이면 그야말로 큰일이지. 이런 생활을 하고 있으면 병이 나을 리는 만무하니까 결국은 죽는 수밖엔 없는 거지."

"그렇담 죽어버리면 그만이죠 뭐!"

그녀는 독기 어린 어조로 이렇게 대꾸하더니 갑자기 몸을 부르르 떨었다.

"하지만 불쌍하군."

"뭐가요?"

"네 인생이 불쌍하단 말이지."

침묵.

"혹시 장래를 약속한 사람이라도 있었나?"

"그런 건 왜 묻죠?"

"아니, 난 신문을 하려는 건 아니야. 내가 그런 걸 물었댔자 아무 소용도 없는 일이니까. 화를 내진 말라구! 물론 이런 걸 묻는 게 귀찮은 줄은 알아. 내가 상관할 바가 못 되니까. 난 어쩐지 그저 가엾은 생각이 들었을 뿐이야."

"누가요?"

"네가 가엾다는 거지."

"그런 동정 같은 건 필요 없어요⋯⋯." 그녀는 들릴락말락한 목소리로 속삭이고는 또 한 번 몸을 떨었다.

나는 또 갑자기 화가 났다. 이럴 수가 있나? 남이 자기한테 이만큼 친절하게 대해주고 있는데, 이 여자는⋯⋯.

"그래 넌 어떻게 생각하나? 올바른 길을 걷고 있다고 생각하느냐 말야?"

"난 아무것도 생각하지 않아요."

"그게 나쁘다는 거야, 아무것도 생각하지 않는다는 것이! 더 늦기 전에 눈을 뜨라구. 지금이라도 늦지 않아. 아직은 젊고 예쁘니까 사랑을 할 수도 있고 결혼을 해서 행복하게 살 수도 있어⋯⋯."

"결혼한 여자가 모두 행복한 건 아니잖아요?"

그녀는 여전히 쌀쌀한 어조로 딱 잘라 말했다.

"그야 물론 모두가 행복한 건 아니지. 그래도 여기서 이런 생활을 하는 것보다야 나을 것 아닌가. 비교가 안 되지. 애정만 있으면 불행 속에서도 세상을 살아나갈 수가 있으니까. 슬픔 속에서도 인생은 좋은 거야. 아무리 어려운 살림살이라도 인생은 역시 아름다운 것이거든. 그런데 여긴 뭐가 있어? 더러운 시궁창, 악취가 코를 찌르는 시궁창이라고밖엔 말할 수 없잖나!"

나는 혐오를 느낀다는 듯이 얼굴을 돌려버렸다. 이제는 냉정하게 이치를 따지고 있을 수도 없게 되었다. 나 자신의 말에 감동하면서 점점 열을 올리게 된 것이다. 나는 지하의 세계에서 터득한 비밀스런 사상을 한시바삐 피력하고 싶어졌다. 무언가 홀연히 나의 내부에서 타오르면서 어떤 목적을 나한테 제시한 것이다.

"나 자신이 이런 데 왔다고 해서 그걸 꼬집지는 말라구. 나는 결코 누구의 모범이 될 만한 인간은 못 되니까. 어쩌면 너보다 더 쓰레기 같은 놈인지도 몰라. 하긴 술에 취한 김에 어쩌다 이런 데까지 굴러 들어왔지만 말야." 그래도 나는 황급히 자기 변명을 시도했다. "그보다도 남자는 여자와는 근본적으로 달라. 나만 하더라도 자기 자신을 헐뜯기도 하고 모욕하지만, 그 대신 어느 누구의 노예도 아니니까 어딜 가든 무슨 짓을 하든 완전히 나의 자유야. 내 몸에서 더러운 것을 털어버리기만 하면 그땐 아주 딴 사람이 될 수 있어. 그렇지만 너의 경우는 처음부터 노예야. 암, 노예고말고! 자기의 모든 것을, 심지어는 자유까지도 몽땅 남에게 넘겨주고 마니까. 나중에 그 쇠사슬을 끊어버리려고 몸부림쳐봐야 그건 어림도 없는 일이야. 오히려 더 꼼짝 못하게 감겨들 뿐이지. 참으로 저주스런 쇠사슬이야! 난 그걸 잘 알고 있어. 또 다른 얘기도 하고 싶지만 그만두는 게 좋겠군. 얘기해도 넌 알아듣지 못할 테니까. 그보다 한 가지 묻겠는데, 넌 안주인한테 빚이 있지? 틀림없어!" 나는 이렇게 자신 있게 말했으나 그녀는 아무런 대꾸도 없이 귀를 바짝 기울인 채 듣고만 있었다. "말하자면 그게 바로 너의 쇠사슬이야! 한 번 걸려들기만 하면 절대 발을 뺄 수가 없게끔 되어 있어. 그도 그럴 것이, 악마한테 영혼을 팔아넘긴 거나 마찬가지니까……."

"……이렇게 말하는 나도…… 어쩌면 똑같이 불행한 인간인지도 몰라. 이런 얘기 해봐야 넌 알아듣지 못하겠지만, 나는 일부러 시궁창 속에 기어들곤 하지. 이를테면 자포자기의 행동이라고 할까……. 사람들은 울분을 풀려고 술을 마시지 않느냐 말야. 그래서 나도 울분을 풀려고 여기 이렇게 와 있는 거야. 또 한 가지 묻겠는데 어디 대답 좀 해봐. 도대체 여기에 무슨 좋은 점이 있다는 건가? 너와 나는…… 그런 관계를 맺지 않았느냐 말야…… 아까 여기서. 그런데도 우린 서로 말 한마디 주고받지 않았어. 그 일이 있은 후에도 너는 짐승이라도 보는 것 같은 눈으로 나를 흘금흘금 훑어보고…… 나 역시 마찬가지야. 대체 이 따위 사랑의 행위가 있을 수 있을까? 그래 인간끼리 이런 식으로 접촉해야 한단 말인가? 이보다 더 추악한 짓이 어디 있겠는가 말야, 그렇잖아?"

"그래요!" 그녀는 급히 맞장구를 쳤다. 그녀의 반응이 신속한 데 나는 놀랄 지경이었다. 그렇다면 그녀도 좀 전에 나를 흘금흘금 바라볼 때 역시 같은 생각을 했는지 모른다. 그렇다면 그녀도 다소의 사고 능력은 지니고 있다고 봐야 한다……. 됐어, 이거 재미있다! 나하고 인연이 아주 없지도 않은가 본데?

나는 손뼉이라도 칠 듯이 반가웠다. 그렇다. 이런 나이 어린 여자의 영혼쯤은 맘대로 주무를 수 있을 것이다!

무엇보다도 내 마음을 끌었던 것은 게임 자체였다.

그녀는 나한테 가까이 얼굴을 돌렸다. 어둠 속이라 잘 보이지는 않았지만, 그녀는 한 손으로 볼을 받치고 있는 것 같았다. 아마도 내 얼굴을 관찰하려고 애쓰고 있는 듯싶었다. 나는 그녀의 눈을 똑똑히 볼 수 없는 게 유감이었다. 그녀의 깊은 숨결이 내 귀를 간지럽혔다.

"무엇 때문에 페테르부르크에 왔지?"

"뭐 그저……."

"고향집에서 부모와 함께 사는 편이 훨씬 좋을 텐데! 따뜻하고, 마음이 편하고…… 뭐니 뭐니 해도 제 집이 제일이지."

"만약에 그렇지가 못하다면 어떡하죠?"

'방향을 잘 잡아야 하겠는걸' 하고 나는 순간적으로 생각했다. '감상적인 방법으론 별로 효과가 없는 모양이야.'

그러나 이 생각은 퍼뜩 머리를 스치고 지나갔을 뿐이었다. 맹세코 말하거니와, 나는 정말로 이 여자한테 흥미를 느꼈던 것이다. 그리고 나는 이상하게 맥이 빠져 마음이 약해져 있었다. 더욱이 짓궂은 장난기는 쉽사리 진짜 감정과 융합되는 법이다.

"그게 무슨 소리야!" 하고 나는 급히 대답했다. "그야 세상엔 별별 일이 다 많지. 넌 틀림없이 누구한테 몹시 괴로움을 당했을 거야. 그러니까 네가 나쁜 게 아니라 세상이 너를 그렇게 만든 거겠지. 난 너의 과거에 대해선 하나도 모르지만, 너 같은 여자가 피치못할 사정도 없는데 이런 데 떨어져 들어올 리는 만무하지 않겠어……."

"나 같은 여자라니 어떤 여자 말인가요?" 그녀는 거의 알아들을 수 없을 만큼 낮은 소리로 속삭였다. 그러나 나는 그것을 알아들을 수 있었다.

 제기랄, 내가 아첨을 하고 있구나! 이건 참으로 추잡한 짓이다. 하지만 어쩌면 아첨하는 편이 좋을지도 모른다……. 여자는 잠자코 있었다.

 "사실대로 말하면, 리자, 나는 나 자신의 얘기를 하고 싶은 거야! 만약에 내가 어릴 때부터 가정 속에서 자랐다면 이런 인간이 되지는 않았을 거라고 생각해. 아무리 집안 식구들 사이가 원만치 못하더라도 부모는 역시 타인과는 다르니까 적이 될 수는 없지 않겠어? 일 년에 단 한 번이라도 애정을 표시해줄 때가 있는 법이야. 그런데 난 가정이라는 걸 전혀 모르고 자랐거든. 그 때문에 나는 이런 시시한 인간이 되어버렸을 거야."

 나는 또 반응을 기다렸다.

 '무슨 뜻인지 알아듣지 못하는 모양이군' 하고 나는 생각했다. '그보다도 이 따위 설교를 한다는 건 우스꽝스런 짓이야.'

 "만약에 내가 아들딸 가진 아버지라면 아들보다도 딸을 더 귀여워할 것 같아." 나는 그녀의 흥미를 일깨우려고 능청스럽게 이런 소리를 했다. 그러나, 솔직히 말해서 나는 얼굴이 뜨거워짐을 느꼈다.

 "그건 왜요?" 하고 그녀는 물었다.

 하항, 그러고 보니 역시 듣고는 있었구나!

 "나도 몰라. 그저 어쩐지 그럴 것만 같아……. 딸 가진 아버지를 한 사람 알고 있는데, 그 사람은 근엄하고 까다로운 성미인데도 딸 앞에선 언제까지나 무릎을 꿇고 손과 발에 키스를 하면서 대견스럽게 바라보곤 했어. 야회에서 딸이 춤을 추고 있으면 그는 다섯 시간이나 한자리에 꼼짝않고 선 채 한시도 딸한테서 눈을 떼지 않았지. 딸한테 아주 미쳐버린 거야. 그 심정을 나도 잘 알 것 같아! 밤 늦게 딸이 잠들면 그는 일부러 일어나서 잠든 딸에게 성호를 그어주고 키스를 해주려고 딸의 방에 들어가곤 했어. 본인은 기름때 묻은 낡은 의복을 입고 다녔고, 누구한테나 인색하게 굴면서도, 딸을 위해서라면 없는 돈을 털어서라도 값비싼 물건을 사주곤 했지. 만약에 그 선물이 딸의 마음에 들면 기뻐서 어쩔 줄 모르는 거야. 어느 집에서나 아버지가 어머니보다 딸을 더 사랑하지. 그래서 개중에는 집에서 사는 게 재미있어 죽겠다는 아가씨도 있을 지경이야! 나도 만약에 딸이 있다면 절대 시집을 보내지 않을 것 같아."

"그건 또 왜요?" 그녀는 입가에 미소를 띠며 이렇게 물었다.

"질투심 때문이지. 자기 딸이 딴 남자하고 키스하는 걸 어떻게 봐! 생판 다른 남자를 아버지보다 더 사랑하다니, 그런 건 상상만 해도 참을 수 없는 일이야. 물론 어리석은 얘기지. 누구나 결국은 단념하게 마련이야. 하지만 나 같으면 딸을 시집보내기 전에 사위감 고르기에 지쳐버리고 말 거야. 내 마음에 흡족한 후보자는 좀처럼 나타나지 않을 테니까. 결국에 가선 딸이 좋아하는 사내한테 줘버리겠지. 그렇지만 딸이 좋아하는 사내라는 건 아버지의 눈에는 영락없이 쓰레기 같은 인간으로 보이는 법이거든. 이건 틀림없어. 그 때문에 뉘 집에서나 여러 가지 잡음이 일어나게 마련이지."

"그렇지만 개중엔 자기 딸을 서슴지 않고 팔아먹는 사람도 있어요. 사위감을 고르고 어쩌고 할 계제가 아니죠."

하항! 이제 알겠다!

"그건 말이야, 리자, 하느님도 모르고 애정이라는 것도 모르는 저주받은 가정이야" 하고 나는 열띤 어조로 말을 받았다. "애정이 없는 곳엔 분별도 없으니까. 물론 그런 가정이 있기는 있지. 그러나 난 그런 가정의 얘기를 하고 있는 게 아니야. 그런 소릴 하는 걸 보니 너는 가정 환경이 몹시 불우했던 모양인데……. 흠!…… 그런 건 주로 가난 때문에 일어나는 일이지."

"그럼 부유한 사람은 모두 행복하단 말인가요? 가난하더라도 정직한 사람은 얼마든지 떳떳하게 살 수 있어요."

"음…… 그럴지도 모르지. 그렇지만, 리자, 이런 걸 생각해보라구! 인간이란 자기의 행복한 점은 선반에 올려놔 두고 불행한 점만 자꾸 손꼽는 법이야. 만약에 정말로 그걸 계산해 본다면 누구나 응분의 행복은 누리고 있다는 걸 알게 되겠지. 첫째 집안이 모두 화목하면 어떨까? 하느님 덕분에 훌륭한 남편을 만나서 한시도 떨어지지 않고 귀염을 받고 산다면 말이야! 그런 가정이야말로 행복한 가정이지. 이따금 불행한 일이 거기 섞여든대도 상관없잖아? 너도 결혼을 하면 알게 되겠지만, 사실 불행이 전혀 없는 가정이란 없거든. 자기가 좋아하는 남자와 결혼했을 경우를 상상해보라구. 그야말로 주체할 수 없을 정도의 행복이 안겨지는 거야. 신혼 초에는 부부싸움도 그 행복의 양념 구실을 하지. 개중에는 남편을 사랑하면 할수록 더욱 바가지를 긁는 여자도 있으니 말야. '난 당신이 너무너무 좋아요. 너무나 좋아하기 때문에 당신을 괴롭히는 거니 그걸 알아야 해요.' 좋아하기 때문에 일부러 상대방을 괴롭힌다는 그 심정을 이해할 수 있겠어? 이런 건 대개 여자들에게 많은 거야. '그 대신 나중에 마음껏 사랑해주면 되니까 좀 괴롭혔다고 해서 나쁠 건 없겠지.' 속으론 이렇게 생각하거든. 식구들도 그걸 보고 모두들 좋아하지. 모든 것이 즐겁고 기쁘고 평화롭기만 하고……

헌데 개중에는 굉장히 질투심이 강한 여자도 있어. 남편이 외출하기만 하면—나도 그런 여자를 하나 알고 있지만—안절부절못하고 밤중인데도 뛰쳐나가서는 혹시 저기 있는 건 아닐까, 하고 이집 저 집 기웃거리고 돌아다니는 거야. 이런 여자는 정말 처치 곤란이지. 본인도 그것이 나쁜 짓인 줄은 잘 알지만 가슴이 조여들고 속이 타올라 견딜 수가 없으니 어쩔 수 없는 거지. 모든 것이 사랑 탓이라 할밖에! 그리고 한바탕 싸우고 난 후 서로 용서를 빌기도 하고 용서해주기도 하면서 다시 화해할 때의 그 기분! 두 사람 다 형언할 수 없는 행복감에 젖어, 마치 또 한 번 새로 결혼식을 올린 것 같은, 둘의 사랑이 새로 시작된 것 같은 그런 기분을 느끼게 되거든. 사랑하는 부부의 사이라는 건 제삼자로서는 아무도 알 수 없는 거야. 설사 두 사람 사이에 심한 충돌이 일어났을 경우에도 타인은 고사하고 친어머니라도 거기 개입해서는 안 되고, 또 본인들도 자기 두 사람 사이에 일어난 일을 제삼자에게 말해서는 안 돼. 부부 사이의 일은 본인들밖엔 해결할 수 없는 거니까. 사랑은 신비한 거야—어떤 일이 일어나더라도 남에게는 절대 감춰둬야만 해. 그렇게 하면 그 사랑은 더욱 거룩하고 더욱 아름다운 것이 되며 상호간의 존경도 더욱 깊어지게 되는데, 이 존경이야말로 많은 것의 밑바탕이 된다고 할 수 있어. 서로 사랑하는 사이여서 그 사랑을 위해 결혼했다면 끝까지 사랑을 간직하면서 살아갈 수 있는 거야. 사랑을 간직할 수 없는 경우는 극히 드물지. 다행히 정직하고 친절한 남편을 만난다면 도중에 사랑이 없어질 리가 없잖아? 하긴 신혼 초와 같은 사랑은 없어지겠지만 그다음엔 더 훌륭한 사랑이 생기게 되거든. 그때는 마음과 마음이 하나가 되어 무슨 일이건 둘이 의논해서 결정하니까 서로 비밀이라는 게 없게 되지.

그리고 아들딸이 생기게 되면 아무리 힘들 때도 모든 게 행복하게 여겨지는 거야. 사랑을 간직하고 마음을 꿋꿋이 가지고 있기만 하면 되지. 그때는 힘든 일도 즐거움이 되고 아이들을 위해 배를 곯는 일이 있어도 괴로운 줄도 모르게 되지. 아이들이 나중에 그걸 고맙게 여겨 부모를 더욱 사랑하게 될 테니까. 이렇게 부지런히 돈을 저축하는 동안에 아이들도 무럭무럭 자라고 자기는 그 아이들의 모범이 되고 또한 기둥도 되고 있다는 걸 느끼게 되지. 그리고 자기는 죽더라도 자기의 감정이나 사상을 아이들이 한평생 간직할 거야. 왜냐하면 그것은 얼굴 모습과 함께 아이들이 이어받는 것이니까— 이런 것을 절실히 느끼게 될 거야. 그건 위대한 의무지. 이렇게 되면 아버지와 어머니가 더욱 굳게 결합되지 않을 리가 없잖아? 아이가 있으면 살기 힘들다고 말하는 사람도 있지만 그건 돼먹지 않은 소리야! 아이를 기르는 재미는 그야말로 천국의 행복이라 할 수 있어!

리자는 아가를 좋아하나? 난 좋아해. 얼굴이 불그레한 조그만 사내아이가 엄마 젖을 열심히 빨고 있어 — 그 모자의 모습을 바라보고 있으면 어떤 사내든지 아내한테 마음이 끌리게 마련이야! 복실복실 살찐 젖먹이가 기분 좋게 팔다리를 죽 뻗고 엄마를 빤히 쳐다보고 있어. 통통한 손과 발, 예쁜 손톱, 보기에도 우스울 만큼 조그만 손톱, 그리고 또렷또렷한 눈은 벌써 무엇이든 다 알고 있는 듯한 표정을 띠고 있지. 그런 아기가 열심히 젖을 빨면서 귀여운 손으로 다른 한쪽 젖꼭지를 장난처럼 조무락거리고 있어. 아빠가 가까이 오면 갑자기 젖을 놓고 몸을 뒤로 젖히면서 아빠 얼굴을 보고 까르륵 웃어대지. 그러고는 또다시 젖을 빨기 시작하는 거야. 그런가 하면 앞니가 나기 시작할 때는 느닷없이 엄마 젖을 깨물고는 곁눈으로 쳐다보며 '어때, 아프지? 응?' 하는 표정을 짓거든. 생각해보라구, 부부와 아이, 이렇게 셋이서 살면 그땐 모든 게 행복하게 여겨지지 않겠는가 말야? 이런 아름다운 순간을 위해선 웬만한 잘못쯤은 용서할 수 있을 거야. 암, 그렇고말고! 그러니까 우선 자기 자신부터 어떻게 살아가야 하는지를 배우고 난 후에 남을 비난하는 게 순서라고 생각해."

'이런 삽화식 얘기로, 맞았어, 이런 삽화식 얘기로 너를 낚아내는 거다!' 솔직히 말해서 나는 제법 진지한 마음으로 얘기를 했지만, 문득 이런 생각이 떠올랐다. 그러자 갑자기 얼굴이 붉어지는 것 같았다. '하지만 만약 이 여자가 큰 소리로 웃어댄다면 나는 쥐구멍으로 도망쳐야 할지 모르게 될 것이다!' 이렇게 생각하니 나는 화가 나기까지 했다. 이야기를 계속하는 동안 나 자신 지나치게 열중한 것이 창피스럽게 여겨졌던 것이다. 침묵이 오랫동안 계속되었다. 나는 팔꿈치로 여자를 쿡쿡 찔러주고 싶을 지경이었다.

"어쩐지 당신은……." 그녀는 불쑥 입을 열었으나 이내 말을 멈추고 말았다.

그러나 나는 벌써 모든 것을 알 수 있었다. 그녀의 음성에는 뭔가 아까와는 다른 감정이 엿보였다. 아까와 같은 무관심한 퉁명스러움 대신에 어딘지 훨씬 부드러운 수줍은 느낌을 주는 어조였다.

"내가 어떻다는 거지?" 나는 호기심을 가지고 되도록 상냥하게 물었다.

"당신은 말예요……."

"어서 말해봐."

"당신은 어쩐지…… 꼭 책이라도 읽는 것처럼 말을 하는군요." 그 음성은 다시 냉소적인 어조를 띠고 있는 듯싶었다.

이 말에 나는 자존심이 몹시 상했다. 그와는 전혀 다른 말을 기대하고 있었기 때문이다.

하지만 그녀는 일부러 냉소의 가면을 쓴 것인지도 모른다. 그것은 수치심이 유달리 강한 사람이 마지막 판에 가서 흔히 사용하는 비장의 무기인 것이다. 그런 사람은 아무리 큰 감동이나 충격을 받아도 강한 자부심 때문에 끝까지 굴복하려 하지 않고 남 앞에 자기 감정을 드러내려고 하지 않는 법이다— 이것을 그 순간 나는 미처 깨닫지 못했다. 그녀가 겁먹은 듯 망설이는 어조로 간신히 그 말을

지하생활자의 수기　169

입 밖에 낸 것만 보더라도 나는 마땅히 깨달았어야 했다. 그러나 나는 그것을 깨닫지 못하고 오히려 심한 모욕감에 사로잡혔다.

'오냐, 어디 보자!' 하고 나는 생각했다.

# 7

 "그게 무슨 소리야, 리자! 남의 일이지만 네 신세가 너무나 한심스러워서 나는 그런 얘기를 한 건데 책을 읽는다는 건 또 뭐야! 하긴 남의 일이 아닌지도 몰라. 이건 지금 내 마음속에서 저절로 떠오른 생각이지만 말야…….
 도대체 너는 이런 데 있는 게 괴롭지도 않은가 보지. 아니, 습관의 힘이란 참으로 무서운 거야! 그래 너는 한평생 늙지도 않고 언제까지나 아름다울 거라고 생각하나? 언제까지나 이 집에서 그냥 너를 놔둘 거라고 생각하느냐 말야? 이 집도 물론 더럽기는 매한가지지만 나는 거기에 대해선 새삼스레 말하고 싶지 않아. 다만 말이 나온 김에 현재의 너의 생활에 대해 이렇게 말하고 싶을 뿐이야— 너는 지금 젊고, 예쁘고, 몸도 싱싱하고, 영혼도 감정도 지니고 있지만, 그래도 솔직히 말해서 나는 아까 눈을 떴을 때 너와 여기서 이렇게 누워 있다는 것이 참을 수 없을 만큼 수치스럽게 여겨졌어! 술취한 김이 아니면 이런 데 찾아올 수는 없잖나. 만약에 네가 다른 곳에서 떳떳한 생활을 하고 있다면, 나는 너한테 호감을 갖는 정도가 아니라 진심으로 반해서 네가 말 한마디 건네주지 않더라도 너의 눈을 보는 것만으로 기쁨을 느낄 거야. 대문 밖에서 네가 나오기를 기다리며 언제까지나 무릎을 꿇고 있을 거야. 너를 미래의 아내로 상상하는 것만으로도 분에 넘치는 영광으로 생각할 거란 말이야. 너에 대해서 무슨 불순한 것을 생각한다는 건 천벌을 받을 짓이라고 생각하겠지. 그렇지만 이 집에 있는 이상 내가 휘익 휘파람을 불기만 하면 너는 별수없이 내 뒤를 쫓아와야만 해. 너의 기분 같은 건 문제가 아니지. 너를 내 뜻대로 복종시킬 뿐이야. 아무리 가난한 농군이 머슴살이를 해도 자기 자신을 완전히 노예의 위치까지 떨어뜨리지는 않아. 약속된 기한이 있다는 걸 알고 있으니까. 하지만 너한텐 무슨 기한이 있지? 네가 여기서 무엇을 팔고 있는지 한번 생각해봐. 도대체 무엇을 스스로 묶고 있는지 아나? 영혼이야, 영혼! 너는 자기 영혼에 대해 아무런 권리도 없어. 몸과 함께 영혼까지도 묶여 있으니 말야! 너는 자기의 애정을 온갖 주정뱅이들의 놀림감으로 내놓고 있어! 사랑! 이건 정말로 인생의 전부야. 다이아몬드와도 같은 처녀의 보배지. 사랑을 획득하기 위해선 자기 목숨까지 아끼지 않고 죽음으로 뛰어드는 사람조차 있을 지경이니까. 그런데 지금 너는 자기 사랑이 얼마에 매매되고 있는지 아나? 너라는 여자는 영혼까지 합쳐서 몽땅 팔려버렸기 때문에 너한텐 사랑을 구할 필요도 없는 거야. 사랑 같은 건 없어도 얼마든지 너를 맘대로 할 수 있으니까. 사실 말이지, 처녀에게 이보다 더한 모욕이 어디 있겠느냐 말야. 너는 그걸 알고 있나?

참, 누구한테서 들은 얘긴데 너희들은 여기 있으면서도 따로 연인을 갖는 것을 허락받고, 그것으로 자위하고 있다더군. 그건 어린애 속임수에 지나지 않아. 그것으로 너희들을 우롱하고 있다는 걸 왜 모를까! 도대체 그 사내는, 그 연인이라는 자는 너를 진심으로 사랑하고 있을까? 그럴 리는 만무하다고 생각해. 언제 어느 때 다른 손님한테 불려나갈지도 모른다는 걸 뻔히 알면서, 과연 진심으로 사랑할 수가 있다면 그놈은 형편없는 파렴치한이야! 도대체 그놈은 너를 손톱만큼이라도 존경할 수 있을까? 그런 사내하고 너 사이에 무슨 공통점이 있는가 말야? 그놈은 너를 깔보고 너의 껍질을 벗기려는 것뿐이야─그것이 이른바 연인의 애정이지! 두들겨맞지 않는 것만도 다행이지만, 어쩌면 마구 손찌검까지 할는지도 몰라. 만약에 너한테 그런 사내가 있다면 장차 너와 부부가 될 생각이냐고 한번 물어봐. 필시 네 앞에서 맞대놓고 코웃음을 칠 거야. 코웃음 정도는 약과고, 네 얼굴에 침을 뱉든가 주먹을 휘두를는지도 몰라. 그놈 자신도 동전 한 푼의 가치도 없는 주제에 말야.

그래 너는 뭐가 좋아서 이런 데서 일생을 망치고 있는지 한번 생각해봐. 커피를 실컷 마시게 하고 맛있는 걸 배터지게 먹여주기 때문인가? 하지만 그건 뭣 때문에 먹여주지? 정신이 올바로 된 여자라면 그런 건 목구멍으로 넘어가지 않을 거야. 뭣 때문에 먹여주는 음식인지 알고 있을 테니까. 너는 지금 이 집에 빚이 있어. 그건 영원히 갚을 수 없게 되어 있는 거야. 결국은 손님들이 거들떠보지도 않을 날이 오고야 말지. 젊음만 믿고 있을 순 없어. 그럴 날은 역마차보다 더 빠른 속도로 찾아올 테니까. 그때는 여기서 쫓겨나게 되지. 아니, 그저 간단히 쫓아내는 게 아니라 그전에 오랜 시일을 두고 잔소리와 욕설로 너를 못살게 굴 거야— 네가 자기의 건강을 안주인에게 바치고, 젊음도 영혼도 안주인을 위해 망쳐버렸다는 건 까맣게 잊고, 마치 네가 안주인의 장사를 망쳐놓아 파산할 지경에 이르게 한 것처럼 온갖 욕설과 구박을 하겠지. 네 편을 들어줄 사람은 아무도 없어. 동료들도 안주인의 비위를 맞추려고 팔을 걷어붙이고 너한테 대들 거야. 이런 사회에선 모두가 노예로 전락해서 양심이니 동정이니 하는 건 옛날에 잃어버리고 말았거든. 이렇게 노예로 완전히 전락해버린 자들이 내뱉는 욕설이나 잔소리 이상으로 추잡스럽고 메스꺼운 건 이 세상에 다시 없을 거야. 그런데도 너는 이 집에다 모든 걸 죄다 바쳐야 해— 건강도 젊음도 아름다움도 희망도 하나도 남김없이 몽땅 바쳐야 해. 그래서 스물두 살쯤 되면 벌써 서른대여섯이나 먹은 것같이 보이게 되지. 그것도 병에 걸리지만 않는다면 천만다행이라고 하느님께 감사해야 할 지경이라니까!

너는 혹시 일도 하지 않고 놀고 먹을 수 있으니 좋다고 생각할는지 모르지만 이 세상에 이보다 더 괴로운 징역살이 같은 생활은 둘도 없을 거야. 옛날에도 없었어. 너무나 울고 또 울어서 심장이 텅

비어버리는 게 여기 생활이야. 여기서 쫓겨날 때는 한마디 말대꾸도 못하고 마치 큰 죄라도 지은 사람처럼 고개를 수그린 채 조용히 물러나야 하지. 너는 어디든 딴 집으로 옮겨가겠지만, 얼마 후엔 또 다른 딴 집으로 옮기고, 그렇게 해서 이 집 저 집 전전하다가 마지막엔 센나야에까지 굴러떨어지고 마는 거야. 거기 가면 날마다 얻어맞는 게 일과처럼 되지. 그게 그곳의 습관이니까. 거기 오는 손님은 여자를 때리지 않고는 귀여워할 줄을 모르거든. 거기 있는 여자들이 얼마나 비참한지 얘기해봐야 너는 곧이듣지 않을 거야. 이제 거기 가면 직접 보게 되겠지. 나도 언젠가 한 번, 정초 휴가 때 거기서 한 여자를 본 일이 있어. 그 여자는 너무 시끄럽게 울어댄다고 해서 동료들이 밖으로 쫓아냈다는 거야. 밖에서 좀 얼어보라는 거지. 아침 아홉시경이었는데 그 여자는 벌써 곤드레만드레 취해가지고 머리를 온통 헝클어뜨린 채 여기저기 시퍼렇게 멍이 든 반나체의 몸을 덜덜 떨고 있더군. 얼굴은 새하얗게 분칠을 했지만, 눈 가장자리엔 마치 안경테처럼 검은 기미가 끼어 있었어. 그리고 코와 입에선 피가 줄줄 흐르고. 방금 어떤 마부 녀석이 채찍으로 한 내 후려갈겼기 때문이지. 여자는 돌층계에 걸터앉았는데, 그 손엔 뭔가 마른 명태 같은 건어를 쥐고 있었어. 그리고 어이어이 울면서 자기의 기구한 '팔자타령'을 끝없이 늘어놓더군. 그러면서 한 손으론 연방 그 건어로 돌계단을 두드리고 있는 거야. 집 앞에는 마부들이며 병정들이 모여 서서 재미있다는 듯이 그녀를 놀리고 있었어.

너는 자기도 언젠가는 그런 꼴이 될 것이라는 말이 믿어지지가 않는가 보지? 나도 그렇게 믿고 싶진 않지만, 그 건어를 두드리고 있던 여자도 십 년이나 팔 년쯤 전엔 마치 천사처럼 순진무구하고 싱싱한 모습으로, 어느 시골에서 올라와, 말 한마디 할 때마다 얼굴을 붉혔을는지 알 게 뭐야. 어쩌면 너처럼 품위 있고 자존심이 강한 여자여서 다른 여자들과는 딴판으로 마치 여왕인 양 도도한 표정을 하고 있었는지도 몰라. 그리고 자기를 사랑하고 자기한테 사랑받는 남자는 그야말로 최고의 행복을 향유하는 거라고 확신하고 있었을 거란 말야. 그렇지만 보라구, 결과는 어떻게 됐나! 그 여자가 술에 취해 머리를 헝클어뜨린 채 그 건어로 더러운 계단을 탁탁 내리치고 있는 순간에, 문득 고향집에서 살던 순진무구한 옛날을 회상했다면, 과연 그 기분이 어떠했을까? 학교에 다니던 시절에 이웃집 머슴애가 길목에 기다리고 있다가 그녀를 붙잡고 한평생 그녀를 사랑할 것이며 그녀를 위해선 목숨까지도 버릴 용의가 있다고 맹세하던 일을, 그리고 둘이 서로 사랑하여 어른이 되면 결혼하자고 굳게 약속하던 그 시절의 일을 회상했다면 말이야! 리자, 만약에 네가 그 근처의 반지하실에서 아까 내가 말한 여자처럼 폐병으로 하루라도 빨리 죽어버린다면 그쪽이 오히려 행복한 거야. 암, 행복하고말고!

   병원에 입원할 거라고 했지? 그야 물론 병원에 입원시켜준다면야 다행이지만, 만약에 포주 아주머니가 끝까지 놓아주지 않는다면 어떡하지? 폐병이란 특이한 병이어서 열병 같은 것과는 다르기 때문에 그 병을 앓는 사람은 최후의 순간까지도 희망을 버리지 않고, 자기는 아무렇지도 않다고 하면서 자위하게 마련이거든. 그것이 포주에겐 편리한 점이지. 사실 영혼까지 팔아먹고 게다가 빚까지 걸머지고 있으니 시키는 대로 할 수밖에 없잖겠어. 마침내 죽을 날이 임박해오면 누구 한 사람 거들떠보려고도 하지 않지. 그땐 거꾸로 매달고 흔들어봐야 코피 한 방울 나지 않을 테니 말야. 아니, 거들떠보지 않는 정도가 아니라 빨리 뒈져버리지 않고 공연히 장소만 차지하고 있다고 마구 구박을 할 거야. 물 한 모금 마시게 해달라고 애원해도 그것마저 이내 갖다주지 않고 욕설부터 늘어놓겠지— '저 망할 년, 왜 빨리 뒈져버리지 않고 애를 먹일까! 밤새껏 끙끙 앓는 소리니 어디 잠을 잘 수 있어야지! 이러다간 손님 줄 다 끊어지겠다.'

이건 틀림없는 얘기야. 나 자신 그런 소릴 직접 들은 일도 있으니까. 이렇게 죽어가는 여자는 지하실 중에서도 제일 구석진 골방에다 처박아두거든. 컴컴하고 축축하고 퀴퀴한 곰팡이 냄새가 나는 골방에 말야. 너는 거기 혼자 드러누워 무슨 생각을 할까? 마침내 숨이 넘어가면 생면부지의 사람들이 달려들어 연신 투덜거리면서 시체를 처리하겠지. 너를 위해 기도를 올려줄 사람도 없거니와 한숨을 쉬는 사람도 없어. 다만 한시바삐 끌어낼 생각밖엔 없단 말이야. 싸구려 관을 사다가 어제 내가 본 그 불행한 여자처럼 재빨리 묘지로 운반하겠지. 그리고 너를 추모하는 뜻에서 한 잔씩 들이켜려고 선술집으로 몰려가는 게 고작이야. 묘지는 질벅거리는 데다가 진눈깨비까지 사정없이 퍼붓고……. 날씨인들 너를 위해 반드시 맑아야 한다는 법은 없을 테니까. '자, 그쪽부터 내려놓게, 바냐! 저런,

여기까지 와서도 거꾸로 떨어져 내려가는군. 밧줄을 좀 당기라니까!' '뭐 이대로면 어떤가.' '아니, 관이 옆으로 넘어지지 않았나. 이것도 인간인 것만은 틀림없으니 바로 눕혀야지······. 이젠 됐어. 흙을 덮게.' 검푸르게 반죽이 된 흙으로 급히 구덩이를 메워버리기가 무섭게 다들 선술집으로 가버리지······.

이것으로 이 세상에서 너의 존재는 영영 없어져버리는 거야. 다른 사람 같으면 아이들이나 부모님이나 남편이 무덤을 찾아주기라도 하겠지만, 너한텐 눈물 한 방울 흘려줄 사람도, 한숨 한 번 쉴 사람도, 너의 생시의 얘기를 해줄 사람도 없어. 너의 무덤을 찾아줄 사람은 이 넓은 세상에 단 한 사람도 없단 말이야. 너의 이름은 지구상에서 영원히 사라져버리고······ 너라는 인간은 애당초 이 세상에 태어나지도 않은 것같이 되어버리는 거야! 묘지는 온통 질벅거리는 흙탕인데, 밤마다 사자(死者)가 일어날 시각이 되면 너는 관 뚜껑을 두드리면서 '여러분, 잠깐만이라도 좋으니 밝은 세상으로 내보내주시오! 나는 살고는 있었지만 진짜 생활이라는 걸 한 번도 해보지 못했습니다. 나의 일생은 걸레 조각처럼 혹사당한 끝에 센나야의 선술집에서 술과 함께 먹혀버렸답니다. 제발 여러분, 다시 한번 밝은 세상에서 살게 해주십시오!' 하고 울부짖고 싶은 심정일 거야."

이렇게 말하는 동안에 나는 점점 비통한 감격에 휩싸여 나중에는 목구멍에 경련을 일으킬 것만 같았다. 나는 갑자기 말을 멈추고 불안한 마음으로 몸을 일으켰다. 그러고는 가슴의 두근거림을 억제하며 겁먹은 듯 귀를 기울였다. 내가 이토록 당황한 데는 까닭이 있었다.

 나는 벌써부터 내가 이 여자의 영혼에 크나큰 충격을 주어서 그 심장을 갈기갈기 찢고 있다는 것을 어렴풋이나마 느끼고 있었다. 그리고 점점 그것을 확신하게 됨에 따라, 한시바삐, 될 수 있는 대로 정확히 목적을 달성하고 싶어졌다. 일종의 연기, 이를테면 배우의 연기와도 같은 본능이 나를 흥분케 했다. 하기는 단순한 연기만은 아니었지만……
 나는 내 말투가 부자연스러울 만큼 어색하다는 걸 알고 있었다. 한마디로 말해서 나는 '책을 읽는 것 같은' 어조가 아니고는 말을 할 수가 없었다. 그러나 내가 당황한 것은 그 때문이 아니었다. 나는 상대방이 알아들으리라는 것을 예감하고 있었을 뿐 아니라 책을 읽는 것 같은 어조가 도리어 효과가 있을는지 모른다고 내심으로 자부하고 있었다. 그러나 정작 목적을 달성한 지금 나는 갑자기 겁을 집어먹을 만큼 당황한 것이다. 아아, 나는 여태까지 한 번도 단 한 번도, 그토록 처절한 절망을 해본 적이 없다. 여자는 엎드린 채 베개를 움켜안고 거기다 얼굴을 쑥 파묻고 있었다. 가슴이 뻐개진 것 같았기 때문이다. 젊음이 넘치는 온몸은 경련을 일으킨 듯 쉴새없이 떨고 있었다. 참고 참아온 설움이 그녀의 가슴을 짓누르다가 마침내 찢는 듯한 비명과 통곡이 되어 일시에 밖으로 터져나오고 말았다. 그녀는 미친 듯이 베개에 얼굴을 비비댔다. 단 한 사람이라도 살아 있는 인간에게 자기의 고뇌와 눈물을 보이고 싶지 않았던 것이다. 울음을 참느라고 베개를 악물고 있던 그녀는 급기야 자기 손을 피가

날 만큼 물어뜯었다(나는 그것을 나중에야 발견했지만). 그러고는 헝클어진 머리 속에 손가락을 박아넣고 이를 악물고서 숨을 죽인 채 잠시 조용해졌다. 나는 그녀를 진정시키려고 말을 건네려 했으나, 그런 짓은 삼가는 편이 좋겠다고 생각했다. 그 순간, 나는 갑자기 일종의 오한 — 이라기보다 공포에 가까운 것을 느끼며, 더듬더듬 침대에서 기어나와 급히 도망쳐버리려 했다.

방 안은 어두웠다. 아무리 서둘러도 빨리 옷을 챙겨 입을 수가 없었다. 마침내 나는 성냥통과 새 초가 꽂힌 촛대를 찾아냈다. 촛불이 방 안을 밝히자 리자는 침대 위에 벌떡 일어나 앉았다. 그러고는 이상스레 일그러진 얼굴로 반쯤 정신 나간 사람처럼 미소를 지으며 나를 멍청히 바라보았다. 나는 그 옆에 앉아서 여자의 손을 잡았다. 그녀는 퍼뜩 제정신으로 돌아온 듯 느닷없이 나한테 달려들어 내 몸을 끌어안으려 했으나, 그만한 용기도 없는지 조용히 머리를 숙이고 말았다.

"리자…… 공연히 쓸데없는 소릴 지껄여서…… 미안해." 나는 이렇게 입을 열었으나, 그녀가 내 손을 죽어라고 움켜쥐는 바람에 내가 빗나간 소리를 하고 있다는 걸 알아차리고 이내 입을 다물어버렸다.

"여기가 내 주소야, 리자. 놀러 오라구."

"네, 가겠어요……." 여전히 고개를 수그린 채 그녀는 분명한 어조로 속삭였다.

"그럼 난 가겠어. 잘 있어요……."

나는 일어섰다. 그녀도 따라 일어섰으나, 문득 생각난 듯이 별안간 얼굴이 빨개지면서 의자 위에 있던 숄을 집어 머리 위에서부터 몸을 감쌌다. 그러고 나서 그녀는 다시 병적인 미소를 짓고 얼굴을 붉히면서 이상한 눈으로 나를 바라보기 시작했다. 나는 마음이 아팠다. 한시바삐 이 자리를 떠나 자취를 감추고 싶었다.

"잠깐만 기다리세요." 거의 문턱까지 왔을 때 그녀는 갑자기 내 팔소매를 잡으며 이렇게 말했다. 그러더니 황급히 촛대를 놓고 달려들어갔다. 보아하니 뭔가 생각나서 그것을 나한테 갖다 보이려는 모양이었다. 대체 무얼 보이려는 걸까? 기다릴 수밖에 없었다. 잠시 후에 그녀는 되돌아왔다. 그 눈은 무언가 용서를 비는 것 같은 표정이었다. 전체적으로 보아 그 얼굴도 시선도 아까와 같은 까다로운, 사람을 불신하는 고집스런 표정은 씻은 듯이 사라지고, 지금은 마치 상대방을 완전히 믿고 뭔가를 애원하는 것 같은, 부드럽고 수줍은 표정이었다. 그것은 흡사 자기가 신뢰해 마지 않는 어른에게 어린아이가 무엇을 조를 때와 같은 시선이었다. 푸른빛이 도는 그 눈은 애정도 증오감도 그대로 나타낼 수 있을 만큼 밝고 아름답게 보였다.

그녀는 내가 마치 아무런 설명 없이도 무엇이든 알 수 있는 훌륭하고 현명한 인간이라고 생각하는지, 한마디 설명 비슷한 말도 하지 않고 무슨 종이 쪽지 한 장을 내 앞에 내밀었다. 그 순간 그녀의 얼굴에는 이를 데 없이 순진한, 어린애처럼 자랑스런 빛이 눈에 띄게 나타나 있었다. 나는 펼쳐보았다.

그것은 어느 의학 전문학교 학생이, 아니면 그와 비슷한 부류의 사내가 그녀에게 보낸 편지였다. 굉장히 화려한 문구를 늘어놓았지만 내용은 우스꽝스러울 만큼 공손한 사랑의 고백이었다. 지금은 그 글귀를 일일이 기억하지는 못하지만 멋을 내느라고 무던히 애쓴 문장 사이사이에 가식 아닌 진실한 감정이 엿보였던 것만은 사실이다. 나는 편지를 다 읽었을 때 호기심에 불타는 성급한 어린애 같은 그녀의 시선과 마주쳤다. 그녀는 내 얼굴을 뚫어지게 바라보면서 내가 무슨 말을 할 것인지 초조하게 기다리는 눈치였다.

그녀는 무언가 즐거운 듯 자랑스런 어조로 나한테 설명하기 시작했다. 그녀는 어느 가정에서 열린 무도회에 참석했다는 것이었다. 그 무도회에 모인 사람은 "정말로 좋은 사람들뿐이었어요. 모두가 '가정을 가지고' 있는 사람들뿐이었거든요. 그리고 내가 이런 데 있다는 건 아무도 몰랐어요." 그도 그럴 것이 그녀는 여기 온 지 얼마 안 되었을뿐더러 빚만 갚으면 곧 여기서 나갈 작정이니까……라는 것이었다. 거기서, 즉 그 무도회에서 그 학생을 만나 밤새껏 함께 춤추며 이야기했다고 한다. 알고 보니 그 학생 역시 리가 출신으로, 어릴 때는 그녀와 잘 아는 사이여서 함께 놀기도 했다는 것이다. 물론 그것은 오래전의 얘기지만 그는 그녀의 부모도 안다고 했다. 그러나 현재의 그녀의 처지에 대해선 아무것도 모르고 있으며 털끝만한 의심도 하지 않고 있다는 것이다. 그런데 무도회의 이튿날(그러니까 바로 사흘 전에), 그녀와 함께 참석했던 여자 친구 편에 그 학생이 이 편지를 보내왔다는 것이었다.

"그리고…… 아니, 그것뿐이에요."

말을 마치자 그녀는 수줍은 듯 초롱초롱 빛나는 눈을 내리깔았다.

가엾게도 그녀는 이 학생의 편지를 마치 보물인 양 소중히 간직하고 있었던 것이다. 그리고 자기 같은 여자한테도 이렇게 열렬히 사랑을 호소하는 남자가 있다는 것을 나에게 꼭 알리고 싶어서, 이 유일한 보물을 가지러 일부러 달려들어갔던 것이다. 아마도 이 편지는 아무런 열매도 맺지 못하고 그대로 서랍 속에 깊이 간직될 운명이 분명하다. 그러나 그런 건 어차피 매한가지 아닌가. 그녀는 이 편지를 자기의 자랑으로, 증명서로 한평생 보물처럼 소중히 보존할 것이다. 이건 의심할 여지도 없다. 그래서 지금도 그녀는 자기 쪽에서 먼저 이 편지를 꺼내오지 않았는가. 그리고 순진하게 그것을 나한테 자랑하여 자기의 가치를 회복하고 싶었던 것이다. 나한테 그것을 보이고 칭찬을 받고 싶었던 것이다. 나는 아무 말 않고 그녀의 손을 잡아주고는 그냥 밖으로 나왔다. 얼른 그 자리를 떠나고 싶은 생각뿐이었다. 진눈깨비가 여전히 쏟아지고 있었지만, 나는 집까지 걸어서 돌아왔다. 온몸이 녹초가 된 듯 기진맥진했고, 게다가 무언가 마음이 개운치 않은 것 같은 느낌이었다. 그러나 현실은 벌써 그 의혹 속에서 빛나고 있었다. 저주스런 현실이여!

8

물론 나는 그 현실을 이내 인정하려 하지는 않았다. 몇 시간 동안 깊은 잠에 빠졌다가 아침이 되어 눈을 뜨자 나는 어제 일을 남김없이 상기하고, 어젯밤에 리자에게 취한 감상적인 태도며, 그 밖의 모든 '그때의 공포와 연민'에 스스로 놀라움을 느끼지 않을 수 없었다. '내가 어쩌자고 그토록 연약한 신경쇠약 발작을 일으켰을까!' 하고 나는 생각했다. '그리고 그 여자한테 주소는 왜 알려주었을까! 찾아오면 어쩌려구? 하긴 찾아온대도 상관없을는지 몰라…… 될 대로 되라지…….' 그러나 지금 나한테 무엇보다 중요한 문제는 그런 것이 아니었다. 딴 일을 다 제쳐놓고서라도 한시바삐 즈베르코프와 시모노프에게 나라는 인간의 가치 평가를 회복시키는 것이 급선무였다. 리자에 대해서는 이날 아침 별로 생각할 경황도 없었다.

우선 어제 시모노프한테서 꾼 돈을 급히 반환해야 한다. 나는 대담하기 짝이 없는 방법을 취하기로 했다. 과장인 안톤 안토노비치한테서 15루블을 꾸자는 것이다. 마침 과장은 이날 아침에 기분이 무척 좋았으므로 두말않고 선선히 꾸어주었다. 나는 너무나 좋아서 차용증서를 쓰면서 사뭇 친숙한 태도로 "어제 말입니다, 친구들과 함께 파리 호텔에서 기분 좀 냈지요. 실은 학교 동창인 친구의 송별회가 있었어요. 가문도 좋고 재산도 상당히 가지고 있는 데다가 재주까지 비상해서 장래가 촉망되는 친구예요. 성격마저 호탕해서 누구에게나 호감을 주기 때문에 그런 종류의 귀부인들과 (아시겠죠?) 능히 난봉도 피울 만한 인간이지요. 여럿이서 샴페인을 반 다스도 더 마시고 나서, 그다음엔……" 하는 식으로 허물없이 털어놓았던 것이다. 그런데 어쩐 일인지 오늘만은 하나도 힘들지 않게 말이 술술 입에서 나와주는 데는 나 자신 이상하게 여겨질 지경이었다.

집에 돌아오자 나는 곧 시모노프에게 편지를 썼다.

지금도 나는 이 편지를 떠올리면 그 신사적인 허심탄회한 내용에 스스로 만족하지 않을 수 없다. 요령 있고 품위 있는 문장, 게다가 (이것이 가장 중요한 점이지만) 불필요한 말은 한마디도 사용하지 않고…… 전적으로 나의 잘못을 시인하는 것을 전제로 한 편지였다. 나는 '만약에 나에게 변명이라는 것이 허용된다면' 하는 말을 첫머리에 놓고 내 변호를 시도했다. '……파리 호텔에서 다섯시부터 여섯시까지 자네들을 기다리고 있는 동안에 한 잔 미리 마셨는데, 여태까지 술을 마시는 버릇이 없었던 관계로 대번에 취해버렸던 걸

세. 운운…….'

나는 주로 시모노프한테 사과를 하고, 친구 모두에게, 특히 즈베르코프에게 나의 뜻을 전해달라고 했다. '지금 꿈속에서처럼 희미하게 떠오르는 것은, 내가 아무래도 즈베르코프한테 모욕을 가한 것 같다는 생각일세'라고 쓴 후, '내가 직접 자네들을 찾아가는 것이 도리인 줄은 알지만 아직도 머리가 아프고, 그보다도 자네들을 볼 면목이 없어서……'라고 덧붙였다. 무엇보다도 나는 문장에 나타난 '뭔가 묘한 여운'— 이라기보다 대범한 어조가 마음에 들었다 (그렇다고 결코 예의를 벗어날 정도는 아니었다). 이것은 내가 어제의 추악한 사건에 대해 나대로의 독자적인 견해를 가지고 있음을 그들로 하여금 대번에 알아챌 수 있게 하는 데 정확한 효과가 있을 것이었다. 즉, 뭐니 뭐니 해도 나는 당신들이 생각하는 것처럼 그렇게까지 완전히 기가 죽어버린 건 아니었고, 나는 오히려 자신을 존경하는 신사다운 태도로 냉정하게 모든 사태를 관찰하고 있다는 것을 알게 하는 것이다. 나는 '젊을 때 그만한 일은 흔히 있을 수 있지 않은가'라고 썼다.

'이 대범함과 태평함은 마치 왕후의 문장과도 같은 느낌이다.' 나는 내가 쓴 편지를 다시 읽으면서 입이 쩍 벌어질 만큼 만족했다. '이것도 내가 두뇌가 발달한 교양인이기 때문이지! 만약에 다른 놈이 내 입장에 놓였다면, 이런 궁지를 빠져나갈 엄두도 못 냈을 것이지만 나는 이렇게 임기응변의 수를 써서 태연자약한 태도를 견지하고 있지 않은가. 이것도 저것도 모두 내가 교양 있는 현대인이기 때문이다. 하지만 어쩌면 어제 그런 일이 일어난 것은 정말로 술 때문이었는지도 모른다. 음! ……아니다, 술 때문이 아니다. 나는 다섯시부터 여섯시까지 그들을 기다리는 사이에 술 같은 건 하나도 마시지 않았으니까. 나는 시모노프한테 거짓말을 한 거다. 뻔뻔스럽게 거짓말을 한 거야! 그렇지만 지금도 별로 양심에 거리낄 건 없다…….'

에잇, 그만두자! 어쨌든 적당히 얼버무렸으니 다행이랄밖에. 문제는 그거니까.

나는 봉투 속에 6루블을 넣고 봉한 다음, 아폴론을 시켜 시모노프한테 보내기로 했다. 편지 속에 돈이 동봉되었음을 알자 아폴론은 갑자기 태도가 공손해지면서 내 명령에 쾌히 응했다. 저녁에 나는 산책을 나섰다. 어제부터 시작된 두통과 현기증이 아직도 그냥 계속되고 있었다. 시간이 경과하고 저녁 어둠이 짙어질수록 내가 받는 인상도 점점 변하여 뒤죽박죽이 되었고, 나의 상념도 그와 마찬가지였다. 나의 내부에서는 뭔가 양심 밑바닥에 숨어 있던 것이 좀처럼 사라지지를 않고 찌르는 듯한 고뇌가 되어 외부로 나다녔다.

나는 메슈찬스키 거리와 사도바야 거리, 그리고 유수포프 공원 등 주로 번화한 상가를 돌아다녔다. 황혼이 깃들일 무렵에 이런 거리들을 산책하기를 나는 무척 좋아했다. 상인들과 직공들 그리고 온갖 종류의 통행인들이 침울한 얼굴로 떼를 지어 직장에서 집으로 돌아가는 바로 그런 시각이 좋았다. 가난의 냄새가 짙게 풍기는 어수선한 광경과 이 산문적인 정취가 특히 마음에 들었다. 그러나 이

날은 이러한 거리의 혼잡이 유달리 내 마음을 자극했다. 아무리 해도 나는 내 마음을 걷잡을 수가 없었다. 무언가 마음속에서부터 일종의 아픔을 동반하면서 자꾸만 치밀어오르는 것이 있었다. 나는 완전한 혼란 상태에 빠져 집으로 돌아왔다. 마치 무슨 범죄가 무거운 돌덩어리처럼 내 영혼을 짓누르고 있는 듯싶은 느낌이었다.

리자가 찾아온다! 이 생각이 줄곧 나를 괴롭히고 있었던 것이다. 이상하게도 어제의 여러 가지 기억 중에서 유독 그녀에 관한 기억만이 따로 떨어진 형태로 나를 괴롭혔다. 다른 일들은 저녁까지 모두 깨끗이 잊어버리고, 아무려면 어떠냐 싶은 심정이었다. 그리고 시모노프에게 보낸 편지에 여전히 만족감을 느끼고 있었다. 그런데 어찌된 일인지 집에 돌아오자마자 그 만족감은 사라져버렸다. 리자의 일이 너무나도 불안했기 때문이다.

'혹시 그 여자가 오면 어떡한다?' 하고 나는 쉴새없이 그 생각만 했다. '흥, 어떡하긴 어떡해! 올 테면 오라지! 하지만 그 여자한텐 보이고 싶지가 않다 ― 내가 사는 꼬락서니를. 어제 나는 그 여자 앞에서는 훌륭한 영웅이 되었었는데…… 지금……. 제기랄! 무엇보다 내가 이런 꼴로 전락한 게 나쁘다. 집 안이 이보다 더 누추할 때는 없을 게다. 게다가 나는 어제 이런 너저분한 옷차림으로 용감히 연회에 나갔으니……. 저기 저 소파도 가죽이 찢어져 안에서 벨이 튀어나와 있지 않은가. 그리고 이 가운만 하더라도 몸뚱이를 제대로 감쌀 수조차 없는 형편이고! 누더기라도 이만저만한 누더기가 아니다. 이런 걸 그 여자는 죄다 볼 게 아닌가. 게다가 저 아폴론 녀석은 필시 그 여자 앞에서 미운한 짓을 해보일 게다. 저놈은 일부러 나를 골려주려고 그 여자한테 듣기 싫은 소릴 하겠지. 그런데도 나는 언제나처럼 겁먹은 듯이 그 여자 앞에서 어정어정 오락가락하는가 하면 가운 앞섶을 여미기도 하고, 공연히 히죽거리면서 거짓말을 늘어놓기에 바쁠 것이다. 제기랄, 생각만 해도 골치가 아프구나! 하지만 그것도 큰 문제는 아니다. 여기엔 뭔가 더욱 중요한, 더욱 추악하고 더욱 비열한 것이 있다! 그리고 또다시 어제처럼 그 파렴치한 허위의 가면을 써야만 하는 것이다……!'

여기에 생각이 미치자 나는 나도 모르게 발끈 성을 냈다.

'뭐가 파렴치하다는 거냐? 어째서 파렴치하단 말이냐! 나는 어제 성실한 마음으로 말하지 않았는가. 나 자신 참된 감정이 솟아오르고 있었다는 걸 지금도 기억하고 있다. 나는 어디까지나 그 여자의 마음에 고결한 감정을 불러일으키려 했다……. 그 여자가 울었다는 건 좋은 징조다. 그건 반드시 좋은 효과를 초래할 것이다…….'

이렇게 고쳐 생각해봤지만 그래도 나는 좀처럼 마음이 안정되지 않았다.

집에 돌아와서 좀 있으니 어느새 아홉시가 지났으므로 이제는 리자가 찾아올 리 만무하다는 걸 잘 알면서도, 밤새껏 그녀의 생각이 끊임없이 머리에 떠올랐다. 그런데 이상하게도 그녀는 언제나 똑같은 모습으로 내 눈앞에 떠올랐다. 즉, 어제 그녀와 함께 보낸 시간 중에서, 어느 한순간만이 분명하게 나타나곤 했다. 그것은, 내가 성냥을 켜서 방을 밝히자, 수난자와 같은, 창백하게 비뚤어진 그녀의 얼굴이 눈에 들어온 바로 그 순간이었다. 그 순간 그녀의 얼굴에 나타난 그 애처롭고 부자연스럽게 일그러진 미소! 그러나 그때만 해도 내가 15년이란 세월이 지난 후까지도 애처롭게 일그러진 미소를 띤 그 순간의 리자를 여전히 회상하게 되리라고는 꿈에도 상상하지 못했다.

이튿날 나는 이런 모든 것을 신경이 피로한 탓으로 돌리고, 아무것도 아닌 일을 내가 너무 과장한 데 지나지 않는다고 생각할 만한 마음의 여유를 되찾게 되었다. 나는 언제나 자신의 이런 약점을 의식하고 있었으므로 때로는 그것을 몹시 두려워했다. '나는 무슨 일이건 언제나 과장하는 버릇이 있다. 그러니 좋은 결과가 있을 리가 없다' 하고 나는 쉴새없이 마음속으로 되풀이했다. 그렇기는 하지만, '리자는 역시 올는지도 모른다'는 이 두 가지 서로 반대되는 생각이 그때 나의 모든 생각의 밑바탕을 이루고 있었다. 나는 불안감에 휩싸여 사뭇 고함을 치기까지 했다. "온다! 그 여자는 반드시 온다! 오늘 아니면 내일은 꼭 온다! 그 따위 순결한 심장을 지닌 자들의 로맨티시즘이란 보통이 아니거든! 그 따위 감상적인 영혼을 지닌 인간들의 천박함, 우열함이란 상상할 수 없을 정도니까! 쳇, 어째서 이걸 몰랐단 말인가?……" 그러나 여기서 나는 적이 곤혹을 느끼며 자신의 독백을 멈추지 않을 수 없었다.

'얼마나 간단한 일이냐!' 나는 어쩌다 이렇게 생각할 때도 있었다. '한 인간의 일생을 이쪽 마음대로, 그것도 당장에 전환시키는 데는 불과 몇 마디 말이면 족하지 않은가! 단지 목가적인 기분을 약간 주입하는 것으로 족한 것이다(그 목가적인 기분이라는 것도 실은 책 같은 데서 따다가 멋대로 꾸며대기만 하면 된다). 그런 것이 바로 처녀성이라는 것이다! 그런 것이 바로 처녀지라는 것이다!'

그런가 하면 또 이런 생각도 머리에 떠올랐다—'나 자신이 먼저 그 여자를 찾아가서 모든 걸 다 털어놓고 나한테 오지 말라고 부탁해볼까.' 그러나 이런 생각을 할 때면 그녀에 대한 적개심이 불현듯 솟아올라서, 만약에 그녀가 내 곁에 있다면 그 '망할 년'을 실컷 모욕하고, 침을 뱉어주고, 사정없이 때려 쫓아버렸을 것이라 생각될 지경이었다.

그러나 하루가 지나고, 이틀이 지나고, 사흘이 지나도 그녀는 찾아오지 않았다. 그래서 마음을 놓기 시작했다. 특히 저녁 아홉시가 지난 후에는 완전히 원기를 회복하고 기분이 명랑해져서 때로는 제법 달콤한 공상에 빠지기까지 했다. 하긴 리자가 가끔 나한테 놀러 와서 내 얘기를 듣는다면, 결국 그 여자는 나한테서 구원을 받게 되는 셈이다. 나는 리자를 교육하고 두뇌를 발달시켜준다. 그러노라면 그 여자가 나를 열렬히 사랑하고 있다는 걸 나도 깨닫게 된다. 그렇지만 나는 일부러 모른 체하고 시치미를 떼는 것이다(왜 시치미를 떼야 하는지 그건 나도 모른다. 아마 단순한 미적 감각 때문일 것이다). 마침내 그 여자는 미안쩍은 태도로 몸을 떨고 흐느끼면서 내 발밑에 무릎을 꿇고 당신은 저의 생명의 은인입니다, 저는 이 세상의 무엇보다도 당신을 사랑합니다, 라고 고백한다. 나는 약간 놀라는 표정을 하겠지만…… 그러나 이렇게 말해준다—리자, 내가 너의 사랑을 눈치채지 못했다고 너는 생각하나? 나는 모든 걸 짐작하고 있었어. 알고 있었어. 그러나 나는 나 자신이 먼저 너의 애정을 바라고 싶지는 않았던 거야. 나의 은혜를 갚는 뜻에서, 억지로라도 나의 사랑에 응해야 한다고 자신을 속박하지나 않을까 두려웠기 때문이지. 있지도 않은 애정을 억지로 일으키려고 한다면 큰일 아닌가. 나는 그런 건 질색이야. 그건 이를테면…… 하나의 횡포니까…… 그건 너무나 가혹한 일이니까……(한마디로 말해서, 나는 여기서 서유럽식인 조르주 상드 식의 더없이 고상하고 우아한 문구를 늘어놓는 것이다……). 하지만 이제는, 이제야말로 너는 내 거야. 너는 나의 창조물이니까. 너는 순결하고 아름답다. 이제 너는 나의 귀여운 아내야!

> 망설이지 말고 어서 들어오라
> 너는 어엿한 주부가 아니냐!
> ─ N.A. 네크라소프의 장시에서

그리고 우리는 둘이서 즐겁게 살면서 외국으로 여행을 하기도 하고, 그 밖의 여러 가지 재미있는 일들을 한다…….

그러나 나 자신 어이가 없어서 결국은 혀를 차고 말았다.

'그리고 그 더러운 년은 오고 싶어도 못 올 거야' 하고 나는 생각했다. '그런 데서는 외출도 맘대로 시키지 않는 모양이니까. 특히 저녁엔 더할 거야.' 나는 왜 그런지 그녀가 반드시 저녁에, 그것도 일곱시경에 올 것만 같았다. '하긴 그 여자 얘기로는 아직 그 집에 완

전히 얽매여 있는 건 아니고 좀 특별한 대우를 받고 있다고 했으니까…… 음! 그렇다면 오긴 올 거야!'

하지만 이때 아폴론이 그 버르장머리없는 태도로 나의 주의력을 딴 데로 돌려준 것은 다행한 일이었다. 이 녀석은 언제나 분통이 터지게 하곤 한다! 이 녀석은 나의 암이요, 하느님이 보내주신 채찍이다! 아폴론하고는 벌써 몇 년 동안이나 서로 아옹다옹해온 사이여서, 나는 이 녀석이 미워 죽을 지경이다. 아마 한평생 이 녀석만큼 밉다고 생각한 인간은 하나도 없을 것이다. 때로는 도저히 참을 수 없는 일도 있었다. 그는 나잇살이나 먹은 데다가 몹시 거드름을 피우는 사내였는데, 한편으론 부업으로 재봉사 일까지 하고 있었다. 그러나 왜 그가 나를 그토록 경멸하고 무작정 깔보려고만 드는지 아무래도 알 수가 없었다. 하기는 그에겐 누구나 깔보는 버릇이 있었다. 하얀 눈썹, 반지르르하게 빗어 붙인 머리, 기름을 발라 닭의 볏처럼 빗어올린 앞머리, V자 형으로 아랫입술을 비죽 내민 거만한 입—이런 것을 보기만 해도, 그가 한 번도 자기 자신에 대해 의혹을 품어본 적이 없는 인간이라는 것을 대번에 알 수 있었다. 그는 굉장한 현학자였다. 그것도 내가 이 세상에서 만난 중에서 최대의 현학자였다. 게다가 마케도니아의 알렉산더 대왕에 비길 만한 자존심의 소유자이기도 했다. 그는 자기 옷에 달린 단추 하나하나, 자기의 손톱 하나하나까지 자랑스럽게 여기고 있었다—이건 틀림없는 사실이다.

나에 대한 그의 태도는 완전히 전제주의여서 여간해서는 말도 잘

하지 않았다. 혹시 내 얼굴을 봐야 할 일이 있으면 자신만만하고 확고한 눈초리에 반드시 냉소를 담고서 바라보았다. 그 때문에 나는 이따금 분통이 터지곤 했다. 맡은 일을 하는 것이면서도 뭔가 나한테 굉장한 은혜라도 베푸는 듯한 태도였다. 하긴, 나를 위해서는 거의 아무것도 하는 일이 없었고, 또 무슨 일을 해야 할 의무가 있다고 생각하지도 않았다. 그가 나를 세상에서, 이 세상에서 제일 가는 바보로 알고 있다는 것은 의심할 여지도 없었다. 따라서 나를 '자기 옆에 놔두고 있는' 것은 단지 매달 나한테서 월급을 받을 수 있다는 한 가지 이유 때문이었다. 그는 '아무 일도 하지 않기 위해서' 7루블의 월급으로 나한테 와 있기로 했던 것이다. 그를 위해선 나도 어지간히 속죄를 하고 있는 셈이다.

때로는 그의 말소리를 듣기만 해도 나도 모르게 경련을 일으킬 만큼 그가 미워질 때가 있었다. 무엇보다 아니꼬운 것은, 그가 말을 할 때마다 혀끝을 돌리듯이 소곤거린다는 점이었다. 그의 혀는 보통보다 기다랗게 생겨먹었는지 언제나 혀를 내두르며 슈슈 소리를 냈다. 그 자신은 그것이 자기에게 위엄을 더해준다 생각하고 몹시 자랑으로 여기는 눈치였다. 그는 늘 뒷짐을 지고 눈을 내리깔고서, 낮은 소리로 시종 여일한 어조를 유지하면서 말을 했다. 특히 자기 방으로 되어 있는 칸막이 저쪽에서 성시편(聖詩篇)을 낭송할 때면 나는 더욱 화가 치밀었다. 그 때문에 그와 얼마나 다투었는지 모른다. 그러나 그는 매일 밤, 마치 초상집에라도 간 것처럼 나직하고 고른 음성으로 노래하듯 낭송하기를 무척 좋아했다. 재미있는 것은, 결국 그가 성시편 낭송을 위해 장례식에 불려다니는 새로운 부업을 가지게 되었다는 것이다. 그와 동시에 쥐잡이 틀과 구두약도 만들어 팔았다. 그러나 그 당시 나는 그를 쫓아낼 수가 없었다. 마치 이 사나이가 내 존재와 화학적으로 융합되어 있는 듯싶었다. 그리고 그 자신도 결코 내 곁을 떠나려 하진 않았을 것이다. 나는 가구가 딸린 셋방 같은 데서 살 수 없었다. 나의 거처는 곧 나의 은신처이며 나의 껍질이며 나의 상자여서, 나는 그 속에서 온 인류를 피해 숨어 살고 있었다. 그런데 아폴론은 어쩐지 내 거처의 부속물같이 생각되었고, 그 때문에 나는 만 7년 동안이나 이 사나이를 쫓아낼 수 없었다.

그뿐만 아니라, 그의 월급만 하더라도 약속된 날로부터 단 2, 3일도 미룰 수가 없었다. 그랬다가는 그야말로 큰일이라도 난 듯이 소동을 일으키는 바람에 나는 쥐구멍이라도 찾아야 할 형편에 이르는 것이다. 그러나 나는 요즘 모든 인간에게 화가 나 있었으므로 이렇다 할 목적도 없이 아폴론에게 '벌을 주는' 뜻에서 2주일쯤 월급 지불을 연기하기로 결심했다. 하기는 벌써 오래전부터, 그러니까 약 2년 전부터 계획해온 일이기는 했다. 다른 이유는 없다. 단지 그가 나한테 그토록 잘난 체할 수 있는 권리는 없으므로 나도 마음만 먹는다면 언제라도 월급을 주지 않을 수도 있다는 걸 보여주고 싶었을 뿐이다. 나는 이것을 그에게 예고하지 않기로 했다. 저쪽에서 먼저 월급 얘기를 꺼내게 함으로써 그의 오만한 콧대를 꺾기 위해서였다. 만약에 그가 말을 꺼내면 나는 서랍 속에서 7루블을 내놓으며, 이만한 돈은 수중에 가지고 있지만 일부러 넣어두었다는 걸 보여주자는 것이었다. 그 까닭은 '그저 월급을 주기가 싫다, 싫다, 싫다, 싫으니까 안 주는 거다.' 왜냐하면 '나는 주인이니까 뭐든지 내마음 내키는 대로 할 수 있기 때문이다.' 그리고 그가 버르장머리없는 놈이기 때문이다. 만약에 그가 정중하게 부탁한다면 나도 고집을 버리고 줄 수도 있는 문제지만, 그렇지 않으면 2주일을 기다리건 한 달을 기다리건 어려움도 없다…….

그러나 내가 아무리 고집을 부려봐도 결국은 그의 승리로 돌아가고 마는 것이었다. 나는 나 홀로 버티어내지를 못했다. 우선 그는 언제나 이런 경우에 사용하는 수단을 썼다(실은 이와 같은 경우가 전에도 있었기 때문이다. 이미 몇 번이나 경험한 일이 있었기 때문이다. 그리고 나는 이 녀석의 비겁한 전술을 미리부터 훤히 알고 있었던 것이다). 전술이란 다름 아니라, 제1단계로 무서울 만큼 엄격한 시선을 나에게 쏟고 몇 분 동안이나 그대로 나를 응시하는 것이다. 특히 나하고 마주치거나 나의 외출을 배웅할 때는 더욱 그러했다. 만약에 내가 모른 체하고 그 시선을 이겨내면, 그는 침묵을 지킨 채 다음 단계의 고문에 착수한다. 예를 들면, 내가 방 안을 거닐거나 책을 읽고 있을 때, 이렇다 할 용무도 없이 슬쩍 내 방에 들어와서는 문 옆에 버티고 선 채 한 손을 등뒤로 돌리고 한쪽 발을 뒤로 당기고서 나를 뚫어지게 바라보기 시작한다. 그 눈초리는 엄격하다기보다는 완전히 경멸을 나타내고 있다. 내가 무슨 용무냐고 물으면 그는 아무 대꾸도 없이 몇 초 동안 내 얼굴을 응시한 후 이상하게 입술을 꼭 다물고 사뭇 의미심장한 표정으로 천천히 몸을 돌려 조용히 자기 방으로 돌아가는 것이다. 그러나 두어 시간 후엔 똑같은 모습으로 또다시 내 앞에 나타난다. 간혹 나는 홧김에 무슨 용무냐고 묻지도 않고 이쪽에서 먼저 준엄한 표정으로 고개를 쳐들고는 그의 얼굴을 뚫어지게 응시한다. 이렇게 우리는 한 2분 동안 서로 얼굴을 쏘아본다. 결국에 가서 그는 거만하게 천천히 몸을 돌려 밖으로 나가서는 두어 시간가량 잠잠해지는 것이다.

그래도 내가 여전히 고집을 꺾지 않고 반항을 계속하면, 그는 나를 바라보면서 별안간 한숨을 짓기 시작한다. 마치 그 한숨으로 나의 타락한 심연의 깊이를 측량하는 듯이 길고 깊은 한숨을 되풀이한다. 그러나 종국에 가서는 완전히 그의 승리로 끝나고 만다. 나는 미친 놈처럼 이치에 닿지 않는 소리를 고래고래 외치지만, 결국은 그에 대한 의무를 이행할 수밖엔 없다.

그러나 이번만은 그의 '엄격한 눈초리'의 기동 연습이 시작되기가 무섭게 나는 제정신을 잃고 미친 듯이 그에게 덤벼들었다. 그렇지 않아도 나의 신경은 너무나 흥분 상태에 있었다.

"이봐!" 하고 나는 소리쳤다. 그것은 그가 한 손을 등뒤로 돌린 채 말없이 몸을 돌려 천천히 제 방으로 되돌아가려는 순간이었다. "기다려! 이리 와! 너한테 할 말이 있다!" 내가 부자연스러울 만큼 큰 소리로 고함을 쳤기 때문인지, 그는 다시 되돌아서서 약간 놀란 얼굴로 나를 훑어보았다. 이것이 또 나의 분통을 터뜨렸다.

"어째서 너는 허락도 없이 멋대로 내 방에 들어와서, 그렇게 내 얼굴을 빤히 바라보는 거냐? 대답해봐!"

그러나 그는 태연하고 침착하게 30초가량 나를 바라보고 있다가, 다시금 돌아서려고 했다.

"기다리라니까!" 나는 그의 곁으로 달려가면서 소리쳤다. "꼼짝 말아! 그리고 대답해, 어째서 너는 내 방에 들락거리며 내 얼굴을 보느냐 말이다!"

"혹시 무슨 분부하실 일이라도 있으면 그걸 하는 게 내 본분이니까요." 그는 다시 잠시 동안 그대로 침묵을 지키고 나서, 눈썹을 쳐들고 머리를 조용히 오른쪽 어깨에서 왼쪽 어깨로 기울이고는, 그 슈슈 하는 소리를 내면서 평탄한 어조로 이렇게 대답했다. 참으로 어이없을 만큼 침착한 태도였다.

"그게 아니야. 그런 걸 묻는 게 아니란 말야. 망할 놈 같으니!" 나는 증오심에 휩싸여 몸을 떨면서 소리쳤다. "그럼 왜 네가 내 방에 드나드는지 내가 가르쳐줄까? 너는 내가 월급을 주지 않을 거라는 걸 알면서도 오만한 성격 때문에 나한테 달라는 소릴 할 수가 없으니까, 그 바보 같은 눈초리로 나의 약을 올려 괴롭히려고 그러는 거야. 그리고 그게 얼마나 어리석은 짓인지 생각해보려고도 하지 않는단 말이다. 이 바보 얼간이 놈아!"

그는 또 아무 말 않고 돌아서려고 했으나, 나는 그를 붙잡았다.

"이봐!" 나는 고함쳤다. "여기 돈이 있다. 자, 봐라!" 나는 서랍에서 돈을 꺼냈다. "7루블 고스란히 가지고 있다. 그러나 네놈한텐 안 준다. 네놈이 공손히 머리를 숙이고 사과하지 않는 한 절대로 안 준다, 안 줘!"

"절대로 그런 짓은 못 하겠습니다!" 그는 부자연스러울 만큼 자신만만한 어조로 대꾸했다.

"시키고 말 테다!" 나는 고함쳤다. "내 명예를 걸고라도 시키고야 말겠다!"

"내가 뭐 당신한테 사과해야 할 일이 없지 않습니까." 나의 고함소리 같은 건 아랑곳없이 그는 말을 계속했다. "그런데도 당신은 나보고 망할 놈이니 바보 얼간이 놈이니 하고 욕을 하셨습니다. 이건 내가 언제든지 경찰에 가서 모욕죄로 고소할 수 있는 일입니다!"

"어서 가! 맘대로 고소해 봐!" 나는 발악하듯 외쳤다. "당장 가서 고소하라니까! 지금 당장 가란 말이다! 어쨌든 네놈은 바보 얼간이야! 바보 얼간이야!"

그러나 그는 나를 흘깃 바라보고 나서 몸을 돌리더니 나의 고함소리 같은 건 들은 체도 않고 어슬렁어슬렁 자기 방으로 가버렸다.

'저자만 없어도 일이 이렇게 되지는 않았을 텐데!' 나는 속으로 이렇게 생각했다. 그리고 1분쯤 그 자리에 서 있다가, 거만하고, 위세 당당한 태도를 유지하면서도 한편으론 가슴의 두근거림을 느끼며, 칸막이 저쪽인 그의 방으로 발을 옮겼다.

"아폴론!" 나는 나직한 목소리로 띄엄띄엄 말했지만, 그래도 숨이 가빴다. "지금 당장 일 분도 지체 말고 경찰을 부르러 갔다와!"

그는 벌써 그 사이에 탁자 앞에 앉아서 안경을 쓰고, 무슨 재봉일 같은 걸 시작하려는 참이었다. 내 명령을 듣자 그는 픽 하고 웃음을

지하생활자의 수기

터뜨렸다.

"지금 당장 갔다오라니까! 만약에 가지 않으면 무슨 일이 일어날지 모른다!"

"정말 당신은 제정신이 아니신가 보군요." 그는 얼굴도 들지 않고 바늘에 실을 꿰면서 여전히 슈슈 소리를 내며 천천히 이렇게 말했다. "도대체 자기 자신을 고소하려고 경찰을 데려오라는 사람이 이 세상에 어디 있겠습니까? 나를 위협하려고 그러시는 거라면 아무리 기를 써봐야 공연한 일입니다. 아무 소용도 없을 테니까요."

"가라니까!" 나는 그의 어깨를 붙잡고 버럭 소리를 질렀다. 금세 그의 머리 위로 주먹이 올라갈 것만 같았다.

그러나 이때 천만 뜻밖에도 현관 문이 조용히 열리고 누군가 살그머니 안으로 들어왔다. 그리고 그 자리에서 걸음을 멈추고 머뭇거리며 우리 두 사람을 살펴보기 시작했다. 나는 그쪽으로 눈을 돌리자마자 부끄러움에 몹시 당황하여 내 방으로 뛰어들어왔다. 그리고 두 손으로 머리카락을 움켜쥐고 벽에다 머리를 처박은 채 꼼짝 못하고 서 있었다. 숨이 끊어지는 것 같았다.

2분쯤 지나자 아폴론의 느린 말소리가 들렸다.

"저기 어떤 여성이 와서, 만나뵙고 싶다고 합니다." 그는 유난히 엄한 눈으로 나를 보면서 이렇게 보고하고는 옆으로 비켜나서 리자를 안으로 들여보냈다. 그리고도 나가려 하지 않고 비웃는 얼굴로 우리 두 사람을 훑어보고 있었다.

"가봐! 어서 가봐!" 하고 나는 허둥지둥 그에게 명령했다. 마침 그 순간 내 방의 괘종시계가 짜내는 듯 찌익 소리를 내면서 일곱시를 쳤다.

## 9

망설이지 말고 어서 들어오라
너는 어엿한 주부가 아니냐!

나는 무엇에 호되게 얻어맞은 듯 볼썽 사납게 당황하면서 그녀 앞에 서 있었다. 그리고 넝마가 다 된 가운 앞섶을 열심히 여미면서 빙그레 웃고 있었던 것 같다— 그것은 바로 엊그제 내가 풀이 죽어 있을 때 마음속으로 상상했던 것과 똑같은 모습이었다. 아폴론은 우리 옆에 2분쯤 그냥 버티고 있다가 결국 물러나가기는 했지만, 그렇다고 별로 편해지지 않았다. 더욱 난처한 것은 그녀까지도 몹시 당황하기 시작했다는 점이었다. 이것은 나도 예기치 못한 일이었다. 물론 그녀는 내 얼굴을 빤히 쳐다보고는 있었지만 말이다.

"앉지 그래!" 나는 기계적으로 말하며 그녀를 위해 의자를 테이블 앞으로 당겨놓고 나서, 나도 소파에 앉았다. 그녀는 눈을 동그랗게 뜨고 나를 계속 응시하면서 순순히 의자에 앉았다. 지금 곧 이 자리에서 무언가를 나한테서 기대하고 있음이 분명했다. 그 순진한 기대가 내 비위에 거슬렸다. 그러나 나는 자제했다.

이런 때일수록 모든 것이 당연하다는 듯이 아무것도 눈치채지 못한 체하고 있어야 할 텐데 이 여자는……. 그래서 나는 막연히 이렇게 생각했다. 그렇다면 이 여자한테 따끔한 맛을 한번 보여줘야지…….

"이상한 장면을 리자한테 보여주었구먼." 이런 식으로 입을 열어서는 안 된다는 걸 알고 있으면서도 나는 말을 더듬으며 시작했다.

"아니, 그렇다고 이상한 방향으로 생각해선 안 돼!" 상대방이 갑자기 얼굴을 붉히는 것을 보고 나는 황급히 소리쳤다. "나는 나의 가난한 생활을 별로 부끄럽게 생각하지는 않으니까…… 오히려 가난한 길 자랑으로 여기고 있어. 가난하긴 해도 나는 고결해. 가난해도 얼마든지 고결할 수는 있으니까" 하고 나는 중얼거리듯 덧붙였다. "그건 그렇고…… 차라도 마실까?"

"아뇨……" 하고 그녀는 대답했다.

"잠깐만 기다려요!"

나는 벌떡 일어나서 아폴론의 방으로 달려갔다. 어디로든 잠시 이 자리를 피해야만 했던 것이다.

"이봐, 아폴론!" 이때까지 죽 손에 쥐고 있던 7루블을 그의 앞에 내던지며 나는 열병 걸린 사람처럼 빠른 소리로 속삭였다. "네 월급이다. 받아라. 그 대신 나를 좀 도와줘야겠다. 지금 곧 음식점에 가서 차하고 비스킷 열 개만 사다줘. 만약에 이걸 거절한다면 너는 나를 불행한 인간이 되게 하는 거야! 넌 저 여자가 어떤 여자인지 잘 모르겠지만…… 아니, 더는 말하지 않겠다! 혹시 넌 무슨 이상한 걸 생각할는지도 몰라…… 그건 저 여자가 어떤 여자인지 모르기 때문이야……."

아폴론은 벌써 일거리 앞에 앉아서 안경까지 쓰고 있었으나, 바늘을 놓으려고도 하지 않고 우선 말없이 곁눈으로 흘긋 돈에다 눈을 주었다. 그러고는 나한테 더는 주의를 돌리려고도 하지 않고 한마디 대꾸도 없이 여전히 바늘에 꿰려던 실 끝을 비비고 있었다. 나는 나폴레옹 식으로(à la Napoléon) 팔짱을 끼고 그의 앞에 3분가량 버티고 서 있었다. 그러나 내 얼굴은 창백했고 관자놀이는 땀에 흠뻑 젖어 있었다. 나는 그것을 느꼈다. 그 동안에 다행히도 그는 내가 가엾게 여겨졌던 모양이다. 바늘에 실을 꿰고 나더니, 천천히 자리에서 일어나, 천천히 의자를 밀어내고, 천천히 안경을 벗고, 천천히 돈을 세고 나서, 어깨 너머로 "두 사람 분을 제대로 가져오랄까요?" 하고 묻더니, 느릿느릿 밖으로 걸어나갔다.

나는 리자한테 되돌아가면서 문득 이런 생각을 했다— 차라리 이대로, 가운을 걸친 채로 어디로든 달아나버리면 어떨까, 나중에야 무슨 일이 일어나건 말건.

나는 다시 앉았다. 그녀는 걱정스러운 눈으로 나를 바라보았다.

잠시 동안 침묵이 흘렀다.

"저런 놈은 죽여버려야 해!" 나는 느닷없이 이렇게 소리치면서 주먹으로 테이블을 힘껏 내리쳤다. 잉크병에서 잉크가 튀었다.

"어머나, 왜 이러세요!" 그녀는 움찔해서 소리쳤다.

"저런 놈은 때려죽여야 한다니까! 암, 죽여야 하고말고!" 나는 테이블을 꽝꽝 치면서 빽빽 고함을 질렀다. 완전히 제정신을 잃고는 있었지만, 한편으로는 이런 미치광이 짓은 참으로 어리석다는 것을 분명히 느끼고 있었다.

"리자, 저 망할 놈이 나한테 얼마나 짓궂게 구는지 넌 모를 거야. 저놈은 나한테 붙어 있는 악마야……. 지금 비스킷을 사러갔지만, 저놈은…….."

이렇게 말하다가 나는 느닷없이 울음을 터뜨리고 말았다. 히스테리의 발작이었다. 나는 흑흑 흐느끼면서도 부끄러워 견딜 수가 없었지만, 아무리 해도 그 흐느낌을 억제할 수가 없었다.

그녀는 질겁을 할 만큼 놀랐다.

"왜 그러세요, 네? 왜 그러세요?" 그녀는 내 옆을 서성거리며 이렇게 외쳤다.

"물을, 물을 좀 줘! 거기 있어!" 하고 나는 가느다란 소리로 중얼거렸다. 하지만 물 같은 건 마시지 않아도 괜찮고, 가느다란 소리로 중얼거릴 것까지도 없다는 것을 의식하고 있었다. 나는 단지 체면을 차리기 위해 연극을 한 것뿐이다. 물론 발작은 진짜였지만.

그녀는 어리둥절한 얼굴로 나를 보면서 물을 내밀었다. 이때 아폴론이 차를 가져왔다. 좀 전에 아폴론과 그런 일이 있던 후이므로, 나는 이 흔해빠진 평범한 차가 무척 흉하고 비참한 것으로 느껴졌다. 리자는 몹시 놀란 눈으로 아폴론을 바라보았다. 그는 우리를 본 체 만 체하고 이내 나가버렸다.

"리자, 너는 나를 멸시하겠지?" 상대방이 무엇을 생각하는지 알고 싶어서 초조하게 온몸을 떨며 나는 뚫어지게 그녀를 응시했다.

그녀는 너무나 당황해서 감히 대답도 하지 못했다.

"차라도 마시라구!" 나는 쓸쓸한 어조로 말했다. 나 자신에게 화를 내고 있었지만 화풀이의 상대는 그녀가 될 수밖엔 없었다. 갑자기 그녀에 대한 무서운 증오심이 내 마음속에서 끓어올랐다. 당장에 죽여버리고 싶을 지경이었다. 그 보복으로 나는 끝까지 한마디도 하지 않으리라 마음먹었다.

'모든 게 이 여자 때문이다!'라고 나는 생각했다.

침묵이 5분 이상이나 계속되었다. 차는 테이블 위에 그대로 놓여 있었으나 우리는 손을 대려고도 하지 않았다. 나는 일부러 마시지 않기로 작정하고, 그것으로 그녀를 더욱 난처하게 해야겠다고 생각했다. 그녀 쪽에서 먼저 찻잔에 손을 대기는 아무래도 어색할 것이다. 그녀는 몇 번이나 서글프고 의아스런 눈으로 나를 보았다. 나는 고집스럽게 지켰다. 주로 괴로움을 맛본 것은 물론 나였다. 왜냐하면 나 자신의 짓궂음과 어리석음을 완전히 의식하고 있었기 때문이다. 그러나 아무리 해도 자신을 제어할 수가 없었다.

"나 거기서⋯⋯ 아주⋯⋯ 나와버리고 싶어요." 어떻게 해서든 침묵을 깨뜨리려고 그녀는 이렇게 말문을 열었다. 그러나 불쌍한 여자다! 다른 일이라면 모르되 이런 얘기를, 그것도 하필이면 이런 어색한 순간에, 더욱이 나 같은 어리석은 인간에게 꺼낸다는 것 자체가 잘못된 일이었다. 나 자신 그녀의 졸렬함과 부질없는 고지식함이 가엾게 여겨져 가슴이 아플 지경이었다. 그러나 다음 순간 무언가 추악한 것이 내 마음속에서 이런 동정심을 짓눌러버리고 말았다. 그뿐만 아니라 더 한층 나를 선동하여 '에라, 될 대로 되라지' 하는 기분이 되게 했다. 다시 5분가량 지났다.

"방해가 되진 않았는지 모르겠어요." 그녀는 들릴락말락한 소리로 띄엄띄엄 말하면서 몸을 일으켰다.

그러나 자존심을 상한 노여움이 처음으로 그녀의 마음속에 불타오르는 것을 눈치채자, 나는 증오감에 휩싸여 온몸을 후들후들 떨면서 버럭 고함을 쳤다.

"대체 넌 뭣 때문에 나한테 왔지? 제발 그걸 말해봐!" 내 말의 논리적 순서조차 생각해보려고도 하지 않고 나는 숨을 헐떡이며 말하기 시작했다. 모든 걸 단숨에 다 말해버리고 싶었기 때문에 무엇부터 시작할 것인지조차 생각지 않았다. "뭣 때문에 왔어? 대답해봐! 대답해보라구!" 나는 거의 제정신을 잃고 이렇게 소리쳤다. "뭣 때문에 왔는지 내가 말해줄까. 네가 여기 온 건 그때 내가 동정의 말을 해주었기 때문이야. 그래서 감상적인 마음이 되어 또 '동정의 말'을 듣고 싶어진 거야. 그렇다면, 말해주마. 알겠나, 나는 그때 너를 놀려준 것뿐이야. 왜 그렇게 오들오들 떨고 있지? 그렇다, 놀려준 거다! 그때 너한테 가기 전에 어느 연회석상에서 나는 모욕을 당했었다. 그 패거리 중의 한 장교를 때려주려고 그 집에 갔던 거야. 그런데 그놈을 놓치고 말았기 때문에 누구한테든 분풀이를 해서 울적한 기분을 풀어야 했다. 마침 네가 나타났기 때문에 나는 너를 실컷 조롱했던 거야. 내가 모욕을 받았으니 나도 누구를 모욕해야겠다는 심사였지. 그랬던 건데, 너는 내가 일부러 너를 구해주기 위해 온 거라고 생각했어. 그렇지, 그렇게 생각했지?"

어쩌면 그녀는 당황한 나머지 내 말을 완전히 이해하지 못했는지 모른다고 나는 생각했다. 그러나 한편으로는 그녀가 내 말의 참뜻을 잘 이해할 것임이 틀림없다는 생각도 들었다. 분명히 그러했다. 그녀는 얼굴이 백지장처럼 창백해지더니, 무언가 말하려는 듯 입술을 병적으로 일그러뜨리며, 도끼로 다리를 후려친 듯이 의자에 푹 주저앉고 말았다. 그러고는 입을 빼끔히 벌린 채 눈을 부릅뜨고 몸을 덜덜 떨면서 내 말을 듣고 있을 뿐이었다. 나의 파렴치한 말이 그녀를 압도해버린 것이다.

"구해주다니!" 나는 벌떡 일어나 그녀 앞을 왔다갔다하며 말을 이었다. "대체 무엇으로부터 구한다는 거지? 더구나 내가 오히려 너보다 훨씬 못한 인간인지도 모르는데. 그때, 내가 설교 같은 소릴 했을 때, 너는 왜 나한테 이렇게 말하지 않았지? —'당신은 뭣 하러 이 집에 왔죠? 설교를 하러 일부러 왔나요?' 하고 말이야. 권력, 그렇다, 그때 나는 권력이 필요했다. 너의 눈물, 너의 굴욕, 너의 히스테리 — 그것이 내겐 필요했던 거야! 하지만 사실대로 말하면, 나는 그때 끝까지 버티어내지를 못했다. 마음이 약한 탓으로 이내 겁을 집어먹었던 거야. 그리고 무엇 때문이었는지 알 수 없지만 경솔하게 너한테 주소를 내주었어. 나는 집에 미처 도착하기도 전에, 주소를 너한테 준 것이 후회되어 그 때문에 도리어 너를 욕하며 원망했다. 나는 이미 그때부터 너를 증오했어. 그것은 그때 내가 너한테 거짓말을 했기 때문이지. 나는 다만 머릿속에서 꾸며낸 말로 너를 우롱하고 싶었을 뿐이야. 실은 내가 무엇을 원하고 있었는지, 그걸 너는 알겠나? 다름 아니라, 너 같은 건 세상에서 없어져버리라는 것이다! 나에겐 안정이란 것이 필요해. 나는 타인으로부터 괴로움을 받지 않기 위해서라면 당장에라도 온 세계를 단돈 1코페이카에 팔아버리겠다! 세계가 파멸하는 것과 내가 차를 마시지 못하게 되는 것과 어느 쪽이 큰일인가! 설사 온 세계가 파멸해버린대도 상관없지만, 나는 언제나 차를 마시고 싶을 때 마셔야 한다. 이걸 너는 알고 있었나, 어떻? 그래서 나는 더럽고 비겁한 인간이고 게을러빠진 이기주의자라는 걸 나 자신 잘 알고 있어. 지난 2, 3일 동안 혹시 네가 오지나 않을까 해서 나는 줄곧 겁이 나서 떨고 있었다. 지난 2, 3일 동안 내가 무엇을 걱정하고 있었는지 너는 아나? 다름 아니라 요전엔 내가 네 앞에서 대단한 영웅이었는데 이번엔 이 넝마 같은 가운을 입은, 거지처럼 추악한 꼴을 너한테 보이게 되지나 않을까 하는 것이었어. 좀 전에 나는 가난 따위는 부끄럽지 않다고 말했지만, 실은 부끄러워하고 있다. 무엇보다 부끄럽다. 무엇보다 무섭다. 도둑질을 한 것보다도 더 부끄럽다. 왜냐하면 나는 허영심이 터무니도 없이 강해서, 마치 껍질이라도 벗기운 듯이 공기가 닿기만 해도 아프기 때문이지. 너는 알아챌 수 있겠나? 아까 사나운 개새끼처럼 아폴론에게 덤벼들었을 때, 나는 너한테 이 너절한 가운 입은 꼴을 들킨 걸 가지고 한평생 너를 원망하게 될 것 같았어. 요전엔 영웅이요 구세주였던 사내가 옴투성이 개새끼처럼 자기 하인한테 덤벼들고 있는데 그 하인 녀석은 오히려 주인을 비웃고 있었으니 말이야! 그리고 아까 내가 마치 모욕받은 계집처럼 네 앞에서 그만 눈물을 흘렸다는 것, 그것 때문에라도 나는 영원히 너를 원망할 거야! 또 지금 너한테 이런 걸 고백하고 있다는 것, 이것 때문에라도 나는 영원히 너를 미워할 거다! 그렇다, 너는 이런 모든 것에 대해 책임을 져야 한다. 왜냐하면 네가 공교롭게 그런 순간에 찾아왔기 때문이다. 왜냐하면 내가 추악한 인간이기 때문이다. 왜냐하면 이 지상에 사는 벌레 중에서도 가장 더럽고 가장 우스꽝스럽고 가장 우둔하고 가장 시시하고 가장 질투심이 강한 벌레이기 때문이다. 다른 놈들도 결코 나보다 나을 것이 없지만, 어찌 된 셈인지 놈들은 절대 부끄러워하질 않아. 그런데 나는 한평생 온갖 아니꼬운 놈들한테 모욕을 받고 있거든. 그것이 내 특성이야! 하긴 네가 그걸 알아주건 말건 나한텐 문제될 게 하나도 없지만 말이야. 도대체 내가 너와 무슨 관계가 있다는 건가? 네가 그 사회에서 멸망하건 말건 그게 나와 무슨 관계가 있어? 그리고 알겠나 — 내가 이런 걸 죄다 털어놓는 것을 네가 여기서 다 들었다는 것, 그것 때문에 나는 너를 더욱더 미워할 거야. 인간이 이런 식으로 몽땅 털어놓고 말하는 건 일생에 한 번밖에 없는 일이거든. 더욱이 이런 히스테리 상태에서 말야! ……이 이상 더 나한테 무슨 용무가 있겠어? 내가 이만큼 말하면 알 만할 텐데, 뭣 때문에 돌아가지도 않고 내 앞에 버티고 서서 나를 괴롭히고 있지?"

그러나 이때 별안간 이상한 일이 일어났다.

나는 무엇이든 소설식으로 생각하거나 공상하는 습관이 붙어 있었고, 또 자기가 전에 공상 속에서 창작한 것처럼 현실을 상상하는 버릇이 있었기 때문에, 이때도 이 기묘한 상황을 이내 깨달을 수가 없었다. 그것은 다름 아니라, 나한테 더할 수 없는 모욕을 받은 리자는 내가 상상한 것보다는 훨씬 많은 것을 이해했다는 사실이다. 그녀는 지금 자기가 보고 들은 모든 것으로부터, 진심으로 사랑하는 여자가 언제나 대번에 깨닫는 것을 깨달았다. 즉 내가 누구보다 불행한 인간이라는 것을 그녀는 직감했다.

그녀의 얼굴에 나타났던 공포와 모욕감은 우선 비통한 경악으로 바뀌었다. 내가 나 자신을 더러운 비열한이라고 욕하면서 눈물을 흘렸을 때(나는 처음부터 끝까지 울면서 이 긴 넋두리를 늘어놓았다) 그녀의 얼굴은 온통 경련으로 일그러졌다. 그녀는 일어나서 내 말을 제지하려 했다. 이윽고 내가 말을 끝냈을 때 그녀의 얼굴에 나타난 것은 '뭣 때문에 가지 않고 여기에 서 있느냐!'는 나의 외침에 대한 원망이 아니라, 나 자신 그런 말을 하기가 무척 괴로울 것이라는 연민의 표정이었다. 그러나 그녀는 불쌍할 만큼 학대받은 여자이며 나보다 훨씬 열등한 인간이라고 생각하고 있었기 때문에 나는 모욕을 느끼거나 화를 낼 이유가 없었다.

그녀는 무언가 억제할 수 없는 충동을 받은 듯이 의자에서 벌떡 일어났다. 나한테 몸을 던질 듯한 기세를 보이면서도 역시 망설여지는 듯 그 자리에서 머뭇거리면서 두 손을 내밀었다……. 그러자 나도 가슴속이 뒤집히는 것만 같았다. 그때야 그녀는 와락 나한테 덤벼들어 양손으로 내 목을 얼싸안고 울음을 터뜨렸다. 나도 참지를 못하고 함께 따라서 울었다.

"나는 선량한 인간이…… 될 수가 없어…… 사람들이 그걸 허용하지 않는 거야!" 나는 간신히 그렇게 말하고, 소파로 다가가서 거기 엎드린 채 진짜 히스테리를 일으켜 15분가량 통곡을 계속했다. 그녀는 내 곁에 바싹 들러붙어 내 몸을 꼭 껴안은 채 그 포옹 속에서 마비된 것 같았다.

그러나 얼마 안 있어 히스테리도 가라앉아야 할 때가 왔다. 난처한 일이었다. 그래서 (나는 감히 이 혐오스런 진실을 그대로 쓰겠다) 소파에 엎드려 싸구려 가죽 쿠션에 얼굴을 파묻고 있던 나는, 이제 얼굴을 처들고 리자의 얼굴을 똑바로 보기가 몹시 쑥스러우리라는 것을 조금씩, 그러나 분명히 느끼기 시작했다. 무엇이 부끄러웠는가? 그건 나도 모르겠지만, 하여튼 부끄러웠다. 그리고 또 이런 생각도 나의 혼란된 머릿속에 떠올랐다— 지금 우리 두 사람의 역할은 근본적으로 바뀌어서, 이번엔 그녀 쪽이 영웅이고 나는 바로 나흘 전 그날 밤의 리자와 마찬가지로 가련하게 압도당한 인간에 지나지 않게 되어버렸다……. 이런 생각이 소파에 엎드려 있는 동안 머리에 떠오른 것이다!

아아, 이 무슨 꼴이냐! 나는 그때 과연 그녀를 부럽게 여겼을까? 모르겠다. 여태까지도 해답을 얻지 못하고 있다. 그러니 그때는 물론 지금보다 더 알 턱이 없었던 것이다. 상대가 누구건 간에 타인에 대한 권력과 횡포 없이는 나는 하루도 살아갈 수 없는 인간이다……. 그러나…… 그러나 이론만으론 아무것도 설명할 수 없으므로 이론 같은 건 아무리 전개해봐야 소용없다.

그러나 나는 스스로를 억제하고 고개를 쳐들었다. 사실 언젠가는 쳐들지 않을 수 없을 것이다……. 즉, 그녀의 얼굴을 보기가 부끄러웠기 때문이겠지만, 그때 내 마음속에는 갑자기 또 하나의 감정이 확 타올랐다……. 그것은 지배욕과 점유욕이었다. 내 눈은 정욕으로 빛났다. 나는 그녀의 손을 꽉 쥐었다. 그 순간 나는 얼마나 그녀를 증오하고 또 얼마나 그녀한테 마음이 끌렸는지 모른다! 이 두 감정은 서로 불을 지르는 격이었다! 그것은 거의 복수에 가까웠다! 그녀의 얼굴엔 우선 의아스러운 공포의 빛이 떠올랐으나 그것은 한순간뿐이었다. 그녀는 환희에 넘쳐서 성열직으로 나를 포옹했다.

## 10

15분쯤 지나서, 나는 형언할 수 없는 초조감에 휩싸여 방 안을 이리저리 거닐고 있었다. 그리고 연신 칸막이 옆으로 다가가서 틈새로 리자를 들여다보곤 했다. 그녀는 침대 모서리에 머리를 기대고 방바닥에 주저앉아 있었다. 아마 울고 있었을 것이다. 그러나 돌아가려는 기색은 없었다. 그것이 나를 안절부절못하게 했다. 이번에야말로 그녀는 모든 걸 죄다 알았을 게다. 나는 철저하게 그녀를 모욕한 것이다. 그렇지만…… 새삼스레 말해봤자 아무 소용도 없다. 그녀는 나의 정욕의 발작이 복수에 지나지 않는다는 것을, 자기에게 가해진 새로운 굴욕에 지나지 않는다는 것을 깨달은 것이다. 조금 전까지 내가 품고 있던 대상 없는 증오에, 이번엔 그녀에 대한 개인적인 선망에 찬 증오가 합쳐졌다. 그것을 그녀는 깨달은 것이다.

물론 그녀가 이런 것을 죄다 분명히 깨달았다고 단언할 수는 없다. 그러나, 그 대신에 내가 더러운 인간일 뿐만 아니라, 무엇보다 그녀를 사랑할 능력이 없는 인간이라는 것을 완전히 이해한 것이다.

여기에 대해서 당신들은, 그런 일은 있을 수 없다, 너처럼 그렇게 심술궂고 우둔한 인간이 있다고는 도저히 믿을 수 없다고 말할는지 모르겠다. 그뿐만 아니라 그녀를 사랑하지 않는다는 건, 적어도 그녀의 애정을 존중하지 않는다는 건, 믿을 수 없는 일이라고 덧붙일는지 모른다. 하지만 어째서 믿지 못하겠단 말인가? 첫째, 나는 이미 사랑을 할 수조차 없게 된 인간이다. 왜냐하면 거듭 말하거니와 나에게 있어 사랑한다는 것은 정신적으로 우월권을 잡고 폭군처럼 행동하는 것이기 때문이다. 나는 한평생 이와는 다른 사랑을 상상조차 할 수 없었다. 그리고 지금은 사랑이란, 상대방에게 폭군처럼 행동할 수 있는 권리, 그것도 상대방이 기꺼이 나한테 자진해서 바친 권리라고까지 생각하기에 이른 것이다.

나는 지하생활의 공상 속에서도 사랑이란 것을 하나의 투쟁으로밖엔 상상해본 적이 없었다. 따라서 나의 경우 사랑은 언제나 증오에서 시작하고 정신적인 정복으로 끝났다. 그다음에 정복한 대상을 어떻게 처리하면 좋을지 그런 건 내가 알 턱이 없었다. 게다가 나는 정신적으로 완전히 부패하고 현실 생활에서 멀리 떨어져 있어서, 좀 전에 그녀에게 "너는 동정의 말을 듣고 싶어서 나를 찾아온 거지?" 하고 모욕을 주기까지 했으니, 굳이 이런 경우를 믿지 못하겠다고 우길 건 없지 않은가.

그건 내가 미처 알아채지를 못했기 때문이었다. 그녀가 찾아온 것은 결코 동정의 말을 듣고 싶어서가 아니라 나를 사랑하기 때문이었다. 왜냐하면 여자에게는 다름 아닌 사랑 속에 모든 부활이 깃들어 있기 때문이다. 온갖 파멸에서 나온 구원과 갱생이 깃들어 있기 때문이다. 이것 이외엔 부활의 길이 없지 않은가.

그러나 나는 방 안을 돌아다니다가 칸막이 틈새로 안을 들여다보곤 했을 때 그녀를 그다지 증오하고 있었던 건 아니다. 다만 그녀가 여기 있다는 사실 때문에 견딜 수 없이 초조했을 뿐이다. 그녀가 빨리 사라져주기를 바랐다. 나는 '안정'을 원했다. 지하의 세계에 혼자 남아 있기를 원했다. 너무나 오랫동안 떨어져 살아서 이제는 아주 생소해진 이 '현실 생활'이 숨막힐 듯 나를 압박했다.

몇 분이 또 지났다. 그녀는 여전히 일어나려고도 하지 않고 얼빠진 사람처럼 멍하니 앉아 있었다. 나는 뻔뻔스럽게도 그녀의 주의를 일깨우려고 칸막이를 톡톡 두드려보았다. 그녀는 움찔하며 벌떡 일어나더니, 마치 나를 피해 어디로 도망치려는 듯이, 외투며 모자며 숄이 있는 곳으로 달려갔다······. 2분쯤 지나서 그녀는 조용히 칸막이 뒤에서 나와 무거운 눈길로 나를 쳐다보았다. 나는 씁쓸한 표정으로 히죽 웃었으나, 그것은 억지로 갖다붙인 겉치레에 지나지 않았다. 나는 그녀의 시선을 피해 얼굴을 돌려버렸다.

"안녕히 계세요." 문 쪽으로 걸어나가며 그녀는 이렇게 말했다.

나는 갑자기 그녀 옆으로 달려가 그 손을 잡고, 손바닥을 펴고서 그 안에 뭔가를 집어넣고······ 그리고 다시 손가락을 굽혀주었다.

그러고는 곧 외면을 하고 한쪽 구석으로 물러났다. 적어도 내 눈으로 직접 보지는 않으려고…….

나는 지금 이 자리에서, 내가 그때 이런 짓을 한 것은 정신없이 당황하여 실수를 한 것이었다고 거짓말을 하고 싶을 지경이다. 그러나 거짓말을 하고 싶지 않으므로 정직하게 말해버리기로 하겠다. 내가 그녀의 손을 펴고 돈을 쥐어준 것은…… 단지 짓궂은 장난에 불과했다. 이것은 방 안을 왔다갔다하며 칸막이 안쪽을 들여다보곤 했을 때 문득 떠오른 일이었다. 그러나 이것만은 단언할 수 있다─나는 이런 잔인한 짓을 하기는 했지만 그것은 본심에서가 아니라 저열한 두뇌에서 나온 것이다. 그것은 일부러 머릿속에서 꾸며낸 연극이었으므로 나 자신 1분도 견디어낼 수가 없을 지경이었다. 처음엔 내 눈으로 보고 싶지가 않아서 한쪽 구석으로 얼른 물러나기는 했지만, 이윽고 수치와 절망에 휩싸여 리자의 뒤를 쫓아 달려나갔다. 현관으로 통하는 문을 열고 귀를 기울여보았다.

"리자! 리자!" 층계 쪽을 향해 불러보았다. 그러나 그것은 부자연스러울 만큼 가느다란 목소리였다.

대답이 없었다. 층계 아래쪽에서 그녀의 발소리가 들리는 것 같았다.

"리자!" 이번엔 좀 큰 소리로 불렀다.

역시 대답이 없다. 그 순간 밖으로 나가는 무거운 유리문이 삐걱 하고 열리고 곧 이어 쾅 닫히는 소리가 메아리치듯 층계를 따라 울려 올라왔다.

그녀는 가버렸다. 나는 생각에 잠기며 방으로 되돌아왔다. 참을 수 없이 침울한 기분이었다.

나는 그녀가 앉았던 의자 옆에 멈춰 서서 흐릿한 눈으로 앞을 바라보고 있었다. 1분쯤 지났을까, 나는 별안간 움찔하고 몸을 떨었다. 바로 눈앞의 테이블 위에서 무언가 눈에 띈 것이다……. 한마디로 말해서, 꼬깃꼬깃 구겨진 파란 5루블짜리 돈을 발견한 것이다. 방금 그녀의 손에 쥐어준 것과 같은 돈이다. 그 돈이 틀림없다. 다른 돈이 있을 리 없다. 그것 말고는 집 안에 그런 게 없지 않았는가. 그러고 보니 그녀는 내가 구석으로 물러난 사이에 얼른 이 돈을 테이블에다 던져버린 것이다.

어찌 된 셈인가? 그녀가 이렇게 하리라는 건 나도 예측할 수 있지 않았는가. 하지만 정말로 예측할 수가 있었을까. 아니다, 나는 철저한 에고이스트여서 실제로 인간을 존경하는 일이 절대 없었기 때문에, 그녀가 이렇게 하리라는 건 상상조차 할 수 없었던 것이다. 하지만 이것만은 도저히 참을 수 없었다. 잠시 생각한 후 나는 미치광이처럼 외투를 걸치고 허겁지겁 그녀의 뒤를 쫓아 달려나갔다. 내가 한길로 나갔을 때 그녀는 아직 1백 미터 정도밖엔 떨어져 있지 않았다.

주위는 조용했다. 눈은 거의 수직으로 펑펑 쏟아지면서 보도와 차도에 부드러운 쿠션을 깔고 있었다. 한길은 인적 하나 없이 쥐 죽은 듯 고요했다. 가로등만이 쓸쓸하게 반짝이고 있었다. 나는 거리 모퉁이까지 1백 미터가량 단숨에 달려갔으나, 거기서 걸음을 멈추지 않을 수 없었다. 대체 어느 쪽으로 갔을까? 그리고 난 뭣 하러 그녀를 쫓아가고 있을까?

뭣 하러? 그녀 앞에 엎드려 회오의 눈물과 함께 그 발에 입을 맞추면서 용서를 빌기라도 하겠단 말인가? 그렇다, 정말 그럴 생각이었다. 나는 가슴이 찢어질 것만 같았다. 아마도 영원히 나는 이때의 일을 태연한 마음으로 추억할 수는 없을 것이다. 그러나, '뭣 때문에?'라는 의문이 내 마음속에 일어났다. 내가 오늘 그녀의 발에 입을 맞추면 오히려 그 때문에 내일부터라도 곧 그녀를 증오하게 되는, 그런 일이 과연 없다고 할 수 있을까? 도대체 나에게 그녀를 행복하게 해줄 능력이 있단 말인가? 나는 전에 이미 열 번 백 번 경험한 것처럼 오늘도 자신의 진짜 모습을 다시금 인식하지 못했단 말인가? 그리고 나는 과연 그녀를 괴롭히지 않을 거란 말인가?

나는 눈을 맞으며 선 채 이런 것을 생각했다.

'차라리 이게 좋지 않을까? 앞으로도 이제 좋지 않을까?' 집에 되돌아와서도 나는 망상을 계속했다. 망상으로 생생한 마음의 아픔을 지우려는 듯이. '그녀가 영원히 모욕을 느끼며 떠나갔다니 오히려 잘된 일인지 모른다. 모욕이란 건, 이를테면 일종의 정화 작용이니까. 모욕이란 무엇보다도 신랄하고 통렬한 의식이니까! 나는 내일이라도 곧 그녀의 영혼을 더럽히고 그 마음을 피곤하게 만들지도 모르지 않는가. 하지만 이렇게 하면 모욕은 결코 그녀의 마음속에서 지워지지 않을 것이다. 그리고 아무리 추악한 오욕이 그녀를 기다리고 있다 하더라도, 이 모욕은…… 증오의 힘으로 그녀를 높은 데로 이끌고 정화할 것이다……. 그렇다! 어쩌면 죄의 힘으로, 라고 말하는 편이 적절할는지 모른다……. 하지만 그렇다고 그녀가 과연 편해지기라도 할 거란 말인가?'

이번엔 내가 당신들한테 진지하게 한 가지 묻고 싶다― 값싼 행복과 고결한 고민 중에 과연 어느 쪽이 좋을까?

그날 밤 나는 방 안에 틀어박혀 마음의 아픔에 몸부림치며 이런 걸 공상했다. 이때만큼 한없는 고통과 회한에 시달린 적은 일찍이 없었다. 그러나 내가 집에서 달려나갈 때 결국은 도중에 되돌아오고 말 것이라는 걸 나 자신 느끼지 않았단 말인가?

그 후 나는 한 번도 리자를 만나지 못했고 소문조차 듣지 못했다. 한 가지만 더 말해두겠는데, 그 당시 나는 그러한 고뇌 때문에 거의 앓아누울 지경에까지 이르렀으나, 그럼에도 모욕과 증오의 이점에 관한 자신의 정의에 오랫동안 만족을 느꼈다.

그로부터 몇 해가 지난 지금도, 이 에피소드를 회상하면 말할 수 없이 불쾌한 기분을 느끼게 된다. 지금도 돌이켜보면 불쾌한 일이 한두 가지가 아니지만, 그러나…… 이제 그만 이 '수기'를 끝맺는 게 좋지 않을까? 어쩌면 이 따위를 쓰기 시작한 것 자체가 처음부터 잘못이었는지 모른다. 적어도 나는 이 '소설'을 쓰고 있는 동안 줄곧 부끄러움을 느꼈다. 그러고 보면 이것은 이미 문학이라기보다는 일종의 징벌 수단이다.

그뿐만 아니라, 나는 구석진 곳에 틀어박혀 돈도 없이 모든 현실과 인연을 끊은 채 지하의 세계에서 증오와 원한을 쌓아올리는 것으로 자기의 생활을 소모했다는 등의 얘기를 길게 늘어놔봐야 하나도 재미가 없을 건 뻔한 일이다. 소설엔 주인공이라는 게 필요하다. 그런데 여기엔 일부러 계획한 것처럼 주인공다운 것과는 정반대되는 성질만을 하나하나 거둬 모아놓지 않았는가. 그리고 첫째로 이런 일은 독자에게 불쾌한 인상을 주게 마련이다. 왜냐하면 우리가 모두 실생활에서 동떨어져 있어서 생활이란 것을 잊어버렸기 때문이다. 정도의 차이는 있어도 모두들 정신적으로 절름발이이기 때문이다. 너무나 멀리 동떨어져버려서 때로는 '산 생활'에 대해 일종의 혐오를 느낄 지경이다. 그 때문에 '산 생활'을 상기시키는 걸 좋아하지 않는 것이다. 사실 우리는 이제 병이 고질화되어, 진짜 '산 생활'을 마치 무슨 힘든 노동이나 되는 것처럼 느끼며, 차라리 '소설식인' 생활 쪽이 좋다고 모두들 속으로 생각하게끔 되어버린 것이다.

도대체 우리는 무엇 때문에 이따금 이상한 행동을 하는 걸까? 무엇 때문에 변덕을 부리는 걸까? 대체 무엇이 소원일까? 자기 자신도 모른다. 만약에 우리의 변덕스런 소원이 이루어진다면 그때는 오히려 곤란을 느낄 것이다. 시험삼아 우리에게도 좀 녹녹성을 부여하고, 우리 손에서 밧줄을 풀어 활동 범위를 넓혀줘보라. 그렇게 하면 우리는 곧…… 그전처럼 다시 감독해주십사, 하고 애원할 게 틀림없다. 아마 당신들은 나의 이 말에 화를 내어 발을 구르며 호통을 칠 것이다―"너 자신의 얘기만 해라. 너 자신의 비참한 지하생활 얘기만 하면 되지 어째서 '우리는 모두들'이라고 남까지 끌고 들어가느냐?"

그러나 미안하지만 나는 '모두들'이란 말을 변명의 도구로 사용할 생각은 추호도 없다. 나 자신에 관해서만 말한다면, 나는 일생 동안 줄곧 당신들이 반도 추구할 용기가 없었던 것을 극단까지 추구한 것뿐이다. 당신들은 자신의 소심함을 분별력이라 생각하고 스스로를 기만하면서 그것으로 자위하고 있었던 것이다. 그러니까 당신들에 비하면 오히려 내가 몇 배나 더 생기 있다고 할 수 있다. 눈을 좀 더 크게 뜨고 잘 보라! 사실 지금 어디에 살아서 생활하는 것이 있는가? 그 살아 있는 것은 대체 무엇이며 뭐라고 불리우고 있는가? 그것조차 우리는 모르고 있잖은가? 가령 우리한테서 책이라는 걸 모조리 빼앗아보라. 우리는 곧 당황하여 어찌할 바를 모르게 될 것이다. 예를 들어, 어디에다 자신을 맞춰야 할지, 무엇에 기준을 두어야 할지, 무엇을 사랑하고 무엇을 미워해야 할지, 무엇을 존경하고 무엇을 경멸해야 할지, 모든 것이 캄캄해져버릴 것이다. 그뿐만 아니라, 우리는 자기가 인간이라는 것조차—'자기 자신'의 육체와 피를 가진 인간이라는 것조차 싫증이 나서 그것을 부끄럽게 여기고 수치로 생각하면서, 뭔가 여태까지 없었던 일반적인 인간이 되려고 열심히 기회를 엿보고 있는 것이다. 우리는 이를테면 생명 없는 사산아, 그것도 살아 있는 아버지한테서 태어난 것이 아닌, 몇 대에 걸친 사산아인 것이다. 그뿐만 아니라 그것이 점점 우리의 기호에 맞아가는 모양이다. 멀지 않은 장래에, 되도록이면 아버지 아닌 관념에서 인간이 태어나도록 궁리를 하게 될 게 틀림없다. 하지만 그만두기로 하자—나는 이제 '지하의 세계'에서 글을 쓰기가 싫어졌다.


 이 역설가의 '수기'가 이것으로 아주 끝난 것은 아니다. 그는 참지를 못하고 또다시 계속해서 글을 쓰기 시작했다. 그러나 이 얘기는 여기서 일단 끝맺는 편이 좋을 것 같다.

**작품 해설**

　러시아가 낳은 세계적인 문호 도스토옙스키(1821~1881)가 서거한 지도 이미 한 세기가 지났다. 그러나 그의 문학은 날이 갈수록 새로운 문제점을 제시해주면서 활발한 논쟁의 대상이 되고 있으며, 세계 여러 나라의 이름 있는 문학인이 단행본으로 출간한 그에 관한 연구 서적만도 수백 종에 달한다. 하지만 아무도 그의 문학을 한마디로 적절히 정의한 사람은 없다. 그에게 주어진 각양각색의 타이틀, 즉 실존과 자학의 작가, 분열과 부조리의 작가, 인간 영혼을 투시한 복음의 작가, 추리소설적 수법을 문학예술에 적용한 심리주의 작가, 현대의 도시 시인 등의 다양한 평가는 곧 그의 문학 세계의 다면성과 이원적인 모순성, 난해성과 신비성을 단적으로 입증해준다.

한마디로 말해서 도스토옙스키의 문학 세계는 울창한 원시림, 깊은 동굴과 심연, 무수한 태산준령으로 이루어진 신비경이다. 그렇기 때문에 그의 문학을 완전히 이해한다는 것은 지극히 어려운 일이다. 그의 병적인 성격과 그 포착하기 힘든 실존주의적 발상, 비길 데 없이 강렬한 그의 독창적인 사상, 그리고 그가 몸소 상처를 입으면서 탈출해 나온 19세기 러시아 사회의 복잡다단한 정신 상태, 이러한 것들이 또한 그의 문학을 이해하는 데 주요한 장애물로서 우리 앞에 겹겹이 나타난다.

평생을 두고 그를 괴롭힌 간질병, 사형대 위에 올라(그는 사형 집행 직전에 특사를 받아 목숨을 구했다) 감지한 죽음의 심연, 생지옥과도 같은 시베리아의 감옥 생활, 빚쟁이의 시달림에서 한시도 벗어날 수 없었던 경제적 빈궁…… 이렇게 그는 육체적으로나 정신적으로 인간이 겪을 수 있는 최대의 고난을 다 겪으면서, 한편으로는 인간의 내부에 공존하는 모순된 두 개의 요소, 선성(善性)과 잔인성, 신성과 악마성, 인종(忍從)과 반항 의식, 우월감과 열등감 등 이른바 이중인격을 발견하고, 온갖 방면으로 그것을 추구하는 데 불굴의 노력을 기울였다.

도스토옙스키는 이와 같은 인간 내부의 상호 모순하는 요소 사이의 대립과 투쟁을 기조로 하여 커다란 사회, 윤리, 철학의 문제로 독자적인 사색을 확대함으로써 《죄와 벌》, 《백치》, 《악령》, 《카라마조프가의 형제들》 등 새로운 사상 소설의 영역을 개척해나갔다.

1864년 《시대》에 발표된 《지하생활자의 수기》는 이러한 대작들에서 발전시킨 예술적 모티프의 밑바탕을 남김없이 내포하고 있다는 점에 커다란 의의가 있다. 앙드레 지드도 이 작품을 가리켜 '도스토옙스키의 전 작품을 이해할 수 있는 열쇠'라고 평한 바 있지만, 독자는 이 열쇠를 도스토옙스키 특유의 신경질적인 냉소와 야유, 반어와 역설 등의 모순투성이인 '잡탕' 속에서 스스로 찾아내야만 한다.

이 작품의 중요 부분인 1부는 태반이 예술적 형상의 옷을 입히지 않은 알몸 그대로의 고찰과 논의로 이루어져 있으며, 더욱이 작가 자신의 내부 세계를 형성하고 있는 사상과 감정이 자유분방하게 토로되어 있다. 이것은 당시 러시아의 혁명적 사상의 대표자 격이었던 체르니셰프스키(1828~1889)의 소설 《무엇을 할 것인가》에 대한 반박으로 쓴 게 분명하다. 그 무렵 도스토옙스키는 모든 사회주의 학설에 극도의 증오를 품고, 사회주의 이론의 합리적 사회 통제를 개인의 노예화, 개성의 유린이라고 규정했다.

그는 《무엇을 할 것인가》 속에서 푸리에의 공산공동사회의 이상화를 발견하고 그것을 반어적으로 '수정궁'이라 부르면서 냉소를 퍼부은 것이다. 만약에 이 수정궁이라는 것이 건설되면, 그때는 이지(理智)가 완전히 의지 위에 군림하여 모든 인간 행위는 대수표 같은 것으로 명확하게 분류되고, 인간은 자기의 정상적인 이익을 올바르게 이해하여, 표로 자기 행위를 논리적으로 결정하게 되리라는 것이다. 그러나 도스토옙스키는 이런 공리주의적인 이론을 전적으로 믿으려 들지 않는다.

만약에 그런 수정궁이 실현되더라도, 인간의 자유 본능이 그 존재를 허용하지 않을 게 틀림없다. 그런 '합리적인 생활' 속에 갇히게 되면 인간은 권태를 이기지 못해, 분명히 자기에게 이롭지 못하리라는 것을 알면서도, 단지 자신의 자유의지에 따라서 살고 싶다는 생각 때문에 이지의 법칙에 반항하여 일체의 대수표를 걷어차버리게 될 것이라는 것이다.

여기서 중요한 것은 사회주의 학설에 대한 비판이 아니다. 현대 사회에 만연해 있는 공리주의적인 개성 무시의 경향에 대해 통렬한 타격을 가하고 있다는 점이 더욱 중요하다.

이 작품의 2부를 이루는 주인공의 행동의 전부 ― 단지 자기 자신과 타인에게 불쾌감과 고통을 초래할 뿐인 송별 연회 참석, 불행한 윤락 여성에 대한 무의미하고 잔인한 행위 ― 이런 것은 의욕에 대한 이지의 지배가 무력하다는 것을 보이기 위해서 필요한 삽화적 장면이다. 즉 인간의 의욕은 아무리 비이성적인 형태로 나타나더라도 의식의 힘으로 그것을 저지할 수도 없거니와 인간 행위를 지도할 수도 없다. 이것이 작가가 논증하려고 시도한 점인 것 같다. 그러나 여기에는 주인공의 정신적 분열이라는 것도 고려해야 하고, 문명의 결과로서 인간의 다면성이라는 문제도 제기되며, 고통의 찬미라는 사상도 중요한 역할을 하고 있으므로, 이 작품이 내포하는 모든 사상을 질서정연하게 한데 묶을 수는 없는 일이다. 여기서는 사상과 사상, 사상과 심리가 서로 엇갈리고 때로는 서로 부정하면서, 도스토옙스키의 복잡한 내부세계의 끝없는 심연을 전개하고 있기 때문이다. 하여튼 이《지하생활자의 수기》는 도스토옙스키의 예술에서 선명한 분계선을 이루는 것으로, 이 작품이 발표된 1864년까지 그는 단지 러시아 문단의 일류 작가에 지나지 않았지만, 1864년 이후의 그는 인류를 위해 새로운 경지를 개척한 세계적 천재가 되었다.

옮긴이

## 표도르 도스토옙스키 연보

1821년    구력으로 10월 30일(그레고리력으로 11월 11일), 모스크바 마린스키 빈민구제병원의 의사인 아버지와 신앙심이 깊은 자상한 어머니 사이에서 둘째 아들로 태어났다.

1834년    형 미하일과 함께 명문인 모스크바 체르마크 기숙학교에 입학했나.

1837년    2월 어머니가 폐병으로 사망했다. 문학을 공부하고 싶었으나 아버지의 권유로 육군공병학교에 입학하고자 5월 페테르부르크로 가서 예비학교에 등록했다. 아버지는 퇴직 후 시골 영지로 이주했다.

1838년    육군공병학교에 입학했으나 사교적이지 않은 성격 탓에 공병학교 생활에 적응하지 못했다. 프랑스인 문학 교사의 영향으로 발자크, 위고, 호프만, 괴테의 저서를 탐독하고 글쓰기를 계속하면서 문학적 감수성을 키웠다.

**1839년** 6월 아버지가 자기 영지의 농노들에게 살해당했다.

**1842년** 육군 소위로 임관해 이듬해 8월 페테르부르크 공병단 제도국에 배치되어 복무했다.

**1844년** 10월 육군 중위로 진급한 후 문학 창작에 전념하기 위해 전역했다.

**1846년** 문예지에 소설 《가난한 사람들》을 발표하며 문단에 데뷔했다. 이 작품이 선풍적인 인기를 끌면서 이후 활발히 작품을 집필하고 발표했다. 혁명적 성향의 귀족 청년 페트라셉스키와 교유했다.

**1847년** 페트라셉스키를 중심으로 한 사회주의 청년 모임에 가입해 정기적으로 출석했다.

**1849년** 4월 사회주의 청년 모임에서 '고골에게 보낸 벨린스키의 편지'를 낭독했다는 죄로 체포되어 다른 회원들과 함께 페트로파블롭스크 요새 감옥에 감금되었다. 이후 사형선고를 받았으나 12월 22일, 사형 집행 직전에 황제의 특별사면을 받아 4년간 사병 근무로 감형받았다.

**1854년** 형기를 마치고 시베리아 국경 수비대에서 사병으로 근무했다. 이때 세무 관리의 아내 마리야 드미트리예브나 이사예바를 만났다.

**1857년** 남편과 사별한 마리야와 2월 6일 결혼했다.

| | |
|---|---|
| **1859년** | 소위로 전역해 페테르부르크로 귀환을 허락받아 12월 이주했다. |
| **1861년** | 형 미하일과 함께 월간지《시대》를 창간해《학대받는 사람들》과《죽음의 집의 기록》을 연재했다. |
| **1864년** | 1월 새 잡지《세기》를 창간하고 소설《지하생활자의 수기》를 발표했다. 4월 아내 마리야가 폐결핵으로 사망하고 7월 정신적 지주였던 형 미하일이 막대한 빚을 남기고 사망했다. |
| **1865년** | 재정난으로《세기》를 폐간하고, 형이 남긴 빚과 자신의 도박 빚 때문에 이반 투르게네프 등 지인에게 돈을 빌려달라고 요청했다. 여름에 새 장편《죄와 벌》의 집필을 시작했다. |
| **1866년** | 1월부터《러시아 통보》에《죄와 벌》을 연재하기 시작했다. 빚 탕감을 위해 작품을 빨리 집필하고자 속기사 안나 스니트키나를 채용했다. 출판업자에게 빌린 돈을 갚기 위해 구술로 26일 만에 소설《도박자》를 완성했다. |
| **1867년** | 2월 속기사 안나와 결혼했다. 4월부터 채권자를 피해 안나와 함께 유럽 여러 도시를 4년 넘게 떠돌며《백치》,《영원한 남편》,《악령》등의 작품을 구상하고 집필했다. |
| **1871년** | 페테르부르크로 돌아와 작품 활동을 이어가며 이듬해부터 보수 성향의 주간지《시민》의 편집장으로 재직했다. |
| **1874년** | 4월 건강상의 이유로《시민》에서 퇴직하고 6월부터 독일을 여행하며 소설《미성년》을 구상했다. |
| **1876년** | 1월 월간지《작가 일기》발간을 시작해 여러 작품과 비평을 |

발표했다.

**1879년** 1월부터 소설《카라마조프가의 형제들》을《러시아 통보》에 연재했다. 7월 런던에서 개최된 국제작가회의에서 국제작가협회 명예 위원으로 선출되었다. 신체적, 정신적으로 매우 쇠약해진 상태에서도《카라마조프가의 형제들》집필을 이어갔다.

**1880년** 11월《카라마조프가의 형제들》을 완성해 12월 단행본으로 출간했다. 며칠 만에 초판이 모두 소진되었다.

**1881년** 1월 26일, 각혈 후 의식을 잃었다. 28일(그레고리력으로 2월 9일) 저녁 다시 각혈하고 의식을 잃은 후 세상을 떠났다. 31일에 추도식에 5~6만 명에 달하는 조문객이 참석했다. 2월 1일에 페테르부르크 성 알렉산드르 넵스키 수도원 묘지에 안장되었다.

**옮긴이 이동현**

한국외국어대학교 러시아어과 교수를 역임했으며 한국번역문학상을 수상했다. 역서로 푸시킨의 《대위의 딸》, 고골의 《검찰관》, 《외투》, 《코》, 도스토옙스키의 《지하생활자의 수기》, 《카라마조프가의 형제들》, 《백치》, 《죄와 벌》, 톨스토이의 《크로이처 소나타》, 《결혼의 행복》, 파스테르나크의 《닥터 지바고》 등이 있다.

# 지하생활자의 수기

1판 1쇄 발행 1972년 11월 10일
4판 1쇄 발행 2025년 12월 5일

지은이 표도르 도스토옙스키 │ 옮긴이 이동현
펴낸곳 (주)문예출판사 │ 펴낸이 전준배
출판등록 2004. 02. 11. 제 2013-000357호 (1966. 12. 2. 제 1-134호)
주소 04001 서울시 마포구 월드컵북로 21
전화 02-393-5681 │ 팩스 02-393-5685
홈페이지 www.moonye.com │ 블로그 blog.naver.com/imoonye
페이스북 www.facebook.com/moonyepublishing │ 이메일 info@moonye.com

ISBN 978-89-310-2626-9 04800
ISBN 978-89-310-2365-7 (세트)

• 잘못 만든 책은 구입하신 서점에서 바꿔드립니다.

❀문예출판사® 상표등록 제 40-0833187호, 제 41-0200044호

## ■ 문예세계문학선

★ 서울대, 연세대, 고려대 필독 권장 도서 　　▲ 미국대학위원회 추천 도서
● 《타임》 선정 현대 100대 영문 소설 　　▽ 《뉴스위크》 선정 세계 100대 명저

|  |  |
|---|---|
| 　　　1 젊은 베르테르의 슬픔 괴테 / 송영택 옮김 | 34 지상의 양식 앙드레 지드 / 김붕구 옮김 |
| ▲▽ 2 멋진 신세계 올더스 헉슬리 / 이덕형 옮김 | 35 체호프 단편선 안톤 체호프 / 김학수 옮김 |
| ▲●▽ 3 호밀밭의 파수꾼 J. D. 샐린저 / 이덕형 옮김 | 36 인간 실격 다자이 오사무 / 오유리 옮김 |
| 　　　4 데미안 헤르만 헤세 / 구기성 옮김 | 37 위기의 여자 시몬 드 보부아르 / 손장순 옮김 |
| 　　　5 생의 한가운데 루이제 린저 / 전혜린 옮김 | ●▽ 38 댈러웨이 부인 버지니아 울프 / 나영균 옮김 |
| 　　　6 대지 펄 S. 벅 / 안정효 옮김 | 39 인간 희극 윌리엄 사로얀 / 안정효 옮김 |
| ●▽ 7 1984 조지 오웰 / 김승욱 옮김 | 40 오 헨리 단편선 오 헨리 / 이성호 옮김 |
| ▲●▽ 8 위대한 개츠비 F. 스콧 피츠제럴드 / 송무 옮김 | ★ 41 말테의 수기 R. M. 릴케 / 박환덕 옮김 |
| ▲●▽ 9 파리대왕 윌리엄 골딩 / 이덕형 옮김 | 42 파비안 에리히 케스트너 / 전혜린 옮김 |
| 　　　10 삼십세 잉게보르크 바흐만 / 차경아 옮김 | ★▲▽ 43 햄릿 윌리엄 셰익스피어 / 여석기 옮김 |
| ★▲ 11 오이디푸스왕·아가멤논 외 | 44 바라바 페르 라게르크비스트 / 한영환 옮김 |
| 　　　　소포클레스·아이스킬로스 / 천병희 옮김 | 45 토니오 크뢰거 토마스 만 / 강두식 옮김 |
| ★▲ 12 주홍글씨 너새니얼 호손 / 조승국 옮김 | 46 첫사랑 이반 투르게네프 / 김학수 옮김 |
| ▲●▽ 13 동물농장 조지 오웰 / 김승욱 옮김 | 47 제3의 사나이 그레이엄 그린 / 안흥규 옮김 |
| 　　　14 마음 나쓰메 소세키 / 오유리 옮김 | ★▲▽ 48 어둠의 심장 조지프 콘래드 / 이덕형 옮김 |
| ★ 15 아Q정전·광인일기 루쉰 / 정석원 옮김 | 49 싯다르타 헤르만 헤세 / 차경아 옮김 |
| 　　　16 개선문 레마르크 / 송영택 옮김 | 50 모파상 단편선 기 드 모파상 / 김동현·김사행 옮김 |
| ★ 17 구토 장 폴 사르트르 / 방곤 옮김 | 51 찰스 램 수필선 찰스 램 / 김기철 옮김 |
| 　　　18 노인과 바다 어니스트 헤밍웨이 / 이경식 옮김 | ★▲▽ 52 보바리 부인 귀스타브 플로베르 / 민희식 옮김 |
| 　　　19 좁은 문 앙드레 지드 / 오현우 옮김 | 53 페터 카멘친트 헤르만 헤세 / 박종서 옮김 |
| ★▲ 20 변신·시골 의사 프란츠 카프카 / 이덕형 옮김 | ★ 54 몽테뉴 수상록 몽테뉴 / 손우성 옮김 |
| ★▲ 21 이방인 알베르 카뮈 / 이휘영 옮김 | 55 알퐁스 도데 단편선 알퐁스 도데 / 김사행 옮김 |
| 　　　22 지하생활자의 수기 도스토옙스키 / 이동천 옮김 | 56 베이컨 수필집 프랜시스 베이컨 / 김길중 옮김 |
| ★ 23 설국 가와바타 야스나리 / 장경룡 옮김 | ★▲ 57 인형의 집 헨리크 입센 / 안동민 옮김 |
| ★▲ 24 이반 데니소비치의 하루 | ★ 58 소송 프란츠 카프카 / 김현성 옮김 |
| 　　　　알렉산드르 솔제니친 / 이동현 옮김 | ★▲ 59 테스 토머스 하디 / 이종구 옮김 |
| 　　　25 더블린 사람들 제임스 조이스 / 김병철 옮김 | ★▽ 60 리어왕 윌리엄 셰익스피어 / 이종구 옮김 |
| 　　　26 여자의 일생 기 드 모파상 / 신인영 옮김 | 61 라쇼몽 아쿠타가와 류노스케 / 김영식 옮김 |
| 　　　27 달과 6펜스 서머싯 몸 / 안흥규 옮김 | ▲▽ 62 프랑켄슈타인 메리 셸리 / 임종기 옮김 |
| 　　　28 지옥 앙리 바르뷔스 / 오현우 옮김 | ▲●▽ 63 등대로 버지니아 울프 / 이숙자 옮김 |
| ★▲ 29 젊은 예술가의 초상 제임스 조이스 / 여석기 옮김 | 64 명상록 마르쿠스 아우렐리우스 / 이덕형 옮김 |
| ▲ 30 검은 고양이 에드거 앨런 포 / 김기철 옮김 | 65 가든 파티 캐서린 맨스필드 / 이덕형 옮김 |
| 　　　31 도련님 나쓰메 소세키 / 오유리 옮김 | 66 투명인간 H. G. 웰스 / 임종기 옮김 |
| 　　　32 우리 시대의 아이 외덴 폰 호르바트 / 조경수 옮김 | 67 게르트루트 헤르만 헤세 / 송영택 옮김 |
| 　　　33 잃어버린 지평선 제임스 힐턴 / 이경식 옮김 | 68 피가로의 결혼 보마르셰 / 민희식 옮김 |

(뒷면 계속)

| | |
|---|---|
| ★ 69 팡세 블레즈 파스칼 / 하동훈 옮김 | ▲107 죄와 벌 1 표도르 도스토옙스키 / 김학수 옮김 |
| 70 한국단편소설선 김동인 외 / 오양호 엮음 | ▲108 죄와 벌 2 표도르 도스토옙스키 / 김학수 옮김 |
| 71 지킬 박사와 하이드 로버트 L. 스티븐슨 / 김세미 옮김 | 109 밤의 노예 미셸 오스트 / 이재형 옮김 |
| ▲ 72 밤으로의 긴 여로 유진 오닐 / 박윤정 옮김 | 110 바다여 바다여 1 아이리스 머독 / 안정효 옮김 |
| ★▲▽ 73 허클베리 핀의 모험 마크 트웨인 / 이덕형 옮김 | 111 바다여 바다여 2 아이리스 머독 / 안정효 옮김 |
| 74 이선 프롬 이디스 워튼 / 손영미 옮김 | 112 부활 1 레프 톨스토이 / 김학수 옮김 |
| 75 크리스마스 캐럴 찰스 디킨스 / 김세미 옮김 | 113 부활 2 레프 톨스토이 / 김학수 옮김 |
| ★▲ 76 파우스트 요한 볼프강 폰 괴테 / 정경석 옮김 | ▲●114 그들의 눈은 신을 보고 있었다 |
| ▲ 77 야성의 부름 잭 런던 / 임종기 옮김 | 조라 닐 허스턴 / 이미선 옮김 |
| ★▲ 78 고도를 기다리며 사뮈엘 베케트 / 홍복유 옮김 | 115 약속 프리드리히 뒤렌마트 / 차경아 옮김 |
| ★▲▽ 79 걸리버 여행기 조너선 스위프트 / 박용수 옮김 | 116 제니의 초상 로버트 네이선 / 이덕형 옮김 |
| 80 톰 소여의 모험 마크 트웨인 / 이덕형 옮김 | 117 트로일러스와 크리세이드 |
| ★▲▽ 81 오만과 편견 제인 오스틴 / 박용수 옮김 | 제프리 초서 / 김영남 옮김 |
| ★▽ 82 오셀로·템페스트 윌리엄 셰익스피어 / 오화섭 옮김 | 118 사람은 무엇으로 사는가 |
| ★ 83 맥베스 윌리엄 셰익스피어 / 이종구 옮김 | 레프 톨스토이 / 이순영 옮김 |
| ▽ 84 순수의 시대 이디스 워튼 / 이미선 옮김 | 119 전락 알베르 카뮈 / 이휘영 옮김 |
| ★ 85 차라투스트라는 이렇게 말했다 니체 / 황문수 옮김 | 120 독일인의 사랑 막스 뮐러 / 차경아 옮김 |
| ▲ 86 그리스 로마 신화 이디스 해밀턴 / 장왕록 옮김 | 121 릴케 단편선 R. M. 릴케 / 송영택 옮김 |
| 87 모로 박사의 섬 H. G. 웰스 / 한동훈 옮김 | 122 이반 일리치의 죽음 레프 톨스토이 / 이순영 옮김 |
| 88 유토피아 토머스 모어 / 김남우 옮김 | 123 판사와 형리 F. 뒤렌마트 / 차경아 옮김 |
| ★▲ 89 로빈슨 크루소 대니얼 디포 / 이덕형 옮김 | 124 보트 위의 세 남자 제롬 K. 제롬 / 김이선 옮김 |
| 90 자기만의 방 버지니아 울프 / 정윤조 옮김 | 125 자전거를 탄 세 남자 제롬 K. 제롬 / 김이선 옮김 |
| ▲ 91 월든 헨리 D. 소로 / 이덕형 옮김 | 126 사랑하는 하느님 이야기 R. M. 릴케 / 송영택 옮김 |
| 92 나는 고양이로소이다 나쓰메 소세키 / 김영식 옮김 | 127 그리스인 조르바 니코스 카잔차키스 / 이재형 옮김 |
| 93 폭풍의 언덕 에밀리 브론테 / 이덕형 옮김 | 128 여자 없는 남자들 어니스트 헤밍웨이 / 이종인 옮김 |
| ★▲ 94 스완네 쪽으로 마르셀 프루스트 / 김인환 옮김 | 129 사양 다자이 오사무 / 오유리 옮김 |
| ★ 95 이솝 우화 이솝 / 이덕형 옮김 | 130 슌킨 이야기 다니자키 준이치로 / 김영식 옮김 |
| ★ 96 페스트 알베르 카뮈 / 이휘영 옮김 | 131 실종자 프란츠 카프카 / 송경은 옮김 |
| ▲ 97 도리언 그레이의 초상 오스카 와일드 / 임종기 옮김 | 132 시지프 신화 알베르 카뮈 / 이가림 옮김 |
| 98 기러기 모리 오가이 / 김영식 옮김 | 133 장미의 기적 장 주네 / 박형섭 옮김 |
| ★ 99 제인 에어 1 샬럿 브론테 / 이덕형 옮김 | 134 진주 존 스타인벡 / 김승욱 옮김 |
| ★▲100 제인 에어 2 샬럿 브론테 / 이덕형 옮김 | 135 황야의 이리 헤르만 헤세 / 장혜경 옮김 |
| 101 방황 루쉰 / 정석원 옮김 | 136 피난처 이디스 워튼 / 김욱동 옮김 |
| 102 타임머신 H. G. 웰스 / 임종기 옮김 | 137 이상한 나라의 앨리스·거울 나라의 앨리스 |
| ●103 보이지 않는 인간 1 랠프 엘리슨 / 송무 옮김 | 루이스 캐럴 / 이순영 옮김 |
| ●104 보이지 않는 인간 2 랠프 엘리슨 / 송무 옮김 | 138 빨강 머리 앤 루시 모드 몽고메리 / 이순영 옮김 |
| ▲105 훌륭한 군인 포드 매덕스 포드 / 손영미 옮김 | |
| 106 수레바퀴 아래서 헤르만 헤세 / 송영택 옮김 | |